古代物語としての源氏物語

廣田 收
Osamu HIROTA

武蔵野書院

古代物語としての源氏物語

――目　次――

まえがき

「研究として『源氏物語』をどのように読むのか」というとき、いうまでもなく予めどこかに答えが用意されているわけではないし、こう読まなければならないという決まった読み方が、最初からあるはずもない。とはいうものの、それではどのように読んでもよいかというと、確かに、どのように読んでもよいわけではあるが、ただ単に恣意的な読みを披露し、散漫な感想を述べるだけでは、『源氏物語』の研究としての読みに共感は得られないであろう。

なぜなら、何よりも私の読みに思わず知らず現代的もしくは近代的な基準による解釈が紛れ込む可能性があるからである。『源氏物語』が「読解至上主義」に陥ることを非難する向きもある。その危険性を回避し、私的な読みの暴走を抑制できるのは、注釈と隣接科学の成果を参照することであることは言うを俟《ま》たない。

ここに私の立場表明がある。つまり、『源氏物語』を「古代物語として読む」という立場である。そうであれば、『源氏物語』を「古代物語として読む」ために、どのような方法が必要となるのかが問われる。

このとき、読むということにおいて何が出発点になるのかというと、現存の伝本が鎌倉写本を遡れないという条件があるとしても、なお『源氏物語』が他ならぬ古代のテキストだということである、と私は考える。すなわち、恣意的に読むこと、近代的に読むことを糺《ただ》し、学的に分析し批評しようとすると、どのような基準と方法とが必要となるだろうか。

ここで想起されるのが、増田繁夫氏の論文「古代的世界に生きる光源氏」と、「光源氏の古代性と近代性—内面性の深化の物語──」[1]とである。

内容からみると、前者は後者の論考の要約かともみえるのだが、時間的前後関係からいえばそれは考えにくい。むしろ後者の方が、増田氏の考えは明確かつ論理的に示されている。したがって、ここでは後者の論を丁寧に追いかけてみよう。


私がまず魅かれたのは、論題である。すなわちこの論題は、光源氏に「古代性と近代性」を問うところに、「古代性」と「近代性」とを方法的な対概念として用いることの標榜があるとみてとれるからである。

まず増田氏は「主題」を求めることは可能かという問いから切り出し、「主題」という「近代的批評概念をもちこむことは適切か」という（三一一頁）。なぜなら、増田氏は「光源氏の人間性」について「一種の自己形成の物語というべき性格」があると見るからである。すなわち光源氏という「主人公」は「絶えず脱皮変身してより深い新しい世界に入りこんでいった」と捉え、光源氏が「つぎつぎと変貌してゆく姿にこそ、この作品の本質的な特徴がある」とみる（三一二頁）。言い換えれば「この作品全体」には「かすかにある種の統一的な契機の存在を予感させるところ」があり、それが「人々の内面性の深化」であるというのである（三一二頁）。

すなわち、増田氏が注目された点は、「内面性の深化」に近代性を見ようとするものである。いうならば「主人公」という概念も小説のものであり、まさに近代のものに他ならないであろう。とはいえ、増田氏のこだわるところは、この物語がどれくらい統一性、完結性をもつのかという認識であろう。すなわち、増田氏の説かれる主旨は、『源氏物語』はいわば緩やかではあるがひとつのテキストであるという理解である。

さらに増田氏は、光源氏が「古代帝王の色好みの伝統」に立つという従来の理解について、改めて物語内の

「色好み」の用例を確認し「源氏について「色好み」の語は用いられていない」ことを重視される。そして「色好み」に「好意的肯定的な傾向が明確になるのは、時代の下った中世の物語になってから」だといわれる（三一六頁）(2)。

さらに増田氏は「源氏と藤壺との関係」に対する「不義」「不倫」という評価に疑義を呈する。すなわち「当事者たち」が「そうした近代的な倫理意識とはかなり遠いところにいる」といわれる（三一六頁）。さらに、須磨巻において「自責の念、父に対して倫理的な悪を犯したという罪意識が、およそこの源氏には欠落している」といわれ、「源氏は、いまの自分の苦境を、藤壺に冷泉院を産ませたことの「応報」、あるいは父の妻を犯した「罪」の「罰」として認識している」とみる「通説」を批判される（三一九頁）。さらに「心のおに」を「良心の呵責」とする解釈も「近代人」のものであるという（三二一頁）。つまり、増田氏は一貫して「この物語の人々の世界にはまだそうした倫理は存在しなかった」（三二二頁）と主張されるのである。そして、

源氏はわれわれの時代からは遠い古代の人であり、さらにまたその古代においても、「物語の主人公」という特殊な条件をもつ人物でもあるから、異なった思惟形式をもっているかもしれないのである（三二四頁）。

といわれる。この「異なった思惟形式」とは何か、ここでは充分に展開されているわけではない。しかし後に、増田氏は若菜下巻における光源氏が、「天の眼《まなこ》」という表現が仏教語に由来するものとしつつ、

ここの「空についているかのような目」は、他に知られたくない自己の秘密が「見られる」ことをおそれる自分の心を、「天のまなこ」と外在化して感じ、幻視したものである。その点では、夫の夢に自分のあり方が見られたのではないか、と思った空蟬の「空おそろし」などと比べると、一歩古代性を脱却した、より一層深く内面化された思惟形式であろう（三三二頁）。

と述べている。この両箇所を考え合わせると、光源氏の中に古代性を認めつつ、新たに「内面化」の進んだ「思惟形式」が認められることを指摘されている。そして若菜下巻の柏木の思考は、すなわち「ただ人の源氏の妻に通ずることはそれほどの「罪」ではない」という理解が、「貴族社会に処してゆくことを困難にした、という自己の愚行をおかした」という意識に基づくという（三三四頁）。したがって「天のまなこ」は「古代人の自己中心的な思惟体系から一歩出かけていること」すなわち「自己のあり方を客観視し対象化する視点を獲得し始めたあり方」を認め、これが「極めて萌芽的な段階のもの」と評される（三三四頁）。

つまり、この理解は、光源氏における自己の「客観視」や「対象化」に古代からの脱却を見ようとするものである。

説かれるように、「罪と罰」という認識の枠組みこそ、まさに西洋近代のものであろう。一方、因果応報の意識は、若菜巻以降には明らかに働いていることが確認できるというべきであろう。古代の罪観念というもののありかたを再度問い直す必要を説かれることは、指摘されるとおりである。増田氏自身が、光源氏と藤壺とは「罪障意識は強くもちながらも、その罪障の自覚と一対をなすべき「懺悔」という贖罪法には無縁なあり方に終始する」（三三九頁）と指摘されるように、彼等の行動を断ずるにあたって、ないものねだりの「罪と罰」の枠組みではなく、仏教的な「罪障と懺悔」という枠組みを対照させておられることは重要である。

さて、増田氏の論考の興味深いところは、実はここから以降である。若菜巻における女三宮降嫁をめぐって、増田氏は、

> 源氏は朱雀院からの懇願を拒否できなかったという理由だけで女三宮をひきうけたのではなかった。宮が、単に飽かず思う藤壺ゆかりの女性だという具体的表層的な理由のみで、心を動かされたのでもない。藤壺や

> 女三宮への志向の背後には、高貴な血へのあこがれがあった。源氏の側にもまた、主体的でより内面的な深層からする動機があったのである（三四八～九頁）。（傍点・廣田）

と説かれている。増田氏も説かれるように、光源氏の深層には「高貴な血へのあこがれ」があることに、私も賛意を表するが、ここには「主体的」という近代的概念も用いられている。ここは自らの意志においてという意味かと思うが、私が関心をもつ点は、物語を分析するにあたって「表層」と「深層」という対《つい》概念を用いておられることである。さらに増田氏は、

> 破滅の危険を知りながら朧月夜に近づいたり、何としても藤壺を手にいれようとするそうした源氏の衝動は、所謂「王権」の概念によっても説明できる部分があるが、柏木の女三宮を得ようとする情念についてまでも、「王権」の概念を適用することはできないであろう。高貴な女を得ようとする衝動は、「王権」などよりもさらに深く広い人間性の基層にもとづくものであると考えられるのである（三五一頁）。（傍点・廣田）

といわれる。ここには「基層」という概念も加えて用いられている。

ことさら言うまでもないことであるが、もともと「王権」という概念は、物語を構成する原理的な枠組みを探ろうとするものであり、物語の「情念」を分析するための用語ではない。

いずれにしても、増田氏と同じ用語を使うものではあるが、私は、

> 新層／古層
> 表層／基層

というふうに、時間軸を入れた対照軸と時間軸を入れない対照軸とを交差させて座標軸を設定した方が明快ではないかと愚考するものである。

ただし、何をもって基層とし、何をもって古層と定義するか、またその論拠が何かについては、古代天皇制の確立に深く関与した神学の書である『古事記』や、歴史書である『日本書紀』そのものに神話を見るよりも、地誌である『風土記』の中に認められる神話の枠組みを、物語や説話、昔話の基層であり古層をなすものとみるという手続きをとりたいと考えるが、この議論の詳細は別に譲りたい。(3) そのとき、表層/深層という軸は、もう少し相対的なものとして理解できるであろう。

さて、増田氏の考察に戻ろう。増田氏が基準とする対概念は、まとめにおいて次のように端的に示されている。

　このようにして主人公の光源氏には、その女性関係によくうかがわれるごとくに、古代的な性格を多分に担った人物として設定されている。したがって、その主人公によって展開される物語の世界もまた、多分に古代性をもっている。いま仮にここで「古代性」と呼んでいるものは、要するに人間性を形成している諸要素のうちのより基層的な部分、とでもいい替えることのできるものである。(略) 男女関係の側面についていえば、物語の主人公としての源氏が、伊勢の昔男や交野の少将からうけ継いできた「色好み」という基層的な性格は、源氏にうけとめられた時には、空蝉との場合のように、女の生きる姿勢やその主体性の主張、相手の女性の外面性よりはその内面性や人間性にひかれるという新しい傾向を見せるところがある (三五一頁)。(傍点・廣田)

ここまで読み進めてくると、増田氏は、光源氏の「色好み」を否定しているわけではなく、「色好み」は光源氏の古代性であり、同時に基層的なものとして位置付けようとされているのだと分かる。増田氏が特徴的であることは、光源氏という「主人公」に「古代性」と「内面性」をみるところにある。

さらに増田氏は論考の末尾に「現実的な問題を提起しているところを、この物語の「近代性」と呼ぶ」のだと定義している（三五五頁）。

このように、増田氏の説かれるところを辿り直したのは、増田氏の考察の原理的な枠組みが、私がすでに論じ来たったところと、重なりつつずれているというところをひとまず整理しておきたいと考えたからである。

増田氏は、光源氏に「古代性と近代性」の関係をみてとろうとをみてとろうとする。なるほど光源氏は『源氏物語』そのものではあるといえなくもないが、人物論という分析方法の可能性と不可能性とを鑑《かんが》みれば(4)、物語の「主人公」にではなく、物語の本文全体に、古代性と近代性をみようとすることができるだろう、というのが私の愚考するところである。

私がここで用いる近代性とは、「古代における近代性」の謂である。というのは、いつの時代にも、表現には前代的なものを下敷きにして、現在的なものを加え重ねてゆくという性質がある。つまり『源氏物語』の生成する現在において、古代は「古代の古代」と、「古代の近代」とが併存しているということである。

繰り返すが、私が増田氏と異なる点は、私はテキストそのものに重層性を見るところにある。古代性の中から近代性が孕まれてくるのではなく、同時に、古代性と近代性とは併存すると見ることである。

というのは、素朴に思いめぐらしてみれば、紫式部がいざ物語を書こうとするときに、彼女の知識や教養といった蓄積だけでは、絶対にこの『源氏物語』は描けない、と確信するからである。すなわち、物語を描くには、彼女の無意識、すなわち古代的な心性や感覚というものを排除することはできないからである(5)。そこに神話学や民俗学に学ぶべきことがあろう。

もともと言葉は、いつの時代にあっても、誰もが物心ついたとき、すでに言葉は自分の周りに溢《あふ》れるほど存在し、盛んに用いられている。すなわち、「私」は幼いころ、口移しや見よう見まねで、言葉がどう使われてきたか、どう使うべきかを学ぶ。やがて教育を通じて、これまでにはなかった、厳密な言葉の選択と配置を学ぶ。それは、記憶というよりも、文脈 context の学習である。つまり、これまでにはなかった新たな組み換えを試みることで、新たな表現を発明することができる。このような仕組みこそ伝承そのものである。(6)

以上のように、私は、作者の意識／無意識の重層性と、物語本文の古層と新層、基層と表層といった重層性とは対応すると考える。

まわりくどいことを長々と述べてしまったが、およそ以下の小論は、このような対照軸のもとに愚考を重ねたものである。

注

(1) 増田繁夫「古代的世界に生きる光源氏」『国文学』一九九三年五月、同「光源氏の古代性と近代性―内面性の深化の物語―」『源氏物語研究集成』第一巻(風間書房、一九九八年六月)。

(2) 近時、「色好み」に触れる論考の中で興味深いものに、久下裕利「物語の回廊―色好み譚―」(『源氏物語と源氏物語以前　研究と資料』武蔵野書院、一九九四年)、長谷川政春「『源氏物語』〈いろごのみ〉の思想」(『源氏物語と文学思想　研究と資料』武蔵野書院、二〇〇六年)、高橋文二「光源氏の基層」(『駒沢国文』第四四号、二〇〇七年二月)などがある。

特に、長谷川氏の考察が興味深いことは、「色好み」の語の用例が、光源氏に対しては用いられていないにもかかわらず、逆に「色好み」は「光源氏に色濃く発している、あるいは光源氏が透けてみえる」とされることで

ある。すなわち、
王権の体現者天皇に用いられことなく、その子である〈王子〉あるいはその類縁者にこそ用いられる」のであり、「天皇の〈うち〉なる者にしてそれから〈そと〉へ逸脱する存在である〈王子〉が「いろごのみ」の属性を内包する者としてあるゆえに、「いろごのみ」の行為者となってゆく。それが王権への犯しでなくてなんであろうか。まさに〈貴種流離譚〉である。

と論じておられることは注目される。言い換えれば、用例が逆に光源氏の「色好み」を照らし出しているという指摘は重要である。

（3）「新層／古層」「表層／基層」という二組の対概念について、私は『講義日本物語文学小史』（金壽堂出版、二〇〇九年）以来、『入門　説話比較の方法論』（勉誠出版、二〇一四年、四九八頁）などから、「文献説話の話型と表現の歴史性―対照軸としての昔話、昔話研究―」（同志社大学人文学会編『人文学』第一九九号、二〇一七年三月）に至るまで、テキストの基本的な分析方法として用いている。

（4）この問題については、本書第五章で少しばかり論じた。

（5）（4）に同じ。『源氏物語』を論じるのに、作者を持ち出すことに違和感をもつ向きもあろう。ただ、今まで何度か述べてきたように、『源氏物語』の展開を作者自身が介入したり、主導したりする側面を否定できないと私は考える。

（6）廣田收「民間説話と歴史性―神話と昔話、そして中世説話」（『伝承文学研究』第六六号、二〇一七年八月）。

第一章　『源氏物語』は誰のために書かれたか

――中宮学に向けて――

はじめに

『源氏物語』をどのように読むのかというとき、私のこだわり続けて来た視点は、歴史主義的だと非難されるかもしれないが、あくまで古代平安京の物語として読みたいということに尽きる。

その中で、本稿の目的はただひとつ、『源氏物語』の初期形の本文がどのようなものであったかについての議論はさて措き、何よりもまず、『源氏物語』は中宮のために献上されたものであり、中宮付き女房であった紫式部が、帝王学ならぬ中宮学を中宮に進講申し上げることを意図して描かれているのではないか、という仮説を提示することである。

ただ、そのようなことを言い出すには前提がある。まず、紫式部が出仕前に『源氏物語』の一部(もしくはその前段階である習作の物語)を、すでに書いていた可能性—成立論の問題も存するが、結局のところ、長編化に伴う物語の制作は、出仕以後の問題と捉えることが妥当であろう。それには、何よりも、紫式部が藤原道長の要請に従って、一条天皇の中宮彰子のもとに出仕したことを言わなければならない。道長が長保元(九九九)年に入内させた彰子はわずか十二歳であった。とすれば、いわゆる玉上琢彌氏の提唱された『源氏物語』音読論を踏まえるか否かは別として、『源氏物語』が中宮彰子に「身代りの恋の物語」として、ストーリーの面白さを中心に読まれたと理解しても別段構わない。ただ、中宮彰子の成長、成熟に応じて、この物語が複雑で深く仕掛けられた物語であると理解されることを期したものだと考えたい。

すなわち、物語の生成には、その基層をなす枠組みが不可欠である。例えば、光源氏物語は、いわゆる貴種流離譚とか白鳥処女譚などと呼ばれる枠組みに基くことが指摘されてきた。さらに、浮舟はうない乙女伝説や生田河伝説などの入水譚に基くことも指摘されてきた。そのような基層の枠組みの上に、紫式部の獲得した新しい思想を重ねて物語は生成している。すなわち、思想史的に言えば、光源氏における因果応報の覚醒、宇治大君による仏教への懐疑、浮舟による（それは、もはや紫式部自身の）仏教不信へと、物語は展開している。

ただ、中宮のために、物語がさまざまな仕組みと仕掛けとを抱え込んで制作されているということを、一挙に論証することはできない。ここではひとつの問題提起として読まれたいと願うものである。

それでは、国文学研究の立場から古代文化を考える上で、ひとつの目安を置いてみたい。例えば、古代における歴史的な画期は、まず遷都・建都にある。

平安京で言えば、郊祀《こうし》や狩猟のための行幸を好んだ桓武天皇は、あたかもみずからが中国の皇帝となることをめざしたのではないかとさえ感じられる。桓武天皇に代表されるように、平安時代初期の統治は、桓武天皇と朝廷が律令の合理的な制度を強固に実施しようとしたものとみえる。ところが、その後遷都の行われなかった平安京では、御代替りとともに、格や式の重視、儀礼や儀式の整備、先例の遵守《じゅんしゅ》といった形で、古くからの伝統が変容しつつ頭をもたげ始め、少しずつ日本化が始まる。古代文化の日本化ということで、儀式や行事において特に顕著であるのが、『日本三代実録』から見れば、清和天皇と藤原良房の時代以降と見える。いや、そもそも桓武自身が中国的と日本的と、二つの顔を持っていた可能性もありうる。併せて、少しずつ摂関政治が侵蝕して来る。摂関政治の根底にある精神が侵蝕してくる、といってもよい。律令という法制度は唐を規範とした中国的なものであるのに、官僚政治に勝れた能力を発揮した藤原氏が権力を獲得する方法は婚姻であり、天皇の高貴な血を取り込む仕掛けが、婚姻だったということになる。というのも、天皇の存在そのものが、日本ではもともと律令制度の埒外にあったからである。

考えてみると、政治家がわが娘を帝の后として入内させ、皇子を産ませることで権力を獲得するという政治手法は、何も藤原時代に始まったものではなく、蘇我氏の時代も同様で、もっと古くから継続されてきた慣習だったといえる。古代天皇制を確立させる端緒となった壬申の乱や天武・持統朝のように、軍事力を必要とした時代はあったことはあったが、平安京においては、権力の不安定な初期はともかく、やがて権力基盤を獲得する平和的な手法として婚姻が主役となっていったといえるかもしれない。そもそも后というものが、諸国の献上する女性を、天皇が供物として受納することによって統治をなすという、もっと古い宗教的な慣習に立つものだということを言わなければならないかもしれないが、今その議論は措こう。

よく知られていることであるが、平安京の内裏は、早くから本来の内裏ではなく「里内裏」が常態化していく。道長のこととして言えば、一条院御所のみならず、やがて枇杷殿、土御門殿も同じ働きをもつに至る。(1)それも、里内裏が、后の里邸である外戚の邸第を当てることが多かったことには意味がある。「里内裏」は、公的な政治を外戚が私的に抱え込んで行くための装置だったといえる。

そうした中で、寛弘二(一〇〇五)年もしくは寛弘三年以降に、紫式部の出仕していた所は、藤原道長の邸第のひとつであった一条院内裏であり、土御門殿であったが、もっと言えば、紫式部がいずれに参上するとしても、中宮の御前であったことに変わりはなかった。紫式部が天皇の御前ではなく、中宮の御前に出仕したことに意味がある。『紫式部日記』においては、中宮付きの女房たちと内裏の女房とは明確に区別されている。(2)しかも、中宮は、法制度からいえば中国の律令を制度として引き継ぐ后に対して、権力に対する藤原道長の露骨な欲望によって、結果的に実態としてはもっと古くから潜在していた日本社会の母系制的な精神の露呈であったのかもしれない。
であるならば、古代における外来の官僚的な法制度に対して、在来の古代文化が根強く潜在するという、日本古代文化の二重構造は、政治社会だけでなく宮廷文化としての『源氏物語』そのものの問題でもあったはずである。

一　『源氏物語』が制作された理由とは何か

1　『紫式部日記』から分かること

すでに周知のことであろうが、『紫式部日記』は、おそらく藤原道長から紫式部に対して、彰子中宮が一条天皇の皇子を出産したという出来事、道長の栄華を決定付ける、まさに歴史的な出来事を記すように命じたことを機に執筆されたものと推測される。このテキストに、道長と中宮と紫式部との根本的な関係、同時に『源氏物語』制作の実質は集約されているに違いない。

次は、皇子敦成親王の、五十日《いか》の産養の宴席におけるエピソードである。

（1）　さかづきの順《ずん》のくるを、大将（藤原実資）はおぢ給へど、例のことなしびの「千とせ萬代」にて過ぎぬ。左衛門の督《かみ》（藤原公任）、「あなかしこ。**このわたりに、わかむらさきやさぶらふ**」とうかがひ給ふ。源氏に似るべき人も見え給はぬに、かのうへはまいていかでものし給はむと、聞きゐたり。(3)（四一〜二頁）

萩谷朴氏は、公任の発した「紫の上」という呼称が、この記事の「寛弘五年十一年現在において、『源氏物語』中の人物名として、公認されていたこと」は間違いないという。そして、この「わかむらさき」は「我が紫」だという。興味深い指摘であるが、これが、公任から「我が紫」と、あたかも恋人であるかのように、紫式部に呼びかけられたものか、物語の登場人物を持ち出して紫式部に呼び掛けたものかは、今留保しておきたい。

いずれにしても、私が萩谷氏の論考において重要だと感じることは、萩谷氏が中宮を「一座の主人」と理解しておられることである。その上で、「公任が藤式部を『我が紫』といったとしたら、それは、はなはだ迷惑な冗談」であると言うことになるが、紫式部が公任のもの言いに対して、生真面目に批判したり、反論したりするということは、むしろ「敦成親王御五十日の儀というめでたく、左右内の三大臣も顔をそろえている晴れがましい席」においてなされた、公任による言葉の戯れかけは「一座の主人としての中宮」の御前で催される「おめでたい席の座興」だったという指摘(4)こそ、改めて評価される必要がある。ここでは、宴席における立居振舞の苦手な実資と、見せ場を得て得意気な公任とが対照的に描かれているのである。

私はこの記事の示す「場」が、皇子誕生を祝う饗宴の場であると理解する。そうであれば、この一件は当時きっての文化人、教養人であった公任が、『源氏物語』の作者を中宮の御前でからかってみせたということに尽きるだろう。かの公任にからかわれることで、優れた才能をもつ女房紫式部を擁し、『源氏物語』を産み出した中宮を寿ぐことになるのである。紫式部の側からすれば、中宮の御前で自らの浴した光栄を『紫式部日記』に記すことに意味がある。乳飲み子を抱えて出仕した寡婦である紫式部であることを前提にしてこそ、「若紫」（もしくは「我が紫」）という呼びかけは、からかいに他ならなかった、というべきであろう。

（2）入らせ給ふべきこと（中宮の内裏還御）も近うなりぬれど、人々は（中宮御産に引き続き）うちつづき心のどかならぬに、**御前には御冊子つくりいとなませ給ふとて**、明けたてば、まづむかひさぶらひて、色々の紙選りととのへて、物語の本どもそへつつ、所々にふみ書きくばる。かつは綴ぢあつめしたたむるを役にて明かし暮らす。（道長が中宮に）「何の心地か、つめたきにかかるわざはせさせ給ふ」と聞こえ給ふものから、よき薄様ども筆墨など持てまゐり給ひつつ、御硯をさへ持てまゐり給へれば、とらせ給へるを、惜しみののしりて、「もののくまにてむかひさぶらひて、かかるわざしいづ」とさいなむなれど、かくべき墨筆など給はせたり。

局に、物語の本どもとりにやりて隠しおきたるを、御前にあるほどにやをらおはしまいて、あさらせ給ひて、みな内侍の督の殿に奉り給ひてけり。よろしう書きかへたりしは、みなひき失ひて、心もとなき名をぞとり侍りけむかし。

（四三〜四頁）

この「物語の本ども」は、「源氏物語の草稿本か」とされるのが一般的な理解(5)である。「御前には御冊子つくりいとなませ給ふ」という表現は、御冊子作りに中宮が全面に出ている。つまり、『源氏物語』の制作は、紫式部の個人的な営為や功績の問題ではなく、古代の文脈ではあくまで中宮の事蹟なのである。近代的なもの言いからすれば作者は個人紫式部であるが、『源氏物語』は最終的に中宮の制作であり、功績なのである。

萩谷氏は「こうして制作された新写の美麗な『源氏物語』は、一条天皇へのお土産品として献上されたのであろうか」と推測されている。その当否については今措くとして、この御冊子作りの記事を「産後の肥立ちに十二分の注意が必要な中宮を、大雪十一月節の寒い気候に、物語書写のような仕事に引っぱり出している、紫式部の教養掛としての配慮のなさを道長が責めたものとして、『さいなむ』の語もいっそう生きてくる」のであり、そのような道長の口吻にも「道長の猿楽言と人間味あふれる配慮」を読み解かれることは重要である。いや、道長の口吻そのものが喜色満面とした戯れ言めいたものであったとみられる。さらに、紫式部が席を外している間に道長が持ち出し、「内侍の督の殿」研子に、いわゆる「草稿本」が献じられたと理解されてきたという条は、表現として、「『源氏物語』に対する世評を警戒した紫式部の偽装的弁疎(6)」である可能性を説かれていることも興味深い。

つまり、自らの書いた『源氏物語』を拙いものだと謙遜するところに、逆接的であるが、紫式部の自負や矜持《きょうじ》がみてとれる。言い換えれば、自らの手がけた物語を、「殿」道長が必至に探して持ち出したことの光栄をいうのである。

（3）左衛門の内侍といふ人侍り。あやしうすずろによからず思ひけるも、え知り侍らぬ、心うきしりうごとの、おほう聞こえ侍りし。うちのうへの、源氏の物語人に読ませ給ひつつ聞こしめしけるに、「**この人は日本紀をこそ読み給ふべけれ**。まことに才あるべし」と、のたまはせけるを、ふと推しはかりに、「いみじうなむ才ある」と、殿上人などにいひちらして、日本紀の御局とぞつけたりける。いとをかしくぞ侍る。こるふる里の女の前にてだに、つつみ侍るものを、さるところにて才さかしいで侍らむよ。（七八頁）

萩谷朴氏は、この記事の「日本紀」云々について、「狭義には『日本書紀』の古称であるが、藤井高尚の『日本紀御局考』に、『日本書紀』のみならず国史一般をさすと見るのが正しいかと思われる。つまり、『源氏物語』の構想は、国史に通暁したものにしてはじめてよくなしう得るものであるという、一条天皇の批評眼である[7]」という。

それでは、いったい一条天皇が、何をもって紫式部は日本紀を読んでいると批評したのか。その根拠についてなお検討する問題は残されている。また、この記事については、有名な蛍巻の物語論の中に見える、光源氏の言葉「日本紀はただ片そばぞかし」という表現に相渉《わた》る問題もあるが、これについては稿を改めて検討することにしたい。

いずれにしても、前に触れた（3）の記事もまた、一条天皇を壽ぐとともに、紫式部自らの栄光をも記すものである。

（4）それを、男だに才がりぬる人は、いかにぞや、はなやかならずのみ侍るめるよと、やうやう人のいふも聞きとめて後、一といふ文字をだに書きわたし侍らず、いとてづつにあさましく侍り。読みし書などいひけむもの、目にもとどめずなりて侍りしに、いよいよ、かかること聞き侍りしかば、いかに人も伝へ聞きてにくからむと、はづかしさに、御屏風の上に書きたることをだに読まぬ顔をし侍りしを、宮の、御前にて文集のところどころ読ませ給ひなどして、さるさまのこと知ろしめさまほしげにおぼしたりければ、**いとしのびて、人のさぶらはぬもののひまひまに、をとどしの夏ごろより、楽府《がふ》といふ書二巻をぞ、しどけながら教へたてきこえさせて侍る、**隠し侍り。宮もしのびさせ給ひしかど、殿もうちもけしきを知らせ給ひて、御書どもをめでたう書かせ給ひてぞ、殿は奉らせ給ふ。まことにかう読ませ給ひなどすること、はたかのものいひの内侍は、え聞かざるべし。知りたらば、いかにそしり侍らむものと、すべて世の中ことわざしげく憂きものに侍りけり。

（七九～八〇頁）

（4）の記事について、萩谷朴氏は、もともと「楽府」は「宗廟郊祀の礼に用いるもので、詩よりもなお節奏に重きを置いたもの」であるという。そして、『紫式部日記』のこの記事にみえる「楽府といふ書二巻」は、『白氏文集』巻三・巻四にある五十篇の「新楽府」のことであり、「紫式部はこれを胎教のテキストとして選んで、中宮に進講申し上げた」（傍点・廣田）という。さらに、中宮に紫式部の進講していたことを知った道長が、「中宮のご使用にふさわしい優雅な新写本を調進させ、これを献上した」ことに「紫式部は、自分の意図および自分の行為を、道長が全面的に肯定し、その上に賛助してくれたことに大きな歓びを感じている」[8]とみる。

新楽府の進講が「胎教」を意図したものかどうかは、なお検討を要するであろうが、これを中宮に進講したことを『紫式部日記』に書きとどめた意味とは何かが問われる。逆に言えば、中宮に進講したテキストが、他ならぬ新楽府であったことは、何を意味するのか。

玉上琢彌氏は「新楽府」が唐の元和四（八〇九）年に「楽天が左拾遺たりしときの作」であり「拾遺は帝王に

諫言する役」（傍点・廣田）である。そして「新楽府」が「政治のための文学」であるとして「聞く者としては、為政者、特に帝王を考える」という。すなわち「中宮も皇后と同じい」ので、「命を受けた紫式部が選んだ」ものが「新楽府」であったのは、「帝王の治績の得失を、よく治まった時代とそうでない時代とを、はっきりした批評の言葉で、区別する」ところに「新楽府」の得失があり、「紫式部は、白楽天の詩を借りて、中宮彰子を教育しようとした」のだという。そして、

皇子が即位したとき、中宮彰子がどういう態度をとるか、で、一国の政治は動く可能性がある。中宮彰子を使って、紫式部はその理想、儒教的治世の実現を望んだのであろう。[9]

という。『白氏文集』の中から『源氏物語』が引用した詩文がどのようなものであったかを考える論考もあるが、[10]問題は、中宮教育の内容が「儒教的治世の実現」を企図したものであったかどうか、である。なぜなら、『源氏物語』において儒教的な精神が究極の主題にはかかわらないものと見えるからである。『源氏物語』は、紫式部の父為時の理想とする皇親政治を儒教に基く政治を描くとみえて、藤壺・秋好中宮・明石中宮と、歴代の中宮を抱え続けることに、光源氏の（光源氏自身が意識しているか、否かとはかかわりなく）摂関政治と本質を同じくする、揺るぎない政治戦略をもって貫かれている。

2　玉上琢彌氏のいわゆる物語音読論をめぐって

『源氏物語』をどのように読むべきか、と考えたときに、わたくしの恣意的な読みを抑制し、誤読を糾《ただ》すには、何度考えをめぐらしても注釈というものが欠かせない。ただ注釈といっても、『源氏物語』には古注・旧注以来の長く厖大な注釈史が存する。だだ、前近代の注釈が今日われわれのいう注釈とは必ずしも重なるものでないこと

はもちろんのことである。その意味では、研究史の現在において、古代物語として『源氏物語』を読もうとされた玉上琢彌氏の『源氏物語評釈』は今もなお、初学者であるわれわれに、無限の示唆を与え続けている。

ところで、玉上氏は、いわゆる物語音読論で有名であるが、この仮説をめぐっては様々論議の存したことは周知のとおりである。おそらく玉上氏が本当に望まれたことは、ひとり音読論という仮説だけの正否にはとどまらないであろう。むしろ、『源氏物語評釈』の中で何度も指摘されているように、『源氏物語』を近代小説としてではなく、古代物語として読むことに究極の目標が在ったのではないかと愚考する。

私は、玉上氏の書かれた多数の御論を読み直すについて、誠に僭越であるが、音読論の総体については概ね首肯できるのだが、ひとつだけなお解きがたい難問の残されていることを感じる。例えば、「女のために女が書いた女の世界の物語」という論文は、玉上氏がそれまで書かれた論考を総括的に纏《まと》められた命題が示されたものといえる。その冒頭に、玉上氏は次のように言われる。

物語文学とは、絵を見る姫君のために、女房が読みあげて聞かすものであった、と、わたくしは思う。
(傍点・廣田)

として、この指摘の出典を割注で論文「物語音読論序説」と明記しておられる。[11] この命題こそ、玉上氏の物語音読論を凝縮したものであろう。

それでは、少しばかり、玉上氏の理論の形成過程を追いかけてみよう。

玉上氏は、すでに『新日本文庫　源氏物語』(一九四七年)や『評注源氏物語全釈』(一九五〇年)において触れられた見解[12]をさらに展開させて、次のような命題にまで至ったとされる。

きらびやかな冊子ゑをととのえ、これを見つつ女房にものがたらせることは、極めて限られた数少なき姫君のみの、能くするところである。権門の姫君のためにものがたるものであるゆゑに、女房は、台本作者たる漢学者を無視し、自由に取捨し増減してよかったのである。[13]（傍点・廣田）

さらに玉上氏はいう。少し長いが、例えば次のような箇所に、玉上氏の考えは集約されているであろう。

明石の姫君のために物語を写し集めるに際し、「姫君のお前にて、この世なれたる物語をな読み聞かせたまひそ」（八一九6）と注意する光る源氏の親心。物語は、姫君成人後にわたっての、生活の指導書であったのである。男女のなかを、いみじくも「世」と呼んだ平安人の生活は、物語以外、何に教訓を求めえようか。ただし、僅少の権門の姫君のものであって、雨夜の品定めにいわゆる「中の品」の女どもの関与すべきものではない。受領の家に生まれながら、物語によって人生を考え、ために実際には失敗した例が、『更級日記』の作者である。彼女を物語愛好読者の典型と考えるのは、この点においても誤りである。

一生を通じて物語の世界に生きつづけて、しかも何らかの破綻を感じない人々こそ、物語の真の享受者であった。[14]（傍点・廣田）

私は、『源氏物語』が「姫君」にとって「生活の指導書」であったとする玉上氏の理解に異論はない。そのことよりも問題は、どうやら玉上氏は、『源氏物語』の「真の享受者」として「僅少の権門の姫君」を想定し、受領の女性を排除して考えておられることにある。その後においても、玉上氏は、

さて、ここに記して来た「女」という言葉は注釈を要する。物語の真の享受者たる女である。上流の子女である。彼女らは一生、物語の教えるところに従って生きてゆくことができた。（略）昔物語は男、文字の管理者、漢学者、の手によって作られたものと思う。姫君は絵を見ながら、女房に詞書（ことばがき、すなわち本文）を読ませて聞く。[15]

と述べておられる。ここで、玉上氏のいわれる「女」という読者が、女性一般を意味したものではなかったことが分かる。そうはいっても、論が一人歩きすると、読者が女性一般に拡大して理解される懼《おそ》れは残るだろう。

ただ、私が疑念を抱くのは、そのことよりも、言われるところの「僅少の権門の姫君」とか、「上流の子女」とかとは、どのような存在を想定しているのか、である。それが、藤原道長の娘彰子その人、もしくは研子を想定しているのかどうか、である。そうだとすると、近代以後ならば知らず、私は、紫式部が『源氏物語』の読者として想定しているのは、藤原彰子という存在「個人」ではありえない。また、道長の娘彰子ではなく、一条天皇の中宮彰子ではないかと愚考する。

ところで、清水婦久子氏は、先に挙げた『紫式部日記』**（1）の記事**について「彰子が天皇とともに物語を楽しもうとしている」こと、さらに**（2）の記事**について、「一条天皇が源氏物語を女房たちに読ませている」ことに注目する。そして**（3）の記事**について、「この場には彰子が天皇の傍にいて、何人かの女房たちと一緒に源氏物語を聞いている。一つしかない新作の物語を同時に楽しむには音読しかない」という。そして「源氏物語は千夜一夜物語のような役割を担い、彰子と天皇との仲を取り持ったと考えてよいだろう」という。

さらに**（4）の記事**について「人に隠しているのだから、式部の仕事の中心は、彰子の家庭教師ではなく物語の執筆であったと思う」という。また「物語の本ども」については「やはり源氏物語の一部であろう」として、「局に、物語の本どもとりにやりて隠しおきたる」ことは、「研子のお后教育や入内の準備だったのだろう」（傍点・廣田）と説かれる。これは重要な指摘である。

清水氏は、「最初の読者は彰子と一条天皇、そして研子であったことが推測できる」（傍点・廣田）というふうにまとめられる。さらに清水氏は「次世代の読者たち」として菅原孝標女を挙げる。「一家に一揃いあれば音読

(朗読)を聞くことで家族が皆で楽しみ、物知りの女房や親の説明を受けただろう」という「日常の場で親しまれた」ことを想定している。そして鎌倉・室町時代以後の「一般の読者たち」へと拡大していったと、論を展開しておられる(16)。

先に『紫式部日記』の**(2)の記事を**読むと、紫式部が当初から一条天皇に『源氏物語』を読んでもらえるなどということや、あまつさえ御褒《ほ》めの言葉を賜るなどということは、予想していなかったように思える。それはともかく、玉上氏や清水氏の指摘を踏まえ、私は『源氏物語』の第一次的、もしくは当初の読者が、個人としての彰子というよりも、中宮である彰子だと考える。

そこで、『源氏物語』における内在的な「物語」の用例を検索してみると、一九九例を認める(17)。この中で、玉上氏の音読論に触れてくる事例を、改めて挙げてみたい。すると、玉上氏の音読論はもう少し広がりのあるものと考えるべき必要を感じる。

1　御前の壺前栽のいとおもしろき盛りなるを、(帝は)御覧ずるやうにて、忍びやかに心にくき限りの女房、四五人さぶらはせ給ひて、**御物語**せさせ給ふなりけり。このごろ明け暮れ御覧ずる長恨歌の御絵、亭子院の書かせ給ひて、伊勢・貫之に詠ませ給へる、やまとことの葉をも、唐土の歌をも、たゞそのすぢをぞ枕ごとにせさせ給ふ。　(桐壺、一巻三九頁)

この1の事例は、天皇が「やまとことの葉をも、唐土の歌をも」「枕ごと」にしていたとあるが、新編全集は語義の次元で「明け暮れの話題(18)」と訳出する。その内容が「長恨歌の御絵」であり、「亭子院」の御筆で「伊勢・貫之」に詠ませた和歌や、漢詩などであるという。夜の宿直に近侍する数人の「心にくき女房」から「御物語」

をさせたという場が予想される。おそらく女房が語って申し上げ、天皇から詞章や故実について問われ、また女房が答えるという形態をとるものとみられる。

2　（左馬頭は）童に侍りし時、女房などの**物語**読みしを聞きて、「いとあはれに悲しく　心深き事かな」と涙をさへなむ、おとし侍りし。（帚木、一巻六五～六頁）

また、2は、雨夜の品定めで、左馬頭が「童に侍りし時」に「女房などの**物語**読みしを聞きて」という経験を語る条である。興味深いことは、読み聞かせが幼い男性を対象として左馬頭の階層にも行われたことである。

1や2の事例だけでも、玉上氏の主張する「女の女による女のための物語」という命題には、すでに基盤をなす「物語」の場が存在していたことを言わなければならない。玉上氏の立論は、ことさらに一面だけが強調されている感がある。

24　（帝は）よろづの**御物語**、書の道のおぼつかなく思し召さるゝ事どもなど、（光源氏に）とはせ給ひて、又すき〳〵しき歌がたりなども、かたみに聞えかはさせ給ふついでに、かの斎宮の下り給ひし日の事、かたちのをかしくおはせしなど、語らせ給ふに、われもうち解けて、野の宮のあはれなりしあけぼのも、みな聞え出で給ひてけり。（賢木、一巻三九五～六頁）

24の事例も、天皇が前々から「書の道」において疑問に思ってきたことを尋ねたり、光源氏と「すき〳〵しき歌がたり」を互いに語り合ったりしたという。その果てに、帝が斎宮下向の折のことや、光源氏が六条御息所との野宮の折のことなどを語り合ったという。

ちなみに、この条の「歌がたり」は『源氏物語大成』によると、「うたかたり—むかしものかたり御—うたの物かたり國」（別本）という異同がある。[19] 事例を挙げることは控えるが、他にも「歌物語」という語は表現に異同が多く、用例として安定しない憾《うら》みがある。

43 （末摘花は）親のもてかしづき給ひし御心おきてのまゝに、世の中をつゝましき物におぼして、まれにも言通ひ給ふべき御あたりをもさらに馴れ給はず、ふりにたる御厨子あけて、唐守《からもり》・藐姑射《はこや》の刀自・**かぐや姫の物語**の絵に書きたるをぞ、時〴〵のまさぐり物にし給ふ。古歌とても、をかしきやうに選り出で、題をも読《よみ》人をも、あらはし心得たるこそ、見所もありけれ、うるはしき紙屋紙・陸奥紙などのふくだめるに、ふることゞもの目馴れたるなどは、いとすさまじげなるを、せめてながめ給ふ折〴〵は、引きひろげ給ふ。

（蓬生、二巻一四一頁）

43の事例は、末摘花が「物語」を読む事例である。これは一見すると、末摘花が黙読するものかと見えるが、読み聞かせをする女房がいないために、やむなくひとりで「ながめ」ることになっているものと見做《な》せる。

77 げにたぐひ多からぬことどもは、好みあつめ給へりかし。（光源氏）「姫君の御前にて、この世馴れたる**物語**など、な読みきかせ給ひそ。みそか心つきたる、物の女などは、をかしとにはあらねど、

（蛍、二巻四三五頁）

この77の事例は、姫君に「この世馴れたる**物語**など、な読みきかせ給ひそ」と誡《いまし》めていることが注意される。

105 対（紫上）には、例のおはしまさぬ夜は、よひ居し給ひて、人々に**物語**など読ませて聞き給ふ。かく世のたとひに言ひ集めたる昔語りどもにも、あだなる男、色好み、二心ある人にかゝづらひたる女、かやうなることをいひ集めたるにも、つひによるかたありてこそあめれ。

（若菜下、三巻三六二頁）

105の事例は、紫上に対する女房の読み聞かせの事例である。注意すべきは、77も105の事例も、一般に流布していた「物語」の読み聞かせの事例だということである。

このように概観しただけでも、女房による読み聞かせは、すでに玉上氏自身が何度も用例を確認され注釈に引用されているにもかかわらず、後に玉上氏が音読論にまとめて言われたこととは逆に、天皇、中宮、姫君のみならず、幼い男君も対象とされる、もっと広汎な習俗であったというべきであろう。とするならば、翻《ひるがえ》って問題は、中宮に対する読み聞かせに、他の享受者とは異なる特徴があるのかどうかが問われることになるであろう。

特に『源氏物語』研究では（おそらく無意識に）近代的な枠組みでもって、作者と作品という立て方で論じることが、今もなお拭い難い状況にあると感じられる。あたかも作者が作者個人として「独立」して存在しており、かつ作品を論ずるにも、構想、意図、受容など、意識的側面が作者の営為として強調されてきたところにこそ問題がある。古代にあって作者は、集団の中でしか物語を書くことはなく、読者も集団の中で享受したと捉えるべきであろう。その集団とは、道長を後盾とする中宮彰子の御前という場であったということである。

二　中宮とは何か

1　歴史の中の中宮

橋本義彦氏は、早く芝葛盛氏が「一条朝以降用いられた「中宮」の語は、「后位に立ち給うた御方の御称謂であつて、中宮といふ御身位は存しない」と指摘されたことを踏まえ、「中宮の意義・概念」について検討する。[20] [21]

橋本氏はまず「中宮は皇后の別称」であるとして、近藤芳樹氏が『標注職原抄校本』の注解において示された「中宮は皇后の宮にて居処の称、皇后とは其位の称にて、義別也」（傍点・廣田）という見解を基本に据える。[22] さらに、聖武天皇が藤原不比等の娘光明子を立后させたことについて、「令の規定によれば、皇后に奉事すべき宮司はいうまでもなく中宮職である」が、「令制にない皇后宮職を新設したこと」（傍点・廣田）は「政治的要請」によるものと論じた。以降、「皇后には皇后宮職が付置され、中宮職は皇太夫人に奉事するという、甚だ令意に反した事態が現出したばかりでなく、これが以後の事例を強く規制するに至った」という。

そして、橋本氏は、醍醐天皇が穏子を皇后に立てるとき「初めて中宮職をこれに付属せしめた」ことに注目する。さらにこれは、彰子が中宮に就くときの経緯の中で、便宜的な方策の問題として指摘されてきたことであるが、「藤原道長の女彰子が一条天皇の皇后に立つに及び、皇后定子の中宮職を改めて皇后宮職とし、新后彰子は中宮職を付置され、現天皇の妻后の並立する新令が開かれた[23]」といわれる。

私は、橋本氏が、中宮と后とを同一視せず、「居所の称」と「位の称」との違いであるというふうに区別して考えられたことに賛意を表したい。すなわち、研究史として中宮論を繙《ひもと》くと、必ずこの定子と彰子との関係について、道長が併立を提案したことが道長の権力志向の問題として強調されることが多いけれども、射程距離をもっと長くとり、后と中宮との長い歴史を辿るならば、むしろ后は外来の律令の思想によるものであり、中宮は在来の思想によるものではないかと見えてくる。

瀧浪貞子氏は、次のようにいう。

「女御」「更衣」は平安初期、九世紀に登場したが、令（『後宮職員令』）に規定されたキサキの「皇后・妃・夫人・嬪」―以下これを「令制〈の〉キサキ」と呼ぶ―と異なって定員がなく、入内に当っても資格や手続きの上で煩雑さが少なかった。そこで以下これを「令外〈の〉キサキ」と呼ぶことにするが、この令外のキサキの出現によって後宮のあり方は大きく変っている[24]。

そして、瀧浪氏は「キサキは入内した以上、皇子の出産が期待されていた」が、「所生の皇子が即位すれば、そのキサキは「国母」と呼ばれ、「令制のキサキ」「令外のキサキ」ともに「中宮」と呼ばれ、「天皇＝皇位継承者の母であることの重み」をもち、そこでは令内か令外かは問われないという。つまり「キサキの問題も「国母＝中宮」（傍点・廣田）という存在に収斂される皇位継承と不可分」であるという。

さらに、瀧浪氏は、嵯峨朝のキサキに「身分の如何を問わず天皇の寵をうけた女性たちがいた」として、女官たちと、女官ではないが「親兄弟と天皇との関係から寵をうけるようになった女性たち」を、「事実上のキサキ」と呼ぶ。そのとき、いわゆる二所朝廷という分裂をもたらした薬子は、「正式のキサキにされたわけでも女御になったわけでもない」「事実上のキサキ」であったとみる。さらに、「醍醐天皇の女御、藤原穏子が「中宮」に冊立されたのは延長元年（九二三）四月のこと」であったが、「長い間空位の続いた皇后がここに復活したものと考えられてきた」けれども「中宮の歴史に照らし」たとき「皇太子保明の死後」「女御穏子が、従来の慣例からいって有り得ないはずの「中宮」に立てられたものだという。それは「そもそも「中宮」とは「皇太后（皇太夫人）」、すなわち現天皇の母――「国母」に対して与えられた称号であり、地位であった」という。(25)（傍点・廣田）

つまり「中宮」とは、令制の制度的な后であるよりも、現実的、実態的に天皇を生んだ国母であることの呼称に他ならなかったといえるだろう。そのことは、橋本氏のいう居処と位階との違いをいう考察とは矛盾しない。

このような議論を辿って行くと、早く折口信夫氏が、「女帝考」において、

> 日本では皇后をきさきと申して来た。併し、此語が、皇后と言う語に、果して完全に、適切だったか、どうかは疑問である。と言う訳は、令の規定には、「皇后」と言う名称はあるが、其に対するものと見られるようになった重大な名称の「中宮」は、義解には見えるが、本文にはない。
>
> 中宮と言う語は、皇后と言う格の高い名称と比べると、名称としては本格でなく、お住いになる御殿を指

しているような語で、元来、仮用の語であったような気がする上に、用語例から見ても、動揺しているようである。皇后を意味するかと思えば、三后に渉るようでもあり、平安朝に這入って、宮廷の便宜の上から、皇后に接した御資格のようになって来た。従って、大宝令《(ママ)》の勢力が深かった間は、中宮と言う語はあっても、認めなかったと言うべきであろう。だから、中宮も亦、令外の名で、令の威力のなくなった頃、令以外に持ち続けられていた令前のものが、頭を抬《もた》げて来たと見るべきであろう。(26)（傍点・廣田）

と論じられていたことを想起できるだろう。私が興味を持ったことは、折口氏が皇后は令の規定によるが、中宮は「令制以前のもの」の台頭してきたことの表象であると捉えておられることである。

ただし、そのように論じつつ、折口氏は、「併し、果して、皇后に極めて近い意義の中宮と言う名称が、平安朝になってから、初《はじま》ったものであろうか」として、『萬葉集』における「中皇命」「中皇女」という語法の「中」に注目する。そして、「中」に「中立ち」「仲だち」の語義をみようとされている。すなわち「神と天皇との間に立つ仲介者なる聖者」、「御在位中の天皇に対して、最近い御間がらとして、神と天皇との間に立っておいでになる御方」と理解されている。(27)

「中宮」という語が、仲介者としての意義をもつかどうかについては、なお検討を要するが、中宮の語義を、令制度以前か以後かという視点をもって捉えようとされる発想は、きわめて重要である。

それでは、平安時代の「中宮」という語を、表現という視点から考えるために、『続日本紀』にみえる奈良時代から平安時代に至る事例を見ておこう。簡便を期して、訓読文を用いることにしたい。

1 (養老）七（七二三）年春正月丙子、天皇**中宮**に御しまして、従三位多治比真人池守に正三位を授く。

（二巻一二七頁）[28]

新大系は、これが「中宮の初出」であるという。そして、補注に「続日本紀にみえる中宮」は「個人を示す場合」と「平城宮内の特定の区画を示す場合とがある」として、この記事は後者の事例であるという。「結局、中宮と天皇の御在所である内裏とは同一の施設である」とみる（同書、四九七〜八頁）[29]。（傍点・廣田）

2（養老七年春正月）壬午（一六日）、四位已下主典已上を**中宮**に饗《みあへ》す。（二巻一二九頁）

新大系は「正月十六日は節日（雑令40）で、この饗は踏歌節会の宴」とみる（同書、二巻一二九頁）。

3（神亀元（七二四）年正月）戊辰（七日）、**中宮**に御しまして五位已上を宴す。禄賜ふこと差有り。（二巻一三七頁）

新大系は「いわゆる第一次朝堂院か」と注する（同書、一三七頁）。

4（神亀元年一一月）庚申（四日）、諸司の長官并せて秀才と勤公の人等を召して、宴を**中宮**に賜ひ、糸各十絇《ケン》を賜ふ。（二巻一五七頁）

5（神亀四年二月）辛酉（一八日）、僧六百、尼三百を**中宮**に請して、金剛般若経を転読せしむ。災異を銷《け》さむが為なり。（二巻一七九頁）

6（神亀四年冬一〇月）癸酉（五日）、天皇、**中宮**に御しまして、皇子の誕生せるが為に、天下の大辟罪已下を赦したまふ。（略）（二巻一八三頁）

同様の事例をいくら挙げてもきりはないが、要するに、これらの事例は、中宮が天皇の居所である内裏そのものであることを示す。結局、これらの中宮という表現において、「中」という語は、中央、中心などという場所を示す語として用いられているとみてよいであろう。

ところが、次の事例から用法が変化する。

・（桓武天皇、天応元（七八一）年五月）乙亥（一七日）、始めて**中宮職**を置く。参議宮内卿正四位上大伴宿彌伯麻呂を中宮大夫とす。（略）（三巻一八七頁）

新大系は「高野新笠が、本年四月癸卯詔により皇太夫人となることに伴い付置されたもの。本条で中宮職を付置して中宮大夫以下の官人を任じたことを『始』と表記したもの」と注する（三巻一八七頁）。

さらに、次の事例は個人を示す事例である。

・（延暦三（七八四）年一一月）戊申（一一日）、天皇、長岡宮に移幸したまふ。・甲寅（一七日）、是より先、皇后、母氏の憂に遭ひて車駕に従はず。**中宮**も復留りて平城に在り。（略）（三巻三〇七・九頁）

新大系は「高野新笠。桓武の生母」と注する（三巻三〇七頁）。以下の「中宮」の事例は、高野新笠その人を指すものとなる。いうまでもなく、居処をもって主とする中宮その人を表現することは、帝の場合の「内裏《うち》」という語の用法を思い合わせるまでもないだろう。

考古学や歴史研究の領域では、平城京において「中宮」をどこに比定するかについては、なお議論のあるところのようだが、[30]「中宮」という語—表現からどこまで詰めて言えるのか、ひとつの目途《めど》を示しておきたい。つまり、平安京の成立と前後して「中宮」の用法が、天皇の居所から后その人を示すものへと変化しているといえる。なぜそうなるかということに、今直ちに答を出すことは困難である。想像するに、中宮という呼称は、瀧浪氏の指摘どおり、令制の后というよりも、天皇の「生母」、国母としての中宮を重視する表現とみたい。

それでは、この問題は、こと『源氏物語』において、どのように表現されているだろうか。

2 『源氏物語』の中の「后」と「中宮」

『源氏物語』において「中宮」の存在を考える上で、興味深いことだが、表現において、「帝」・「后」という文脈と、「内裏」「上」・「中宮」という文脈との使い分けがあるように思う。少しばかり特徴的な事例を追いかけてみよう。

・（帝は）年月にそへて**みやす所**（桐壺更衣）の御事を、おぼし忘るゝをりなし。（略）先帝の四の宮（藤壺）の、御かたちすぐれ給へる聞え、高くおはします。**母后**、世になくかしづききこえ給ふを、**上**にさぶらふ内侍のすけは、先帝の御時の人にて、かの宮にも親しう参り馴れたりければ、いはけなくおはいまし、時より見たてまつり、今もほの見たてまつりて、（内侍）「失せ給ひにし**宮す所**（桐壺更衣）の御かたちに、似給へる人を、三代の宮づかへにつたはりぬるに、え見たてまつりつけぬに、**后の宮**の姫宮（藤壺）こそ、いとようおぼえて、生ひ出でさせ給へりけれ。

（桐壺、一巻四五頁）

まだ立后以前の藤壺は「先帝の四の宮」「后の宮の姫宮」と呼ばれる。この事例で興味深いことは、御息所（桐壺更衣）と、母后（弘徽殿女御）と、宮（藤壺）とが呼称において区別のあることである。

・七月にぞ**后**（藤壺）ゐ給ふめりし。源氏の君、宰相になり給ひぬ。**帝**、おり居させ給はんの御心づかひ近うなりて、「この若君を坊に」と思ひ聞えさせ給ふに、御後見し給ふべき人、おはせず。

（紅葉賀、一巻二九八頁）

立后は令制の文脈であり、ここでは藤壺は「后」という呼称が用いられている。それは「帝」と対偶的に表現されているからである。

・二月の廿日あまり、南殿の桜の宴せさせ給ふ。**后**（藤壺）・**春宮**の御局、左右にしてまうのぼりたまふ。弘徽

殿の女御は、**中宮**（藤壺）のかくておはするを、をりふしごとに安からずおぼせど、（花宴、一巻三〇三頁）

この事例では、南殿（紫宸殿）の桜宴が天皇主催の行事であるから、藤壺は「后」と表現される。ところが、弘徽殿女御と対置されるときには「中宮」と表現されている。近接する箇所でも、藤壺の表現は、つまり、同じ藤壺という存在に対する呼称は、固定されていないことが重要である。

・かうやうの折にも、まづこの君を光にしたまへれば、**帝**もいかでか疎《おろか》に思されん。**中宮**（藤壺）、（光源氏に）御目のとまるにつけて、「**春宮の女御**のあながちに憎み給ふらむも、怪しう、わがかう思ふも心憂し」とぞ、みづから思しかへされける。（花宴、一巻三〇四頁）

・（南殿の桜宴から）上達部、おの〳〵あかれ、**后**・春宮帰らせ給ひぬれば、のどやかになりぬるに、（花宴、一巻三〇五頁）

・そのころ、斎院もおり居給ひて、后腹の女三の宮、ゐ給ひぬ。**帝**・**后**（藤壺）いとことに思ひ聞え給へる宮なれば、すぢ異になり給ふを、いと苦しう思したれど、異宮達のさるべきおはせず。儀式など、常の神事なれど、厳しうのゝしる。祭のほど、限りあるおほやけ事にそふこと多く、見所こよなし。（葵、一巻三一九頁）

・（葵上り逝去につき）こなたかなたの御送りの人ども、寺〳〵の念仏の僧など、そこら広き野に所もなし。**院**（桐壺院）をば更にも申さず、**后の宮**（藤壺）、**春宮**などの御使、さらぬ所〳〵のも参りちがひて、飽かずいみじき御とぶらひを聞え給ふ。（葵、一巻三四〇頁）

・院（桐壺院）へ参り給へれば、（院）「いといたう面痩せにけり。精進にて日を経るけにや」と心ぐるしげに思し召して、御前に物などまゐらせ給ひて、「とやかくや」とおぼしあつかひ聞えさせ給へるさま、あはれ

にかたじけなし。**中宮**の御方に参り給へば、人〳〵めづらしがり、見たてまつる。（葵、一巻三五四頁）

・**大后**（弘徽殿女御）も（院の見舞に）まゐり給はんとするを、**中宮**（藤壺）のかく添ひおはするに、御心置かれて、思しやすらふ程に、おどろ〳〵しきさまにもおはしまさで、かくれさせ給ひぬ。（略）**御門**（朱雀帝）はいと若うおはします。祖父大臣、いと急にさがなくおはして、「その御まゝ、なりなむ世を。いかならん」と、上達部・殿上人みな思ひなげく。

中宮・大将殿などは、ましてすぐれて物も思しわかれず、後〳〵の御わざなど、孝じ仕うまつり給ふさまも、そこらの御子たちの御中に、すぐれ給へるを、ことわりながらいとあはれに、世の人も見たてまつる。

（賢木、一巻三七七頁）

后と中宮という呼称の関係は、あたかも歴史上の定子皇后と彰子中宮との対立を、道長が「解決」した、例の出来事の反映と見えなくもない。ただ重要な問題は、后と中宮という呼称が、固定しているのではなく、文脈によって異なることである。それは、本来的な令制の規定による后と、実態的な后たる中宮との文脈上の対立といえる。

・**中宮**は院の御はてのことにうちつゞき、御八講のいそぎ、さま〴〵に心づかひせさせ給ひけり。十一月の朔日ごろ、御国忌なるに、雪いたう降りたり。（略）十二月十余日ばかり、**中宮**の御八講なり。いみじう尊し。日々に供養せさせ給ふ御経よりはじめ、玉の軸・羅の表紙・帙簀《ぢす》の飾りも、世になきさまに整へさせ給へり。

（賢木、一巻三九九頁）

・その年、おほやけに物のさとしきりて、物騒がしき事おほかり。三月十三日、神鳴り閃めき、雨・風さわがしき夜、**御門**（朱雀帝）の御夢に、**院の御かど**（桐壺院）、御まへの御階のもとに渡らせ給ひて、御気色いと悪しうて、にらみ聞えさせ給ふを、かしこまりておはします。（院が帝に）きこえさせ給ふ事ども多かり。

源氏の御事なりけむかし。「いと恐ろしういとほし」と思して、**后**（弘徽殿女御）にきこえさせ給ひければ、「雨など降り、空乱れたる夜は、思ひなしなる事はさぞ侍る。軽〳〵しきやうにおぼし驚くましき事」ときこえ給ふ。「にらみ給ひしに、みあはせ給ふ」と見しけにや、御目にわづらひ給ひて、たへがたう悩み給ふ。御つつしみ、**内裏**（朱雀帝）にも**宮**（弘徽殿女御）にも、限りなうせさせ給ふ。太政大臣亡せ給ひぬ。ことわりの御齢なれど、つぎ〳〵に、おのづから騒がしき事あるに、**大宮**（弘徽殿女御）もそこはかとなうわづらひ給て、程経れば弱り給ふやうなる、**内裏**におぼし嘆く事、さま〴〵なり。

（明石、二巻七九頁）

紙幅のみならず煩雑に過ぎることをもって、以下の事例を略したい。

呼称が文脈によって異なるのは、藤壺のことだけではない。弘徽殿も文脈によって呼称が変化する。「院の御かど」に対して朱雀帝は「御門」と表現され、帝にとって弘徽殿は「后」と表現される。ところが、弘徽殿も「内裏」に対して、「宮」「大宮」と表現されており(31)、呼称は固定的であるというよりも、文脈的であることが分かる。

さらにいえば、私はかつて、天皇の呼称が内裏の構造と対応していることを述べたことがある(32)。それを踏まえて言えば、「帝」と「内裏」との使い分けと、「后」と「中宮」との使い分けとが対応しているといえる。

三　『源氏物語』には何が描かれているか

1　復讐の物語としての光源氏物語、そしてさらにその先へ

私は最近では、『源氏物語』を論じるとき、まず光源氏物語と宇治の物語とを分けて考えている。と同時に、光源氏物語を若菜巻以前・以後で分けている。いわゆる三部構成説をとる立場に近い。なぜかというと、光源氏物語のキイ・ワードが「復讐」だと考えたとき、物語の全体が見渡せるからである。

巷間『源氏物語』は、早く実母を亡くした幼い光る君が、母親の面影を慕い続けた果てに后藤壺を過ち、さらに若紫という身代わりを求める物語であるというふうに読まれている。あるいはよく、光源氏は play boy だと評される。ところが、そのような読み方は、この物語の表層の問題である。ところが、この物語にはもっと深く仕掛けられている問題がある。それは、皇位継承の問題である。皇位継承の問題を、亡き母親に対する思慕を端緒として描くというふうに重層化されることによって、この物語の分厚さと奥行きとが成立している。

さてそれでは、物語の最初に、何が仕掛けられているのかというと、主人公が帝の二番目の皇子として生まれるということである。そのことがすべてである。しかも生まれつき卓越した才能を持った皇子として、である。そこで、帝は、長男である皇太子（後の朱雀帝）との皇位継承の争いを恐れ、光る君を臣下に落とす。最初から彼は皇太子にはなれず、さすらう人生を運命付けられている。

ところが、臣籍を賜った光源氏は、あろうことか后藤壺を犯し奉ることによって、しかも罪の子を懐妊、誕生させてしまう。光源氏が后藤壺を過ち犯し奉っただけでことは済まない。恐ろしいことに、罪の子の皇子（後の冷泉帝）を誕生させるのである。これは、一切が露見しかねない危機に晒《さら》される出来事に違いない。

ところが、それだけではなく、仰天するようなことだったと思われるが、その皇子がなんと即位することになるのである。これは、少し気どった言い方をすると、復讐 vengeance である。帝その人に対してではない。光源氏に課せられた運命に対する、光源氏による復讐である。物語がそう書いているというよりも、そのような物語の最初の設定全体が、紫式部の仕掛けだという他はない。光源氏は皇位から排除されたことに対する復讐のために、后藤壺を犯し奉るのである。光源氏自身は帝位に即くことを辞退しているが、子冷泉の即位が光源氏の夢をかなえたともいえる。むしろ、后を入内させ続けることで外戚であり続けるところに、光源氏の復讐の実現がある。

ただ、誤解のないように申し添えると、光源氏はそんな企てを確信犯的に意識しているわけではない。このようなありえない物語の構成は、おそらく『源氏物語』の独創性だということができる。例えば、院政期の仏教説話集『今昔物語集』には、インドや中国の仏典を始めとして、古代における世界中の物語の素材が蓄積されているであろうが、その中にもこんな奇想天外な物語は認められないからである(33)。

ところで、伝統的な物語の枠組みに基いて、須磨から明石への流離の後、再生を遂げた光源氏は急ぎ足で栄華を獲得して行く。主人公ということから言えば、桐壺巻から藤裏葉巻までは間違いなく光源氏が、神格性を付与された超越的存在であり、晩年に建設した六条院の宇宙は、限りなく帝に近づこうとすることにおいて、王者としての栄華を表現するものである。

ところが、光源氏が四十歳となり、晩年に入る若菜巻以降の物語は、王者としての光源氏に老いの影が差し始める。このあたりから、この物語がいよいよ本題に入ってきたという印象がある。若菜巻で仕掛けられた、女三宮との婚嫁と柏木による犯し、女三宮から薫君が誕生すること、そして柏木の死と女三宮の出家。少なくとも、ここまではひとつのまとまりのある物語として提示されている。

問題はそこから始まる。秘密の犯しによって誕生した薫を因果応報と理会し、わが子として引き受ける（横笛巻）ことが、光源氏物語の主軸をなす。女三宮を「片成り」とか「片生ひ(34)」と見落していた光源氏の中に、女三宮に対する愛執が生まれる（鈴虫巻）。さらに、あの朧月夜でさえも、光源氏を残して出家してしまう。さらに、紫上は光源氏によって出家することを妨げられ続ける。やがて、御法巻において、死に臨む紫上を前に、光源氏はただ狼狽《ろうばい》するだけである。光源氏はなお、紫上に対する愛執の虜《とりこ》であり続ける。

若菜巻から幻巻まで、罪の子薫の誕生の経緯を知りつつ、ひとり胸の内におさめて、それまでの物語の全てを引き受けた光源氏が、やはり主人公なのであろう。

ところが併行して、紫上の存在はずっと重くなる。若き日に光源氏が藤壺の身代わりとして引き取り養育したはずの若紫、紫上は、清水好子氏のいわれる「男の要らぬ世界、男も女もない世界」[35]へと至り、光源氏の手の届かない存在へと転じてしまう。いわば、若き日に多くの女性を犯し続けた光源氏は、愛執《あいしゅう》の存在として取り残される。これが、光源氏とかかわった女性たちの誰もがそう意識しているわけでないが、女性たちによる復讐である。若菜巻以降の光源氏は、朱雀帝と女性たちと、他者によって復讐されるところに特徴がある。

さらに、宇治十帖の主人公は、ひとまずは薫であると見えるが、大君や浮舟の担う問題は薫以上に重いものがある。この時代の物語の伝統から言えば、姫君である大君は饒舌《じょうぜつ》にすぎる。大君の発言で印象深い言葉は、「宿世といふらん方は、目にも見えぬことにて」(総角、四巻四一五頁)である。

かつて光源氏自身が藤壺を過ち、犯した罪の報いとして、正妻女三宮が柏木に犯され、生まれた子薫を抱きとめるときに、光源氏はこれが因果応報なのだと実感している。

ところが、宇治を舞台とする物語は、次の世代の若者たちが登場する。罪の子薫に求愛された宇治大君は、仏教の教えである宿世観そのものに疑念を抱くに至る。つまり、時代を覆っていた仏教的な因果思想に対して、大君の特異さは、懐疑的な姿勢を貫いたところにある。光源氏が実感した因果応報を、宇治大君は否定しようとする、ここに、物語の大きな転換が仕組まれている。

さらに、浮舟は薫に庇護されながら、匂宮の情愛を受けてしまう。ある日、宇治橋を眺めつつ、薫は浮舟を抱きながら亡き大君のことを思う。一方、浮舟は薫に抱かれながら匂宮のことを思っている(浮舟巻)。私は、このすれちがいに、他者の発見があると思う。やがて、窮地に陥った浮舟は、入水を求めて出奔するが叶えられず、さすらいの果てに僧都に助けられる。僧都のもとで浮舟は出家を果たすが、薫が浮舟の所在を嗅《か》ぎつけ、僧都に事情を尋ねる。僧都は浮舟に還俗《げんぞく》を勧めるが、薫は浮舟の苦悩を理解できず、男が隠しているのではないかと疑うところで、『源氏物語』夢浮橋巻は閉じられている。浮舟は、時代の新しい浄土教による救済に疑問を抱く。仏教に対する不信、これが『源氏物語』の描きえた「新しい思想」である。これが古代物語がたどり着いた「古代の近代」だといえるだろう。

大君の異様な饒舌さや、浮舟の破天荒な行動を引き出すために、あたかも薫のような性格の付与された男主人公が必要だったのではないかと思えるほどである。つまり、小説のような主人公は、たったひとりだという思い込みを排して、男君と女君との対偶関係が主題を作り出しているというふうに、考える方がよいであろう。問題は、亡き大君の身代わりを求め続ける薫は、人に身代わりということはありえないのだという、女性からの復讐を受けている、といえるのではないか。そして、この思惟こそ、若くして母と姉に死別し、結婚してからもわずか二年半で夫宣孝と死別したことで受けた心の傷から導かれたものではないかと、私はひそかに考えている。

いずれにしても、光源氏の人生において因果応報という仏教の根本原理を説きつつ、やがて紫上から大君、浮舟の物語において仏教への懐疑、さらに仏教への不信に至るこの物語は、実にしたたかである。

ところで、平安時代には『伊勢物語』という物語がある。例えば、現在の章段の配列でいえば、第六九段は、昔男が伊勢斎宮と過ちを犯す物語である。平安時代の『伊勢物語』は現在の配列とは異なり、この章段が冒頭に据えられていたといわれている。いわゆる狩使本（小式部内侍本とも）である。

ところが、『伊勢物語』では主人公昔男から子孫へと、新たな系図や系譜を生み出すことはない。それでは、この第六九段の物語が、『源氏物語』に影響を与えたかどうかというと、もちろんその可能性はある。ただし、源泉のひとつになっているとは思われるが、后を犯して生まれた子が、あろうことか帝として即位するというふうに、皇位継承の問題、皇統譜の問題を物語の根底に据えたことが『源氏物語』の独自性だったことは間違いない。(36)

2 物語の仕掛けとしての后腹

光源氏が藤壺を犯し、過ちの子を齎《もたら》すことは、何よりも天皇の系譜を犯すことである。そこにこの物語の独自性があるとすれば、物語をどのようにして描くのか。それが仕掛けとしての后腹というものである。そして、まさにそれは摂関政治の根幹をなす仕掛けだった。『源氏物語』を、道長は権力者に対する政治的な批判としては理解しなかった。むしろ、后腹という仕掛けこそ、摂関政治の根幹をなす仕組みだとして、道長に受け入れられたと考えられるからである、

私はかつて、次のように述べたことがある。

光源氏は、皇位継承への可能性を孕みつつ、その道を閉ざされたものとして設定されている。象徴的にいえば、正統な王権からの疎外者は、劣り腹の出自、母なき子という負性を担うところに物語の「主人公」たる資格がある。摂関政治は、物語における系譜の問題として見れば、后腹の仕掛けというものに集約される。物語における劣り腹とは、栄光と無残との両義性を帯びる存在を生みだす装置である。天皇の聖性に対する侵犯性を帯びる存在を生みだす装置である。

一方、いうまでもなく藤壺は劣り腹ではない。藤壺は、「先帝の四の宮」(桐壺、一巻四一頁)として紹介される。(略)「光る君」「かがやく日の宮」は、名において対偶している。二人が対偶的に配置されたとき、二人の結びつきはもはや避けがたいものとして約束されたことになる。妃としての藤壺が光源氏と結ばれる

ことは、天皇の神聖性の危機を孕むにちがいない。その藤壺が生む子も、天皇の神聖性を脅かす危険性を帯びてくる。[37]

例えば、桐壺更衣を論じるときに、桐壺帝の後宮に入った大納言の娘は、更衣腹であるがゆえに、天皇の寵愛を受けたからというよりも、更衣に対する待遇において更衣以上のものとしてもてなすことに過差のあったことが、後宮における迫害の原因となったと見るべきであろう。

それでは、『源氏物語』内部において、后腹、更衣腹という語がどのように用いられているか、代表的な用例を見ておこう。

まず、斎宮女御が弘徽殿女御を引き越えて中宮に立った。それゆえ内大臣は、雲居雁を東宮に入内させようと企む条。

「…思はぬ人におされぬる宿世になん、世は思ひのほかなるものと思ひ侍りぬるとおもひ侍りぬる。「この君をだに、いかで思ふさまに見なし侍らん。東宮の御元服、たゞ今のことになりぬるを」と、人知れず思ふ給へ心ざしたるを、かう今**さいはひ人の腹の后がね**こそ、又おひすがひぬれば。立ち出で給へらんに、ましてきしろふ人ありがたくや」とうち嘆き給へば、（少女、二巻二八八頁）

この条、新大系は「こうした幸運なお方の産んだ后の後補者が、また追いついてきた。明石姫君が東宮への入内に最適だと、自らも認める」と訳出している。[38]

また次の記事は、病ゆえに退位し、出家を考える朱雀院が鍾愛する女三宮を、後顧の憂いなく誰かに譲りたいという条、

御子たちは、春宮をおきたてまつりて、女宮たちなん四所おはしましける。その中に、藤壺と聞こえしは、

先帝の源氏にぞおはしましける。まだ坊と聞こえさせしとき、まゐり給ひて、高き位にも定まり給ふべき人の、取り立てたる御後見もおはせず、母方も**その筋となく物はかなき更衣腹**にてものし給ければ、御まじらひの程も心ぼそげにて、大后の内侍督をまゐらせたてまつり給ひて、かたはらに並ぶ人なくきこえ給ひどせし程に、けおされて、帝（朱雀帝）も御心の中にいとほしきものとは思ひきこえさせ給ひながら、

（若菜上、三巻二一一～二頁）

かくて『源氏物語』にあっては、藤壺の入内にしても、女三宮の婚嫁にしても、更衣腹か后腹かが、常に意識されていたといえる。登場人物が后腹か、更衣腹かということが、物語の設定において決定的な意味を帯びていた、といえる。

そのことからすれば、光源氏六条院は一夫多妻制の象徴などではない。四人の女性たちの役割において見ると、花散里は家政組織の女主であることによって、紫上が光源氏の愛情を独占するということを可能にしている。それだけではない。六条御息所の娘秋好中宮は、冷泉帝の中宮として、また明石姫君は今上帝の中宮として、二人の中宮たちを抱え込むことによって、光源氏の政治的基盤は不動のものとなるのである。

つまり、六条院の中に、二人の中宮、すなわち冷泉帝と今上帝と、二代の天皇の中宮を抱えていたことが重要である。光源氏は、中宮藤壺腹を利用して皇子（後の冷泉帝）を誕生させ、六条御息所の娘秋好中宮を利用して冷泉帝の（隠れた）父であり続け、さらに住吉神に保証された明石中宮は今上帝の御代を不動のものとする。藤壺中宮から歴代の后を味方に付けることで、光源氏は、権力を維持し続けた。皇親政治と見せて、実は摂関政治の論理に依拠していたといえる。

例えば、藤壺は、たびたび優れた中宮として讃美される。紅葉賀巻において、帝が清海波を舞った光源氏のこ

とを話題にした翌朝、光源氏の贈歌に「唐人の」と返した歌に、藤壺は「御后言葉」で返事したのだと讃美されている（紅葉賀、一巻二七三頁）。また、藤壺は皇子冷泉を護るために政治的な出家を遂げる（賢木、一巻四〇〇頁）。また、薄雲巻において崩じた藤壺を、物語は贅《ぜい》を尽くさず、予め寺に寄進する準備をした心遣いを物語は讃えている（薄雲、二巻二三〇頁）。改めて論じたいと思うが、藤壺が模範たる中宮として描かれているのではないかと考えられる(39)。

したがって、紫式部が彰子中宮に『源氏物語』を献じたとき、中宮彰子は中宮の役割を辿りながら『源氏物語』を読もうとしたのではないかと思われる。

まとめにかえて――『源氏物語』によって紫式部は中宮に何を「教育」したのか

『源氏物語』の本性を考えようとするとき、興味深い条がある。冷泉天皇の秋好中宮と弘徽殿女御と、いずれが寵愛を獲得できるのかを争う絵合の行事に向けて、光源氏は紫上とともに物語を選定するに際して、次のように言う。

> 殿に古きも新しきも、絵ども入りたる御厨子ども開かせ給ひて、女君（紫上）ともろともに、いまめかしきそれ〲と、選り整へさせ給ふ。**「長恨歌、王昭君などやうなる絵は、おもしろくあはれなれど、事の忌みあるはこたみは奉らじ」と選りとゞめ給ふ。**（絵合、二巻一七七頁）

かつて三谷邦明氏は、光源氏が「『事の忌』があるから、絵合に提出するのはやめよう」と言ったにもかかわらず、「『桐壺』の巻は長恨歌を下敷にして始める」のであり、読者には「一条帝や彰子も含まれている」が、「そうした人々が「事の忌」を敢て提供している」と述べ、秋山虔氏が『源氏物語』を「絶望の文学」と呼んだことに対して、三谷氏は「残酷な文学」であると称している(40)。

三谷氏の指摘のとおり、「事の忌み」といいつつ、いきなり桐壺巻からして、『源氏物語』は長恨歌や王昭君などの故事、すなわち傾城の美女による国の内乱の物語や、遠く匈奴に婚家させられて毒死した后の悲劇が意識されている。逆に言うと、『源氏物語』の描かなかった、もうひとつの物語の行く方、可能性を考えさせられる。帝や光源氏が恐れた、破滅への道を想像させるのである。物語自身が、音読論の条で触れたように、更衣を失った悲しみに、桐壺更衣が女房に長恨歌の絵を、物語をもって確認させた条（桐壺、一巻三九頁）が思い起こされる。

しかし、帝はなぜ悲しみの中であえて、長恨歌をめぐって女房たちと物語したのだろうか。桐壺更衣を失った悲しみを想い、楊貴妃と玄宗のような破滅の道を考え合わせ、やがて光源氏を臣下に落とすという判断を下すことの正邪を反芻したであろう。

そうであれば、紫式部はあえて、「事の忌み」を中宮に教えたことになる。つまり、中宮に献上された『源氏物語』の教育的機能は、実にしたたかなものであったといえる。

もうひとつ、蛍巻において、光源氏は紫上と物語論をかわす。

> 紫の上も、（明石）姫君の御あつらへにことづけて、物語は捨てがたく思したり。くまの、物語の絵にてあるを「いとよく書きたる絵かな」とて御覧ず。（略）（光源氏）「（明石）**姫君の御前にて、この世馴れたる物語など、な読み聞かせ給ひそ。**みそか心つきたるもののむすめなどは、をかしとにはあらねど、「かゝること世にはありけり」と見馴れたまはむぞ、ゆゝしきや」とのたまふもこよなしと、対の御方（紫上）聞きたまはば、心おき給ひつべくなむ。
>
> （蛍、二巻四三四〜五頁）

「この世馴れたる物語」を、玉上氏は「この色恋沙汰の物語」と訳出するとともに、「世なれたことの話。男女の恋愛を描いた物語」と注する。[41] この姫君こそ、後の明石中宮である。姫君に対する配慮はまさに、中宮に対する教育的な配慮をいうものとみえる。

絵合巻と蛍巻、この両巻における光源氏の主張は、物語の表層においてもっともな論理といえる。特に、蛍巻の物語論は、紫式部の文学観、物語観を考える上で重要だとされるが、これは玉鬘に対する懸想の文脈の中で展開されたものであり、中宮に対して用意される物語観とは、ただちに同じではない。この問題は他日を期したい。

ところが、深い理解力をもつ読者は、むしろ中宮に対して、あえて「事の忌み」が仕掛けられていてこそ、『源氏物語』には意味深い思想が籠められていると捉えるであろう。

つまり、亡き母親の身代わりに、似た容貌をもつ女性を愛するというふうな、モティフに沿って読む物語理解は、いかにも表層的なものである。それでは深層に何があるかというと、皇位継承争いが仕掛けられている。つまり、中宮の成長を期して、『源氏物語』は二重構造を仕掛けられていたといえる。[42]「事の忌み」を理解することこそ、『源氏物語』の伝えるべき主題に至る深層の仕掛けだったといえる。

さて、紫式部が女房としてどのような役割を期待されていたかということは、『紫式部集』や『紫式部日記』からうかがえる。例えば、彼女は中宮に贈られた歌に対して、中宮に代って歌を返したことを繰り返し記している。紫式部が幼い中宮の代わりに、対外的な交渉の前面に立ち、手紙や和歌の贈答を担当していたことが分かる。紫式部が中宮の代わりに、中宮の立場でもって歌を詠むことが求められた。そのような外交的な仕事が、中宮の仕事だったのではないか。

例えば、後の「百人一首」に見える「いにしへの奈良の都の八重桜」という、有名な歌がある。これは伊勢大輔という、重代の歌詠みの家の歌人で、和泉式部や赤染衛門、紫式部たちと一緒に、中宮彰子に仕えたことが知られている。この歌は、奈良の興福寺から桜の花が贈られたことに対して、中宮が返歌するにあたり、伊勢大輔が代作して答えた歌であった。そこで、『紫式部集』には、同じ機会に、中宮の代わりに歌った歌として「九重に匂ふをみれば八重桜重ねて着たる春の盛りか」という、紫式部の歌を載せている。これもまた、中宮の立場になって、中宮になりきって歌うことが求められたといえる。この時には、他にもおそらく現実的には、もっと多くの歌が詠まれたであろうが、後世に残った歌が、伊勢大輔と紫式部の歌だったということなのかもしれない。

一介の女房でありながら、彼女たちは中宮の立場というよりも、中宮のペルソナをもって返歌している。それは、代作ということでは足りない。彼女が幼い中宮に代わって歌を詠むことは、内裏の繁栄を寿ぐことであり、「神世」からの歴史に例《ためし》を遺すことであった。そしてそのような光栄を記しとどめることでもあった(43)。

そのようなことを対照させてみると、『源氏物語』の描くことが、祭祀や儀礼・儀式そのものではなく、むしろ、その果てに催される饗宴における和歌の贈答が中心になっているということに改めて注意してみる必要があるだろう。男女の情愛に基く和歌の贈答にも、挨拶としても、あるいは瀬踏みとしても、和歌には約束事があり、ひとつの儀礼性がある。それが文化ということであろう。和歌こそ古代文化の華である。そのことを『源氏物語』は事例を尽くして描いている。帚木巻のあの雨夜の品定めにしても、男たちの奔放な恋の体験談とみえて、猥褻《ひわい》な内容はかけらもない。雨夜の品定めの主題は、妻選びであるとされているが、それは和歌を核として語られる物語に他ならない。

このように考えてくれれば、『源氏物語』が七九五首の和歌でもって構成されていること自体が、中宮教育にとって不可欠なものであったに違いない。中宮学とは、理想的な国母《こくも》とはどのような役割を負うことなのか、その一点に集約されていたといえるだろう。このように、古代における『源氏物語』の生成を、中宮御前の制作の問題と捉え返してみると、紫式部の描きえた古代における古代と、古代における近代とが際立って見えてくるに違いない。

注

（1）太田静六「里内裏『寝殿造の研究』（吉川弘文館、一九七八年）。七七九頁、及び「平安時代における里内裏関係年表」参照、七八二頁。太田氏は、「一時的に内裏として用いる里内裏」は「本内裏に対して付随的、従属的な存在」であったはずのものが、承久元（一二一九）年以降、「専ら里内裏だけという変則的な事態となる」に至ったという。

（2）廣田收「紫式部とその周辺―『紫式部日記』『紫式部集』の女房たち―」（久下裕利編『王朝の歌人たちを考える―交友の空間―』武蔵野書院、二〇一三年四月）。

（3）池田亀鑑・秋山虔校注『紫式部日記』（岩波文庫、一九六四年）。四一～二頁。なお、一部表記を改めたところがある。

（4）萩谷朴『紫式部日記全注釈』上巻（角川書店、一九七一年）。四七一～四頁。

（5）伊藤博校注『新日本古典文学大系　紫式部日記』（岩波書店、一九八九年）。二八五頁。

（6）（4）に同じ、四九六～五〇三頁。

（7）（4）に同じ、下巻、一九七三年、二九七頁。

（8）（4）に同じ、三〇三～五頁。傍点・廣田。萩谷氏は、別の箇所においても「本来、中宮の教育掛《かかり》として出仕した紫式部としては、中宮に対して、正しい胎教を施そうということは、出仕当初からの懸案であったもしれず」（同書、下巻、一九七三年、三一四頁）、「中宮の行啓に従ってはじめて土御門殿に起居することとなった紫式部は、この里第において、人目を憚りながらも、御懐妊中の中宮に胎教を施すべく、かねて教養掛として温めていた腹案を実行に移したのである」（同書、下巻三一四頁）という（傍点・廣田）。さらに、萩谷氏は、「新楽府」五十篇が、内容の検討から「天子治世の要諦、いわば帝王倫理学の徳目」だという。それゆえ「やがて生まれ出るであろうところの皇子が、皇位継承の命運にある事を慮《おもんぱか》って、紫式部は中宮に胎教を施した」と推測しておられる（同書、下巻三一六頁）。（傍点・廣田）

ただ、胎教をあまり強く言い募《つの》ると、紫式部の中宮進講は（生まれ来る）皇子のためであったことになり、中宮学は帝王学の範疇に吸収されてしまう。むしろ、帝王に対する中宮の補佐的な役割、もしくは異なる役割を言うべきであろう。

(9) 玉上琢彌「藤壺の宮」『鑑賞日本古典文学　源氏物語』第九巻（角川書店、一九七五年）三九〇～一頁。傍点は廣田。

(10) 例えば、西野入篤男氏は『源氏物語』に引用された「新楽府」の漢詩文から、紫式部の「新楽府」受容を考えている（「白居易『新楽府』と『源氏物語』―女性の生き方を象る詩篇を中心に―」『白居易研究年報』第一二号、二〇一一年一二月）。ただ、そのことが直ちに中宮進講の内容とは同じでないと見るべきであろう。

(11) 玉上琢彌「女による女のための女の世界の物語」（『解釈と鑑賞』一九六一年五月）。

(12) 玉上琢彌氏は、『評注源氏物語全釈　夕顔・若紫』（紫乃故郷舎、一九五〇年）の解説「源氏物語私見―解題に代へて―」において、「物語は、源氏物語を含めて物語といふものは、一言にして言へば、紙芝居であつた」（同書、三頁。傍点・廣田）と説かれる。そして「絵をさしかへながら、かたはらで説明をする人があり、極めて研究をつんだ名調子で声色まじりに之を行ふ」ものであり、「これを楽しむ者は、原則として子供である」とされ、「結果としては子供を教育するもの」であるという（同書、三頁）。物語の教育については「現実の世界に処するのに物語を準拠準則とされる。かういふのが物語の真の読者であつた」という。さらに、国宝源氏物語絵巻の東屋（Ⅱ）を挙げて「この図こそ、物語の本統の楽しみ方を今の世に示してくれる」という（同書、四頁）。付記によると、この内容は一九四八年の講演に基くとされている。そして「要之、西欧十九世紀の小説を見る目で物語を論ずるのは危険だ」という意図を示しておられる。

『源氏物語』を「紙芝居」に譬えることは意表を突く、比喩的な説明方法であるが、読書を孤独で個人的な営為と見る考えや、黙読などを想起する考えを撃つ目的があったと考えれば、実に効果的な論じ方といえる。問題は、この段階では、享受者を「子供」と想定されている点である。

(13) 玉上琢彌「物語音読論序説」（『国語国文』一九五〇年一二月）。後に『源氏物語評釈　別巻一』（角川書店、一九九六年）一五〇頁。傍点・廣田。

(14) 同書、一五三〇頁。

(15) 玉上琢彌「源氏物語の読者」（『女子大文学』一九五五年三月）。後に、(13)に同じ、二五一頁。

(16) 清水婦久子「源氏物語の読者たち―成立に関わって―」『むらさき』第五〇輯（紫式部学会、二〇一三年一二月）。

(17) 山岸徳平校注『日本古典文学大系　源氏物語』（岩波書店、一九五八年）。以下、『源氏物語』の本文を引用するときには、これに拠る。なお、一部表記を改めたところがある。

(18) 阿部秋生他校注・訳『新編日本古典文学全集　源氏物語』第一巻（小学館、一九九四年）。三三三頁。

(19) 池田亀鑑『源氏物語大成』第一巻（中央公論社、一九五三年）。三六一頁。

(20) 芝葛盛『書陵部紀要』第一号（宮内庁書陵部、一九五一年三月）。芝氏は、「中宮とは后位に冊立せられた御方の一称謂であつて、御身位ではない」という。また歴史的事例について「中宮は常に天皇の嫡妻の称であるが、皇后は譲位後の天皇の嫡妻を称する場合が多い」が、「新立后の御方を皇后と称し、又皇后の称を改めて中宮と称せられた数例」もあるという。さらに「皇后中宮の二后ある場合」は、「皇后は多く先后の后で、中宮は新立の后であった」という。また「天皇の嫡妻を中宮と称すること」については「（い）同時に二后並立の場合、皇后は御一人を制としたる関係上、同時に同一称謂の校合二人と云ふことを名分上より避けたこと」、「（ろ）同称謂の御方二人おはしましては、日常事務の実際上不便なれば、これが混同を避けたこと」という。

(21) 橋本義彦「中宮の意義と沿革」『平安貴族社会の研究』（吉川弘文館、一九七六年）。一一八～九頁。

(22) 近藤芳樹『標注職原抄校本』嘉永七（一八五四）年、上・三四ウ。近藤氏は、「皇后中宮」の項において「中宮とは皇后のおはします所の名」であるが、かつて天皇は仁壽殿に、皇后は常寧殿を在所とした。表になる「紫宸殿」から裏にあたる「貞観殿に至るまでの五殿及その左右なる諸殿諸舎をこめて、南は建礼門、北は朔平門の以内を古へは中宮」と称したという。さらに、「皇后にあがり給へる後」「殊に時めき給ふをば、女御とのみにても、さしおきがたくて、藤壺にすゑて中宮としたまふ」という（六ウ～十二ウ）。これは、歴史的な経過の説明としては簡潔にして適切なものといえる。

(23) （20）に同じ、一二六～三〇頁。

(24) 瀧浪貞子「女御・中宮・女院—後宮の再編成—」（『論集平安文学　第三号　平安文学の視角—女性—』勉誠社）。一九九五年一〇月。

(25) 同論文。
(26) 折口信夫「女帝考」（『折口信夫天皇論集』講談社文庫、二〇一一年）。一四～五頁。傍線は原文のママ。
(27) 同書、一五～九頁。
(28) 青木和夫他校注『新日本古典文学大系　続日本紀』第二巻（岩波書店、一九九〇年）。一二七頁。
(29) 同書、四九七～八頁。以下、同様。
(30) 小澤毅「平城京の構造」（『日本古代宮都構造の研究』ミネルヴァ書房、二〇〇三年）。「平城京と奈良時代の諸京」（中尾芳治他編『古代日本と朝鮮の都城』ミネルヴァ書房、二〇〇七年）。
(31) 池田亀鑑『源氏物語大成』（明石巻の底本は大島本）の範囲でも「帝」「后」「宮」「大宮」「内裏」などに異同は認められない（第二冊、中央公論社、一九八四年、四六一頁）。おそらく、これらの用語には使い分けが認められる。なお、「院の御門」については、河内本諸本は「院のうへ」とする。
(32) 廣田收「大内裏と内裏の文学空間」（『文学史としての源氏物語』武蔵野書院、二〇一四年）。初出、二〇〇七年。
(33) 廣田收『講義源氏物語とは何か』（平安書院、二〇一一年）。四～六頁。
(34) 久保田孝夫「さして重き罪には当るべきならねど―女三宮の片成り・柏木の罪意識・光源氏の睨み―」（『国文学』二〇〇〇年七月）。臨時増刊号。
(35) 清水好子『源氏物語の女君』（塙書房、一九六七年）。一〇〇頁。清水氏は「第二部は「若菜」巻ですべてだといっても過言でない」（九〇頁）として、「若菜事件の後日談」の紫上に注目し（九六頁）、「彼女のいたりついた境地」を想像する（九七頁）。すなわち、夕霧巻において落葉宮の一件について「彼女の見方は人とは違っていた」として「女ほど身の処し方が窮屈で、かわいそうな者はない」という（九八頁）。そして紫上の「男の要らぬ世界、男も女もない世界が彼女の世界が想念の彼方に予想される」として「作者が物を書いているうちにしだいに見えて来た境地であった」という（一〇〇頁）。

(36)（33）に同じ。

(37)廣田收「『源氏物語』の皇統譜と光源氏」（『源氏物語』系譜と構造』笠間書院、二〇〇七年）。九～一〇頁。

(38)室伏信助他校注『新日本古典文学大系　源氏物語』第二巻（岩波書店、一九九四年）。二九二頁。

(39)『日本書紀』においては、持統天皇すなわち「高天原広野姫天皇」が「雖帝王女、而好礼節倹、有母儀徳」（坂本太郎他校注『日本古典文学大系　日本書紀』下巻、岩波書店、一九六五年、持統天皇称制前紀）と称賛されている。藤壺像が、『日本書紀』に描かれる女帝讃美の表現に類似していることは重要であるが、この問題については他日を期したい。

(40)「共同討議　源氏物語研究の可能性」における三谷邦明氏の発言。『古典と近代文学』第十号（有精堂、一九七一年七月）。

(41)玉上琢彌『源氏物語評釈』第五巻（角川書店、一九六五年）。三四五～六頁。

(42)廣田收「源氏物語の二重構造」（『文学史としての源氏物語』武蔵野書院、二〇一四年）。なお、小著刊行後、森一郎氏の「源氏物語の二重構造」（森一郎他編『源氏物語の展望』第一輯、三弥井書店、二〇〇七年）という論文の存在を知った。「二重構造」の取り方は異なるが、本稿において触れ得なかったことを謝したい。

(43)廣田收「『紫式部集』における女房の役割と歌の表現」（『紫式部集』歌の場と表現』笠間書院、二〇一二年）。初出、一九九〇年。

〔付記〕

本稿は、日台交流合同学会（日本文化研究会・環太平洋神話研究会・神戸神事芸能研究会、於同志社大学、二〇一五年九月）における講演原稿をもとに書き改めたものである。なお、中華民国政治大学の鄭家瑜氏の特別講演「持統天皇の光と影―日中比較の視点から見る―」は、私が今回『源氏物語』の中宮像を考える上で示唆を得た。記して謝意を表したい。

また、講演の後、星山健氏の論文「『栄花物語』正編研究序説―想定読者という視座―」（『文学・語学』第二一三号、二〇一五年八月）を拝読した。考察の対象とする物語は異なるが、関連する問題意識があり、わが意を強くした。記して謝意を表したい。

第二章　『源氏物語』の重層性と物語の方法

第一節　『源氏物語』の方法的特質――『河海抄』「准拠」を手がかりに――

はじめに

〈史実〉とは、一般に歴史的事実のことを意味するであろうが、これを基準とすれば、物語が史実に基くという側面と、物語が史実に反するという側面のあるということは理解しやすい。「史実と虚構」というと、物語を史実と対照させ、史実と反するところに虚構を認めるという立場を標榜することになる。結局のところ、史実とは物語生成の局面、あるいは読解の局面において、対照させて物語の方法を理解するための枠組みであり、広義にとれば歴史的な文脈の謂と解することができる。

ただ私は、この括弧付きの〈史実〉を私的な操作概念として用いることを好まない。もし歴史書を想起すれば、史実とはまず、六国史に代表されるような正史の中に記された出来事をいうものと了解される。正史としての歴史書は、天皇の起居《ききょ》、朝廷の公事を叙述することが、天皇の統治を記すという文脈のもとに叙述される。つまり、記されている記事は、天皇の統治としての出来事である。そこにいう歴史とは、ややもすると政治的な出来事と理解されやすいが、歴史書の記すことは、天皇と朝廷とを主語として、法制、儀式、祭祀、行事などの記録や先例から、社会的慣行、習俗のみならず、思想的や宗教的な事件にまで及ぶ。瑞祥としての休徴《きゅうちょう》や凶兆としての咎徴《きゅうちょう》も、不思議な出来事というよりも、それぞれ天皇の統治について示す天の兆しを示すものといえる。

普通、史実という場合、歴史書のみならず日記などの私的記録をも含んで、資料あるいは史料に記されたことをいう。ただ一点、私が懼《おそ》れるのは、史実という語には依然として、史料を通して推定される「厳然として」存在する、どこか「純粋客観的」な事実がある、という理解が潜んでいないかという懸念である。正史にしても日記にしても、どのような表現者によるかという相違はあるにしても、やはり言葉によって捉えられたものに他ならない。言葉は認識であり、思考であり、表現である。そうであれば、史実は、正史が公的なものであり、日記が私的なものであるというふうに言い募ることもあまり意味をなさない。それゆえに史実という用語は方法的概念として用いるには曖昧にすぎるだろう。

さて、この史実というものをめぐって『源氏物語』の方法的特質を考えるとき、かねてより議論されてきた問題として準拠がある。ただ、『源氏物語』における準拠論の全体を見通すことはなかなか困難であり、私には今何も用意がない。そこで、中世源氏学の研究としてではなく、『源氏物語』の方法を考えるために、注釈書個別の性格についての議論は措き、また個別の事案についても今は措くとして、特に『河海抄』の用いる準拠という概念を見直すところから、『河海抄』自身の表現を手がかりに、この問題について再検討を試みたい。

一　『河海抄』における準拠の研究史

清水好子氏は、玉上琢彌氏の考察を引き継ぎ「桐壺の巻の帝は宇多帝以後の史上実在の人物で、天暦以前の帝として書かれていること」に注目した。(1) そして『河海抄』は料簡において「物語の時代をそれぞれ史上の天皇にあてはめ、主人公を実在人物に比している」という。(2) さらに『河海抄』は、自ら「異説」として「一条院時代とする説」を挙げながら、『河海抄』が「これを斥《しりぞ》けている」のであって、「鴻臚館、高麗人の来朝という事柄に桐壺帝時代の下限を暗示する」と理解していたという。(3) すなわち『河海抄』は「物語の時代に触れるものはみな桐壺帝の御代を延喜の治世をさす」と考えるのだという。(4) それで「物語の人物や事件を史上実際のそれにあてはめて考えうる場合、古注は史実のそれらを準拠と呼んだ」と整理する。(5) さらに清水氏は「模す」「なずらふ」「比す」等が「準ず」「準拠」と「同じ意味でつかわれている」として「平安時代の物語の注釈でかように準拠ということがいわれるのは源氏物語だけである」と評する。(6) さらに清水氏は「歴史についてだけではなく、実在の場所についても準拠を考える」という「古注の態度」が「源氏物語の独自の作風」を衝《つ》くものだという。(7) 例えば、二条院の事例について、「その実在性と名称位置の適切さを証している」ところに「写実性を目指した作者の工夫」を見て取っている。(8)

清水氏の準拠論の問題は、清水氏が「物語の時代」を「史上の天皇」に、「主人公」を「実在人物に比」すというふうに、特に「物語の時代」や「主人公」に焦点を当てることで『河海抄』を評価しているところにある。そもそも『河海抄』の準拠は、清水氏が二条院の事例を「写実性」の問題と捉えたのは適切な理解ではなく、もっと広がりをもつのではないかと愚考する。

次に記憶すべき論考に加藤洋介氏の発言がある。加藤氏は、「中世源氏学の準拠説が、一旦は本居宣長によって」「明確に否定されていた」ことに注目する。(9) すなわち、宣長が「源氏物語の事件や人物の事蹟は、ある特定の史実や実在人物に還元しきれるわけではなく」「物語文学の〈虚構〉性を前提とした」ことをいう。そして加藤氏は、「宣長の指摘」が「中世源氏学の批判にとどまるものではな」く、「物語文学がその本質としてもつ〈虚構〉性との相互関連において考えようとした」ことを評価する。(10)

宣長の主張に戻って確認してみると、宣長は「物がたりに書たる人々の事ども、みなこと〴〵くなぞらへて、あてたる事にはあらず、大かたはつくり事なる中に、いさゝかの事を、より所にして、そのさまをかへなどしてかけることあり」という。[11] 確かに宣長は『源氏物語』を「大かたはつくり事」と見做している。さらに「大かたはつくり事なる中に、いさゝかの事を、より所にして、そのさまをかへなどして」制作するのであり、「一人を一人にあてて作れるにもあらず」という。[12] 準拠からすれば、準拠は「つくり事」の中の「より所」であり、人物造型には複合性が認められると理解しているとみてよい。さらに、宣長は「おほかた此准拠といふ事は、たゞ作りぬしの心のうちにある事」だから、後世になって準拠について云々することには意味がないとまでいう。[13]

宣長が物語を虚構と捉えることに異論はない。だからといって、準拠を作者の心の中のことと断じることはできない。むしろ、『源氏物語』の表現において、「より所にして、そのさまをかへなど」した仕掛けに注意する必要があるだろう。

さて加藤氏の発言に戻ると、「河海抄のいう延喜天暦准拠説は、『准拠』を一義的に決定することの不可能性を、あらかじめ『作物語のならひ』として前提にしている」のであり「この河海抄の前提そのものを逆手に取ったのが、宣長の准拠説批判ということになる」という。[14] 加藤氏はむしろ「この河海抄料簡の言説が、中世という時代において、なぜ高明准拠説ひいては延喜天暦准拠説を積極的に主張しうる論理たりえたのか」を問う必要があると指摘する。そして加藤氏はその答えを「先例主義」に求めている。それゆえ「朝儀や公事にかかわる叙述」に対する注目があり「『准拠』とは、厳密には『先例』といえないものを、『先例』と同等の価値を有するものとして意義づける行為をいう」とする。[15]

このような明快な指摘を踏まえたとき、①『河海抄』の指摘する準拠が逆に『源氏物語』の方法を照らし返す可能性はないだろうか。

一方、篠原昭二氏は『河海抄』が「光源氏を左大臣になぞらへ」たことに対して「光源氏と高明との異なる側面にも目を向ける」べきだという。すなわち『河海抄』は「作物語の習」として「準拠において物語が史実と異なるのは問題にならず当然のことと了解しており、光源氏の行迹《ぎょうせき》が源高明のそれと如何に違っていようと、高明が準拠であることの妨げにはならない」という。そして研究者が「高明を準拠として光源氏が創作されたとする理解にまでは」及んでいないという。[16] さらに、篠原氏は『河海抄』が「作物語の習」をいう理由は「御都合主義的論議であり、詭弁と非難されても仕方のないことである」といい、「延喜天暦準拠説」に合致するところは、「準拠」であると言い、合致せぬ部分は「作物語の習」として「事ことにかれを模する事なし」ということに対して、篠原氏は「準拠説の根拠そのものを疑わせる結果を招くことになるであろう」と論じる。[17] さらに『河海抄』における「事実誤認」や「注釈態度」に問題があると捉える。そして、準拠とする事例を挙げる困難にもかかわらず、「『河海抄』はなおも準拠に拘泥《こうでい》する」[18] がゆえに、『河海抄』が「物語における準拠の存在を証明できず、かえってその非在を自ら認めざるをえない状況に陥」ったのだとみる。[19]

篠原氏は『河海抄』が準拠を指摘する一方、準拠にかかわらないものを「作物語の習」と考えて、『河海抄』のもつ注釈と物語の理解の枠組みそのものを批判している。言い換えれば、篠原氏は、『河海抄』が、史実に合致するAを準拠と指摘しつつ、『河海抄』が非Aを「作物語」のしわざと捉えるところに不快感を表明している。だが、おそらく『河海抄』の姿勢はそういうものではなく、物語が表現に準拠を求めるという属性をもつところに『源氏物語』の特質を認めようとしているのであり、物語そのものの属性を「作物語の習」と捉えているといえる。

その後、近年の準拠論はあまりにも多様であるが、全体を概観する意味で、浅尾広良氏の理解は重要な手掛りを示してくれる。浅尾氏は、「準拠」という概念について、

「準拠」とは、先例主義に裏打ちされた言葉で、基準となるもの（＝先例）に倣い准ずることである。『源氏物語』は、虚構の作物語でありながら、歴史上の史実に准拠して作られていると古くから中世源氏学の世界で考えられてきた。(20)

という。浅尾氏は准拠を「時代設定を表すもの」だけでなく「作者の身近な出来事」から「『源氏物語』以降の事例」まで「かなり幅のある概念」だという。さらに「それらは次第に権威主義的・衒学的な傾向を強めて行く」という。(21)さらに浅尾氏は「『源氏物語』の時代が醍醐・朱雀・村上天皇の御代に准拠し、光源氏は源高明に准えて語られている。それが『作物語のならひ』（物語の方法）なのだと述べる」とまとめる。(22)

かくて、先行研究に学ぶことは、まず「準拠」という概念を「中世源氏学」の範囲で考えるのか、概念として明確に示す『河海抄』そのものにおいて考えるかによって、以下の論は異なってくる、ということである。さらに、②『河海抄』の考える「作物語の習」とは何かを考えることが要点となるに違いない。

このように①②二つの論点を取り出すことによって、本稿では「作物語」としての『源氏物語』を考えるために、『河海抄』の概念としての「準拠」をどのように捉えるかということから考え直してみよう。

二 『河海抄』「料簡」から見る「準拠」

『河海抄』の「料簡」は、形式上幾つかの段落に分けられている。各段落の冒頭を示すと、次のようである。

1 此物語のおこりに説々ありといへども、……

2　物語の時代は、醍醐・朱雀・村上三代に准ズル歟。…
3　或説云、此物語をば必ズ光源氏物語と号すべし。…
4　紫式部者鷹司殿〔従一位倫子一条／左大臣雅信女〕官女也。…
5　中古の先達の中に、此物語の心をば、[23]…

さらに、冒頭の1「此物語のおこり」については、内容から大きく二つに分割できる。

すなわち、1の前半は、西宮左大臣が太宰府権帥に「左遷」されたことを「藤式部」は幼い日から慣れ奉っていたため嘆いていた。折しも、大斎院選子が上東門院へ「めづらかなる草子」を所望したので、紫式部は石山寺に籠り、大般若経の料紙をもって須磨・明石巻を書きとどめたと伝える。

このような経緯から、『河海抄』は、

　光源氏を左大臣になぞらへ、紫上を式部が身によそへて、周公旦白居易のいにしへをかんがへ、在納言菅丞相のためしをひきて、かきいだしけるなるべし。其後、次第に書くはへて五十四帖になしてたてまつりしを、権大納言行成に清書せさせられて、斎院へまいらせられけるに、法成寺入道関白、奥書を加られていはく、此物語世みな式部が作とのみ思へり。老比丘筆をくはふるところ也云々。[24]

と記す。これによると、準拠論からすれば、光源氏は源高明を襲ったものだという理解が基本にある。ただし、周公旦・白居易などの「いにしへ」を勘案し、道真の「ためし」を引いたものであるとし、複合的に理解しており、高明だけをモデルとして理解していないことは明らかである。以上が1の前半である。

さらに1の後半は、物語の主題へと展開する。

　誠に①君臣の交、②仁義の道、③好色の媒、④菩提の縁にいたるまで、これをのせずといふことなし。そのをもむき荘子の寓言におなじき物歟。詞の妖艶さらに比類なし。一部のうちに、紫上の事をすぐれてかきいでたるゆへに、藤式部の名をあらためて紫式部と号せられけり。(25)…

ここに『河海抄』の理解する、『源氏物語』の主題と方法とが端的に示されている。すなわち、右の四点が『源氏物語』の主題であり、「寓言」を物語の方法と見るのである。

さらに「作者観音化身也」という一節や、「時の人云、日本紀の局と号し」た理由などを述べて、

凡此〔大かた此イ〕物語の中の人のふるまひをみるに、たかきいやしきにしたがひ、おとこ女につけても人の心をさとらしめ、事のおもむきをしへずといふことなし。(26)

と、物語に唱導的、教育的機能のあることを示している。私は「此物語のおこり」が「①君臣の交、②仁義の道、③好色の媒、④菩提の縁」という多様な主題の存することは、『源氏物語』そのものが抱えている構造、すなわち紫式部が物語でもって中宮彰子に進講した中宮学の問題であると考えている。(27)むしろ、私はここに言う「寓言」と「作り物語の習」あるいは準拠とはどのようにかかわるのか、ということを『河海抄』自身は説明していないように思う。

次に、2「物語の時代」については、次のようである。

物語の時代は、醍醐・朱雀・村上三代に准ズル歟。桐壺御門は延喜、朱雀院は天慶、冷泉院は天暦、光源氏は西宮左大臣、如此何相当スル也。（略）又昭宣公の母は、寛平法皇の皇女延喜帝御妹也。致仕大臣の母も、桐壺の御門ノ一御腹とあり。此外も其証おほし。

難者〔イ无〕**云**、以前の**準拠**誠に其寄〔例イ、真本其数〕ありといへども、此物語は光源氏をむねとする〔セルイ、不本せりイ真本本文せり〕歟。されば、西宮左大臣に准ズル事、一世の源氏左遷の跡は相似〔真本誠

に相同けれ〕る同じけれども、彼公好色の先達とはさしてきこえざるにや、いまの物語は殊に此道を本としたる歟如何。

答云、作物がたりのならひ、大綱はその人のおもかげあれども、行迹におきてはあながちに、事ごとにかれを模することなし。漢朝の書籍、春秋・史記などいふ実録にも少々の異同はある歟。仍桐壺帝、冷泉院を延喜・天暦になずらへたてまつりながら、或は唐ノ玄宗のふるきためしをひき、或は秦始皇のかくれたる例をうつせり。又天慶御門は相続の皇胤おはしまさね共、此物語には朱雀院の御子、今上・冷泉院の御後なし〔或説云、此条有ト作者之／意趣歟云々〕。光源氏をも安和の左相に比すといへども、好色のかたは道の先達なるがゆへに、在中将の風をまねびて、五条二条の后を薄雲女院、朧月夜の尚侍によそへ、或はかたの、少将のそしりを思へり。又太上天皇の尊号も、漢家には太公の旧躅、本朝には草壁皇子等の先蹤《せんしょう》を模する歟。是**作物語の習也**。初にいづれの御時にかとて、分明に書あらはさゞるも此故なり(28)（「料簡」）。

料簡の全体は対話形式になっているが、興味深いことは、「難者」が難じたことに対して「答」える側が、必ずしも難者に反論していないことである。もう少し丁寧に言えば、難者は「此物語は光源氏をむねとする」のであるから、光源氏は「西宮左大臣に准ズル」というが、「一世の源氏左遷の跡」が似ているだけで、「好色」の点では似ていないと指摘する。これに対して、「**答云**」うには、「作物語の習」として、概ね「その人のおもかげ」はあるが、「事ごとにかれを模することなし」だという。そのとおりだと肯定しているのである。

砕いて言えば、それはそうでしょう、それが「作物語の習」ですから、「作物語」はもっと雑駁《ざっぱく》なものでしょう、ということだろう。

さらに『河海抄』は、「漢朝の書籍、春秋・史記などいふ実録にも少々の異同はある歟」という。だから、「桐壺帝、冷泉院」を「延喜天暦になずらへ」たとしても、一方では「唐ノ玄宗のふるきためしをひき、或は秦始皇のかくれたる例をうつせり」ということがあるからだ、と。あるいは「天慶御門は相続の皇胤おはしまさね共、此物語には朱雀院の御子、今上冷泉院の御後なし」ともいう。あるいは、光源氏を「安和の左相に比すといへども、好色のかたは道の先達なるがゆへに、在中将の風をまねび」するのである、と。つまり準拠は、「延喜天暦」の代と源高明になずらえられてよい。ただ、「好色のかた」は高明には求めえないものであるから、「在中将の風をまねび」している、だから帝にしても光源氏にしても、ひとりの事蹟に還元することはできない。そのようなありかたこそが「作物語の習」だというのである。

何度読んでも、『河海抄』の「料簡」は、準拠でもって物語のすべてを説明できるとは言っていない。あるいは『河海抄』の準拠でもって、ひとりの登場人物の存在を説明できるという思考法はとっていない。例えば、『河海抄』は『源氏物語』が桐壺帝には歴史的な事例に準拠することを認める一方で、中国唐の玄宗にも「古きためし」の先例を認めたり、秦始皇の「かくれたる例」もこれに重なっている、融け合っている、漢家・本朝とが複合していると捉える、それが「是作物語の習」だと認めるのである。

三　『河海抄』の用例からみる「准拠」

さて今度は、『河海抄』が用いる「準拠」の概念についてみておこう。『河海抄』における「准拠」の全用例は次のとおり。いささか煩雑であるが、列挙してみよう。

1　料簡（略）

2　大蔵卿蔵人つかうまつる

雄略天皇之世、始有大蔵卿〔真本大蔵官〕之号、即以秦公酒為大蔵官頭云々。一説云、大蔵卿ハ理髪、蔵人ハ役送両人名歟。（略）

大蔵省

周礼地官吏部之属歟、本朝別置当省不叶、異朝之**准拠**者歟、此省掌諸国租税諸公事之時成切下文令支配―国々者也。（略）

（桐壺、二〇九頁）

3　二条院

陽成院を二条院と号云々。脱シ屣之後御ス二此院ニ一、二条以北大（炊）御門以南、油小路以東〔西歟〕洞院以西〔東歟〕也。京都の名跡など、**准拠**なき事一事もなき也。

（帚木、二二八頁）

4　おやそひてくだり給れいもことになければ〔殊或説毎歟、たびごとに也〕

（略）

斎宮女御徽子〔式部卿重明親王女／母貞信公女〕承平六年為斎宮。帰京之後、天暦二年十二月入内、同三年四月為女御生規子女王、此女王為斎宮。参向伊勢之時、母女御被相具、雖模此例。延喜以後、近代（の）事なれば、れいもことになけれどといふ歟。此物語の（ならひ）、今古〔真本今古〕**准拠**なき事をば不載〔不成イ〕也。

（賢木、二九五頁）

5　左のおとゞもおほやけわたくし、ひきたがへたる世のありさま物うくおぼしなりはて、ちしのへうたてまつり給

（略）

執政臣致仕例

謙徳公〔天禄三年十月廿日依病上表致仕　勅摂政太政大臣并／随身如故〕
東三条関白〔寛和二年七月廿日辞右大臣致仕／永祚二年五月五日上表致仕太政大臣摂政等蒙関白勅〕
案之、致仕は雖辞官、猶政事にあつかるをいふ也。此致仕の**准拠**古来難儀たる歟。仍弘安源氏論義にも醍醐天皇〔真本御〕代、致仕良世也といへども、執政（臣）致仕（の）例にあらずとて、終に不決云々。此事秘説あり。（略）

（賢木、三〇五頁）

6　入道きさいの宮御くらゐをあらため給べきならねば、太上天皇になずらふるみふ給はり給

本朝の太上天皇は持統天皇よりはじまる女帝也。

東三条院正暦二年七月一日院号〔依為国／母也〕。

続日本紀云、延暦九年閏三月丙子、皇后崩。甲申奉誄謚曰、天之高藤広宗照姫之尊、雖為崩後、皇后尊号之**准拠**也。いまのうす雲の尊号は専持統天皇の例たる歟。（略）

（澪標、三三一〜三頁）

7　さい宮にもおやたちそひてくだり給事はれいなきことなるを

円融院御時、斎宮くだり侍けるに、はゝの斎宮もろともにすゞか山をこゆとて〔真本こゆるとて〕、

斎宮女御

世にふれば又もこえけりすゞか山昔のいまになるにやあるらん

此物語、桐壺帝〔真本桐壺御門〕を延喜に准ずるゆへに、これは円融院後代の事なれば例なしとは〔真本はナシ〕いへるなり。さりながら今古の**准拠**なきことは一事もなき也。委賢木（の）巻にのせたり。

（澪標、三三四頁）

8　宰相さかづきをもちながらけしきばかりはいし奉り給へる

御前の〔不本真本のナシ〕勧盃に大臣盃を納言以下賜はりて、本座に帰りて盃をもちながら揖するなり。此等の**准拠**歟。　（藤裏葉、四五〇頁）

9　右将軍がつかに草はじめて青しとくちずさびてそれもいとちかきよの事なれば

〔本朝秀句〕天与善人吾不信右将軍墓草初秋〔紀在昌〕

右大将〔八条〕保忠事を作れる詩也〔左大臣時平息／母本康親王女〕仍近代といふ也

此韻字、本詩は秋とあるを、今あらためて青と誦せられたる、其心優美なる者歟。卯月の比なれば、秋の字にては季節相違す。青の字にて時分も物にかなひ、本詩の心もたがはず。眼前の景気も浮べり。詞に庭はやう〳〵あをみいづるわか草みえわたり、こゝ、かしこのすなごのうすきものゝ、かくれ〳〵〔真本かくれ〕のかたは、よもぎもところえがほなりとあり。

如此事又**准拠**なきにあらず。四条大納言公任撰の和漢朗詠に陰森枯柳疎槐春無春色獲落危牖壊宇秋有秋声とあるは、公乗億が連昌宮賦の中の一句也。（略）　（柏木、五〇一頁）

10　人のひがおぼえにやなどあやしかりける。いづれかはまことならん

此巻のはじめより今の詞にいたるまで、いたく何の故ともきこえざるにや。さだめて意趣ある歟。若此物語の時代、人の**准拠**など其人とはみゆれども、一篇ならざる事おほし。仍其難をのがれん〔謝せんイ〕ために、如此書之歟〔真本云たる歟〕。　（竹河、五三九頁）

それでは、先行研究の成果を踏まえ、右の各事例について、簡単に確認しておこう。

2は、光源氏の**元服の儀**について。『河海抄』は、『周礼』を引くが、「本朝」の事例と「異朝」の事例を勘案

している。

3は、光源氏の**邸宅**について。『河海抄』は、「京都の名跡など、**准拠**なき事一事なき也」というが、これは鎌倉期・室町期の独特の語法もあるかもしれないが、名跡、名所旧跡についていうものである。準拠は、物語のすべての事柄について存在するとまでは指摘してない。例えば、六条院にしても、なにがしの院にしても、邸宅はすべて何がしか拠るところがあると指摘するものだと見做してよい。

4は、**斎宮下向の儀**に関して母君の同道する**先例**。

5は、**致仕大臣の先例**。

6は、**后宮の号の先例**。

7は、4に同じ、**斎宮下向の儀**に関して母君の同道する**先例**。「今古の**准拠**なきことは一事もなき也」とは、この物語がことごとく準拠することがあるというものいいはいささか誇張であると割り引いたとしても、準拠することがなければ物語は描けなかったということを主張していると見える。

8は、**勧盃の儀**について。儀式には、準拠する式次第のあることをいう。

9は、誦詠する**漢詩句**。『河海抄』は本詩の季節を「青」と変えることで、『源氏物語』は物語に即した表現として作り変えているという。「如此事又**准拠**なきにあらず」とは、すべて準拠のままだというわけではなく、何もないところから物語が生まれるわけではない。登場人物の誦ずる詩句は、むやみに作り出されたものではなく、準拠する詩句があるというのである。

10は、**登場人物**について、準拠を特定することはできないという。

これら「準拠」という語の使われ方は、すでに指摘されてきたように、儀式や儀礼の事例について、先例主義的な指摘に集中している。

ただ、その他にも、3や9の事例のように、名跡や漢詩文に用いられていることは注目できる。いうならば、物語は何もないところからは書けない、というものであって、『河海抄』は物語のすべてが準拠のとおりだと言っているわけではない。

さて、物語の構成という視点からすると、『河海抄』の指摘するような準拠だけで『源氏物語』はできない。『源氏物語』の方法をいうには、もっと根源的な枠組みを必要とする。それが、『河海抄』の指摘する「好色のみち」の準拠としての在原業平の存在である。これは単なるモデルの議論ではない。物語を動かすには、政治的な闘争のみならず、女性を犯しなすエネルギーが根柢にあり、それが政治的な対立葛藤、皇位継承にかかわるものとして、物語は重層的な枠組みをなすのである。

四　『河海抄』における継母を犯す物語の準拠

私はかつて次のように論じたことがある。私は以前から、『源氏物語』冒頭の枠組みが、何に拠《よ》って構成されたものなのか、疑問に思っていた。つまり、主人公は天皇の御子であるが第二皇子として生まれる。優れた能力を備えているばかりに、内乱を憂慮した帝によって光る君は臣下に落とされる。ところが、あろうことか光源氏は帝后藤壺を犯し、皇子を産ませる。やがて、驚くことに皇子は即位するに至る。

私はここまでが、一連の出来事だと理解している。ところがこのような物語の構成には先例がない。もちろん初期物語に同様の事例がないことはすぐに知られるが、例えば天竺・震旦・本朝というふうに広い地域にわたる説話を編纂している『今昔物語集』には、僧が后を犯す事例が存在する。ところが、過ちによって生まれた皇子が帝位に即くということは、『源氏物語』独自のアイデアではないかと想像した。(29) 今もそのような疑問が氷解したとは思えない。

そこで、『河海抄』が、このような構想に果たして準拠を求めているのかどうか、調査しておきたい。

1　世のたとひにてむつれ侍らず

継母間事歟。請フ掇レ蜂ヲ君莫レ掇ルコト変二シテ君カ父子一ヲ成二シメン犲狼一ト。白氏文集。此外和漢例多之。

（帚木、二三〇頁）

2　**密通継母事**

則天皇后者初太宗皇帝之妾也。後為高宗皇帝后。

光仁天皇井上内親王通桓武天皇給之〔不本真本之由ナシ〕由〔不本之由イ傍書〕、見国史。

（若紫、二六〇～一頁）

3　人のみかどまでおぼしやれる御きさきことばの

一説〔素寂説紫明抄〕云、藤壺女御立后は次年二月也。后詞といへる如何。則天皇后者、初太宗皇帝の妾也。後高宗皇帝之時、為后〔又号武后〕於感宝寺為尼後還俗、為皇后云々。**通会継母后事**、是也。此事を思て藤壺女御から、人の袖ふることはとをけれど丶被詠歟。是をもろこしの皇后の事をのたまへると思によりて、御后ことばと〔は〕いひなされたる也云々。

案之、此義不可。然たとひ継母に通ずる異朝ありとも、藤壺女御いかでかさるためしありと自称したまふべき。凡楽曲唐朝の伝なれば、から人の袖ふるとはいへる也。御后詞とは未立后なけれども、后がねにておはしませば、后詞と云歟。強無子細歟。聖詞童詞翁詞皆同事也。

（紅葉賀、二七二頁）

4　もろこしにはあらはれてもしのびてもみだりがはしき事おほかり
秦始皇は荘襄王の子として位に即といへども、実は始皇の母太后嫪呂不韋といふ。**臣下に密通して所生云々**。見史記伝。　（薄雲、三五九～六〇頁）

5　御かどのみめをあやまつたぐひ
五条后〔仁明后、冬嗣大臣／女〕二条后〔清和后〕〔中納言長良／女〕通業平中将。

花山女御〔三条院后、元方民部卿／女〕通小野宮関白并道信中将。

麗景殿女御〔一条院、法興院入道／女〕承香殿女御〔一条院、顕光大臣／女〕以上二人、通右兵衛督頼定。

（若菜下、四九〇頁）


かくて『河海抄』から、実に恣意的であるが、后を犯すことや継母を犯す物語の典拠に触れると思しき記事を、急ぎ探してみた。しかしながら、このように並べてみると、注解の常として、個別の記事について個別の準拠、典拠を探すという志向からであろうか、それらが物語の表層にかかわるものなのか、深層にかかわるものなのかという区別はそもそも問われないまま、また相互の関係も必ずしも問われるわけではなく、すべては並列されたまま残されているといえる。

まず興味深いことは、2「密通継母事」が他の箇所と異なり、ここだけは物語の本文を掲出するのではなく、プロットもしくはモティフの次元で見出しを示しているといえる(30)。ともあれ、1は継母に対する犯し、2は密通継母事とするが、帝后に対する犯しの事例を引く。標目と注釈の内容とはいささかずれている。3は継母の后に対する犯し、5は帝后に対する犯しの事例を挙げている。この中でいえば、『河海抄』の指摘のうちで、最も『源氏物語』の構成に近い事例が、4である。

玉上琢彌氏は『源氏物語』の本文の「乱りがはしき事」という表現について「君主の血統が乱れていること。君主の子ではないものが、子として、あとを継いだこと」と注して、冷泉帝が「学問に励む。読書に精を出す。『日本書紀』『続日本紀』『史記』『前漢書』『後漢書』など、歴史書をむさぼり読む。帝王の読書である」と批評している。(31)冷泉帝が博捜したのは、単に密通の事例を探したのではなく、過ちの故に生まれた子が即位する事例を探したとみるべきだろう。

4について、『河海抄』は「臣下に密通して所生云々」と注しているから、この箇所では、「臣下」の「密通」によって生まれた子が、秦始皇として即位したという事例を『史記』が伝えているという。そうであれば、これが『源氏物語』の構成として最も近い準拠といえる。

帝后に対する犯しと、子の即位に至る経緯について『史記』がかかわっているという指摘はすでに存する。『史記』秦始皇本紀には、

秦の始皇帝は、秦の荘襄王の子なり。荘襄王、秦の為に趙に質子たり。呂不韋の姫を見、悦んで之を取《めと》る。始皇を生む。秦の昭王四十八年正月を以て、邯鄲《かんたん》に生る。生るるに及びて名けて政と為す。姓は趙氏。年十三歳にして荘襄王死す。政、代りて立ちて秦王と為る。(32)

とある。これによると、荘襄王は秦のために趙の国に人質にとられ、邯鄲にいた。呂不韋の家の婦人に心を奪われ、妻として娶《めと》った。こうして、始皇帝（政）は昭襄王の子として生まれたが、昭襄王が崩じたので秦王として即位したという。この箇所について、吉田賢抗氏は次のようにいう。

（荘襄王子、すなわち秦始皇帝は）実は秦の荘襄王の子ではない。呂不韋伝によると、不韋は趙の都の邯鄲の

大商人であった。美しい婦人で舞を善くする者の既に妊娠した女性を、秦の子楚、後の荘襄王にみせ、一目ぼれで好むようにして、これを荘襄王に娶らせた。その婦人の生んだ子が政である。[33]（（ ）は廣田が補ったものである）

呂不韋伝の伝えるところは謀略である。

『源氏物語』における『史記』の引用について、田中隆昭氏は「秦本紀と秦始皇本紀では始皇帝は荘襄王の子とのみ記し、呂不韋がその父であると思わせるような記述はない」とされ、また「呂不韋列伝」では呂不韋は荘襄王に娘を献じたが、すでに「女が妊っていることをかくして」いた。やがて女は、政（始皇帝）を生んだ。「始皇帝が呂不韋の子であること」を伝えているという。すなわち「秦本紀と秦始皇本紀には秦王室に表向きに伝えられてきた王統譜がそのまましるされている」が、「呂不韋列伝の方には始皇帝の出生の秘密として語られてきた裏話、あるいは世間で噂されていた公然の秘密が、そのままの形でしるされている」という。[34]

このような指摘ののち、田中氏は、

系図上は荘襄王の子である始皇帝は、実は、相国となり、文信侯と呼ばれた呂不韋の子であるということを、確実性のある伝承として記録している。源氏物語はそれをもとにして、系図上は桐壺院の皇子である冷泉院が、実は光源氏が桐壺院の中宮藤壺に通じて生ませた子であるという事実を世間では知られていない秘事として語られるという物語になっている。[35]（傍点・廣田）

という。すなわち「呂不韋が自分の子をみごもっていた事実を匿して妾を荘襄王に献じ、王自身知らないまま王の子として成人したことは密通と同様の結果になっている」（傍点・廣田）という。[36]とはいえ、呂不韋列伝と『源氏物語』の設定とはなお径庭がある。いかにも直接的な典拠とはいいにくい。というよりも、物語構成の実際の局面において、『史記』が参照軸として用いられた可能性はある。さらに、田中氏は『史記』に見える他の密通の事例として、斉太公世家、燕召公世家などの事例を挙げているが、[37]これらと呂不韋列伝とでは次元が異なる。ことの軽重はあるが、后を過つ事例は枚挙にいとまがないことだけはいえる。

そのように考えてくると、『河海抄』の挙げる4は、1、2の事例、「継母」という次元とは別のことだといえる。また、5の「御かどのみめをあやまつ」事例は、モティフやプロットの次元のことであり、物語の構成の大枠にわたる次元のことではない。つまり、3の「通会継母后」や4の「臣下に密通して所生」の方が、物語の深層にかかわる準拠といえる。いずれにしても、『河海抄』は物語の枠組みとしての準拠ばかりを求めてはいない。結果的にか、本来的にかは分からないが、物語の局面々々における事柄の準拠を探そうとしているとみえる。

まとめにかえて

『河海抄』が、料簡で、光源氏造型に関して示す準拠は、人物像だけではなく話型をも含むものと了解できる。すなわち、その生きざまやその果てまでを考え合わせてのことであろうが、源高明、菅原道真、周公旦、白居易、藤原伊周などの名を準拠として挙げる。ただ、それらは政治的な勝利と敗北にかかわる存在である。

一方『河海抄』は、「好色のかた」として、在原業平、交野少将などを挙げる。また、料簡にその名は見えないが、夕顔巻の某院や六条院の邸宅に、『河海抄』は源融の河原院が襲うことを注している。ここで、これら多数の準拠の存在を、矛盾や混乱、もしくはばらばらのことと捉える必要はない。準拠を横並びの問題ではなく、仮に、次のように層をなすものと理解することはできないだろうか。

〈政治的敗北〉　**〈后への犯し〉**　**〈皇位継承〉**　**〈后への犯し・皇位継承〉**

源高明　／　在原業平　／　源融　／　秦始皇
菅原道真　　　　交野少将
左遷される。　后を過つ。　即位の野望。　后を過ち皇子を産ませる。

もう少し言い直せば、右は、人物の重層性を示すものではない。光源氏を主人公とする物語を支える話型の重層性である。

例えば、源高明は確かにその伝記において、臣下に落され左遷されて後、帰京するという話型を背負う。これは光源氏の生涯と部分的に重なるが、帰京後の華々しい栄達はない。だから部分的なのである。道真は左遷されるが、死して神と祀られる。人として帰京することはない。道真は離京において光源氏の物語の話型と部分的なところで重なる。業平は流布本の枠組みでいうと、東国への流離ののち都に戻るが、これも光源氏の物語の話型と部分的なところで重なる。一方、源融はその伝記において、臣下に落とされつつ皇位への可能性をうかがう存在であり、河原院を光源氏六条院が襲うものであることにおいて、光源氏の物語の話型と深くかかわる。

例えば、『河海抄』が某院に河原院を、と同時に、六条院に河原院をもって注することはは、一見不統一であり矛盾しているように見えるが、『河海抄』はおそらく注釈の全体について統一性をめざしているわけではない。『河海抄』が、源融を持ち出して注するのには重大な理由がある。源融が『大鏡』の伝えるような、臣下に落とされながら皇位を望む存在であるという点において、光源氏の事蹟を根底的に襲うからである(38)。あるいは、もしかすると「六月晦大祓祝詞」にいう「母と子と犯せる罪」が物語の最も基層にあり、その罪は禊祓によって濯《すす》がれねばならないという論理(39)が潜んでいるかもしれないが、その検討については今は措こう。

かくて、これらの人物の背負う話型が、光源氏の背負う話型と重なる。いずれもが部分的に、しかしさまざまに光源氏の生涯に重なる。つまり、右の表のごとく物語の重層性に対応するように準拠を重層的に整理することができる。物語を支える枠組み—深層の話型に関与する存在と、表層に属する存在とを分けることができるとともに、逆に光源氏造型において準拠は重層的に統合されていると見ることができるのである。

ただそうだとして、『源氏物語』の方法を考えるに、准拠を指摘するだけではなお足りない。臣下に落とされた光源氏が后藤壺をあやまち、皇子を産ませる。あまつさえ皇子が光源氏の身代わりとして即位することによって、光源氏は自らが背負わされた運命に復讐するという物語として描いたところに『源氏物語』独自の方法がある、ということが逆に際立つのである。

印象的な批評で恐縮であるが、古代日本の政治官僚が『史記』を読んだことと、受領女が『史記』を読んだこととはきっと同じではない。官僚は『史記』を歴史として、もしくは規範として読むであろうが、受領女は在来の伝承を基盤（認識の基準）として『史記』に外つ国の物語を読みとるであろう、と。『源氏物語』に描かれる出来事には、律令から四書五経などに代表される、唐から受容した近代的で合理的、政治的で官僚的な文化よりも遥か以前から在る、日本人の精神の古層が潜在している。おそらく平安時代の女性「作者」たちは、新しい外来思想の根本的な「洗礼」を受けなかったために、古い在来の伝統的な心性を保持していると考えられる。新しいものは、古いものを用いて新たに組み替えるところからしか生まれない。つまり、古代の物語である『源氏物語』には、「古代の古代」における神話的思惟が横たわっており、「古代における近代」の思想と重層し、複合し、習合しているに違いないのである。[40]

注

(1)清水好子「準拠　一物語の時代」(『源氏物語論』塙書房、一九六六年)。七四頁。
(2)「準拠　二延喜の聖主・源高明」七八頁。
(3)同書、八一～三頁。
(4)同書、「準拠　三準拠の意味」八四頁。
(5)同書、八四頁。
(6)同書、八六頁。
(7)同書、「準拠　六準拠と写実性」一〇〇頁。
(8)同書、一〇〇～六頁。
(9)加藤洋介「中世源氏学における准拠説の発生—中世の「准拠」概念をめぐって—」(『国語と国文学』一九九一年三月)。
(10)同論文。
(11)「准拠」『源氏物語玉の小櫛』『本居宣長全集』第四巻(筑摩書房、一九六九年)。一七八頁。適宜濁点を打った。
(12)同書、一七八頁。
(13)同書、一七九頁。
(14)(9)に同じ。
(15)(9)に同じ。
(16)篠原昭二「桐壺の巻の基盤について」(『源氏物語の論理』東京大学出版会、一九九二年)。二頁。初出、一九八七年。

(17) 同書、五頁。
(18) 同書、六～七頁。
(19) 同書、一一頁。
(20) 浅尾広良『源氏物語の准拠と系譜』(翰林書房、二〇〇四年)。九頁。
(21) 同書、一〇頁。
(22) 同書、一〇頁。
(23) 玉上琢彌編『河海抄』(角川書店、一九六八年)。一八六頁。振仮名は除くとともに、適宜、濁点や句読点を付けた。なお、仮名づかいは校訂本文ままとした。
(24) 一八六頁。
(25) 同頁。
(26) 同書、一八六～七頁。
(27) 廣田收「『源氏物語』の二重構造」(『文学史としての源氏物語』武蔵野書院、二〇一四年)。
(28) (23) に同じ、料簡、一八六～七頁。
(29) (26) に同じ、「文学史としての『源氏物語』」。
(30) 『河海抄』が、この箇所だけ本文を掲出せず、「密通継母事」という標目を立てたことにどのような意味があるのか、今納得できる考えを得ない。
(31) 玉上琢彌『源氏物語評釈』第四巻(角川書店、一九六五年)。二一三頁。
(32) 吉田賢抗『新釈漢文大系　史記(一)』(明治書院、一九六八年)。三〇四頁。訓読文による。

(33) 同書、三〇五頁。なお、秦始皇本紀と呂不韋列伝との間の齟齬《そご》については、野口定男氏がひとつの解を示している（「始皇帝の出生と呂不韋」『史記を読む』研文出版、一九八〇年）。ただ私が一点、疑念をもつのは、『史記』の記述から唯一の歴史的事実を求めようとすることである。異伝 variant や伝承 tradition といった視点からすれば、正史に対していくらも異伝が存在するという見解が成り立つ。

(34) 田中隆昭『源氏物語 歴史と虚構』（勉誠社、一九九三年）。二三八〜九頁。

(35) 同書、二五五頁。

(36) 同書、二五六頁。

(37) 田中氏には同様の指摘がある（「異伝・列伝・紀伝体」同書、三八五〜九五頁）。なお、森田貴之氏は、延慶本『平家物語』が二代后の先蹤として則天武后に言及していることについて、「子の皇帝から見れば、結果として継母と通ずることになる」と捉え、中国の史書や『源氏物語』における光源氏と藤壺との関係、さらに『宝物集』における天竺から「皇后と恋した男の説話」、中国から「密通した皇后の例」、日本からと「いずれも密通し不邪淫を犯した高貴な女性の例」を挙げて論じている（森田貴之「女主、昌なり」神戸説話研究会編『論集 中世・近世説話と説話集』和泉書院、二〇一四年）。

いわば、古代において、臣下が后を犯す事例は数多伝えられていたと考えられるから、『源氏物語』の物語設定をひとつの出典や典拠に求めることは難しい。むしろ『史記』が、皆殺しと引き換えに帝が即位する記述に終始することを『源氏物語』が忌避《きひ》していることを重視すべきである。

(38) 廣田收「『宇治拾遺物語』河原院考」（同志社大学人文学会編『人文学』第一九〇号、二〇一三年三月）。

(39) 倉野憲司 武田祐吉 校注『日本古典文学大系 祝詞』（岩波書店、一九五八年、四二一〜六頁）。

（40）廣田收「『源氏物語』における人物造型―若菜巻以降の光源氏像をめぐって―」（同志社大学人文学会編『人文学』第一九四号、二〇一四年一二月）。

これは反省的な言い訳であるが、物語を論ずる上で、ややもすると、和歌と漢詩漢文とを対立的に捉えやすいが、これもあれかこれかではなくて、論理的に考えると、もっと広いアジア的な視野、もしくは世界的な水準の視野に立てば、漢詩漢文と和歌と、あるいは意識的なものと無意識的なものとは、いつも対立するものではなく、すべてを貫通する枠組みの存する可能性もある。問題は、日本のテキストにおいて、それらが対立葛藤を引き起こすというよりも、重層化されてくるように感じられることである。

〔付記〕

準拠論に関しては、記憶すべき業績として、例えば石田穣二（一九七〇年）、横井孝（一九九四年）、秋澤亙（一九九七年、二〇〇九年）、日向一雅（一九九八年）、濱橋顕一（一九九八年）、袴田光康（二〇〇五年）、藤本勝義（二〇〇五年、六年）荒木浩（二〇〇六年、九年）、工藤重矩（二〇〇六年）の各氏を始め、数多くの論考がある。学ぶところ多大であるが、紙幅の上から触れることがかなわなかった。記して謝意を表したい。

第二節　『源氏物語』重層する話型

はじめに

紫式部がなぜあんなに長い物語を書けたのかという疑問は、誰しもが抱くことである。物語の主題について、紫式部が論理的な思考に基いて結論だけを述べるなら、もっと簡単なごく短い文章に纏《まと》められたに違いない。すでに指摘されているところでは、紫式部は中国の『漢書』や司馬遷の『史記』などから、編年体や紀伝体などを学ぶことによって、『源氏物語』の方法として応用したとされてきた。また、中国志怪小説の影響を受けたことも指摘されてきた。

ただ、紫式部が、学者であった父親から、どれほど中国の学問や歴史書を学んだとしても、四書五経を始めとする外来の知識や学習の蓄積だけで、物語が書けるわけではない。それでは、何が必要なのかというと、紫式部自身の意識的世界だけでなく、おそらく紫式部もあまり意識もしなかったであろう、伝統的な「無意識の世界」の枠組みに支えられることでしか、物語は描けなかったにちがいない。

つまり、皮肉なことだが、物語を描くには、古代においては話型に乗せて書く以外になかった。だから、物語は長くなったということもできる。

物語が長くなるのは、その当時の物語の枠組み―今仮に話型《わけい》 narrative scheme と呼んでおこう―を用いている(1)からである。その話型は無意識の世界―伝承に依拠していると考えられる。いや、もともと物語を基礎づけている仏典にしてからが、伝承に依拠しているものだからである。逆に言えば、話型を用いずに物語は描けない。繰り返し『源氏物語』を読むと、ひとつの主題をひとつの話型を用いて、話型に沿ってひとつずつ描いているように思われる。それ以上、複雑な描き方は、古代において可能でなかったといえる。

つまり、古代の作者は、ひとつの話型を用いてひとつの物語を描き終えると、次の話型を用いるというふうにしか描けないように思われる。

それでは、『源氏物語』において話型は、どのように組み込まれ、機能しているであろうか。

一　話型からみる『源氏物語』の三分割

話型という観点からすると、『源氏物語』は大きくいえば、三分割して理解することができる。

第一部は、一般に冒頭の桐壺巻から藤裏葉巻までとされる。

『源氏物語』は、まず光君が帝の第二番目の皇子として設定されたことから始まる。選ばれた存在である光君は、皇位継承の可能性を持ちつつ、支配者の側からは常に危険であり、緊張を生み出す存在であるために、帝の手によって臣下に落とされてしまう。ところが、帝の位から遠ざけられた光源氏は、后藤壺を犯し奉ることによって、みずからの運命に復讐しようとする。しかも、皇子が生まれる。同時に、藤壺の身代わりとして、若紫を手に入れる。

ところが、父帝の退位によって、光源氏は一挙に迫害を受ける立場に陥る。光源氏は、葵巻の御代替りから一直線に須磨の流浪へと導かれる。当時、政界から失脚した政治家は二度と都に復活を遂げることはできなかった。ところが、明石の地で住吉神を祭祀すると言挙げした光源氏は、長年にわたって住吉神を信仰していた明石入道の援助もあって、みごとに再生を遂げる。帰京した光源氏は、また一直線に栄華を獲得する道を歩む。完成した六条院に帝の行幸と上皇の御幸とを迎える藤裏葉巻が、第一部の閉じ目と考えてよい。

この光源氏物語の「大きな」枠組みを、折口信夫氏の提唱した貴種流離譚(2)とみると、物語の基層に、水辺へのさすらいと禊を経て、神となるという話型が働いているといえる。物語の表層においては、政治的な栄耀栄華を意味する、いわゆる「めでたしめでたし」型の話型を見てとることはたやすい。

あるいは、この「大きな」枠組みを、白鳥処女譚に見る見解もある。そうであれば、理想の女性藤壺の他界と引き換えに、地上にある光源氏には、罪の子皇子（冷泉帝）と若紫（紫上）とが齎《もたら》される。物語の基層において、冷泉帝と紫上とは、光源氏に授けられた壽福である。いずれの考えが「正しい」かでなくて、物語を支える枠組みが働いていることはまちがいない。

第二部は、若菜上巻から光源氏の晩年を伝える幻巻までをいう。物語は、朱雀上皇が溺愛する女三宮の婿探しする若菜上巻から始まる。

この婿探しは、ほとんど上皇と乳母との会話や光源氏の会話や内面が描かれることで進められる。そして、光源氏のもとに女三宮の降嫁、柏木による女三宮への犯し、懐妊と御子薫の誕生、そしてこの事情を知っていながら光源氏が罪の子薫を、自分の過去の過ちの因果応報と理解しわが子として抱く、というところまでが、ひとまとまりの物語である。第二部は登場人物の会話と、光源氏の内面劇で成り立っている。物語の焦点は、光源氏の六条院に女三宮を投げ入れるという、若菜上巻の冒頭の仕掛けのあとは、この「事件」がどのような波紋を広げ

て行くかである。(3)

第二部は話型をもたないように見える。ところが、第一部と第二部を貫く話型は、光源氏の生涯を「一代記」という枠組みによって描こうとするものだとみることができる。例えば、『伊勢物語』は、小さな物語を集積しつつ、一代記という大きな物語の枠組みをもって全体が統一されている。これと同じ構成をもつのである。

第三部は、光源氏の次の世代による、宇治を舞台とする物語である。橋姫巻から最終の夢浮橋巻までをいう。

宇治十帖は、おおまかにいえば、前半と後半とから成る。前半(橋姫巻から総角巻)は薫と宇治大君との「奇妙な」恋物語である。なぜ奇妙なのかというと、薫と大君とは御互いを嫌っているわけではない。しかし、肉体的な関係をもつことなく、饒舌《じょうぜつ》な姫君に対してひたすら薫は「聞き手」いう役割を引き受ける。薫との議論の中で、大君は「宿世」というものを疑ったまま、他界してしまうからである。

宇治十帖の後半(早蕨巻から夢浮橋巻まで)は、大君を失った薫が、形代として浮舟を得る。形代というのは、人の罪を背負い流されることで人の罪を祓うという儀礼的な存在であることを象徴する語である。ところが、浮舟は薫に世話を受けるが、匂宮を恋人とする。薫と匂宮との間で葛藤した浮舟は入水を試みるが、果たせなかった。横川僧都は、行き倒れていた浮舟を助ける。僧都によって浮舟は出家を遂げるが、薫は浮舟を探し出す。薫から迫られた僧都は、浮舟に(諸説あるけれども、私は)還俗《げんぞく》を勧める(と理解している)。ついに僧都は浮舟を救えないのではないか、浮舟は果たして救われるのかという問いが、この物語の最後に投げかけられている。

話型の視点から『源氏物語』を見ると、早く折口信夫氏の「貴種流離譚」の指摘がある。(4) ただしこれは、単に個別の作品について指摘されたものではなく、日本文学を貫く話型として指摘されたものである。一方、宇治の物語の前半は、白鳥処女譚の枠組みを用いており、後半は「うない処女譚(菟原処女譚とも)」の枠組みを用いているといえる。この長い物語を支えるには、何らかの枠組みが働いていることは、おそらくまちがいない。

それでは、これらの話型だけで『源氏物語』の構成的な枠組みを説明できるかというと、ことはそれほど単純でない。もちろん、どのような文体を用いるか、どのような視点で描くのか、ということはあるが、話型にかぎっていうと、例えば、花散里巻は、前半と後半とが、対称法とか隣爺型とかと呼ばれる様式によって構成されている。[5] あるいは、若紫巻は、異界への来訪と帰還とか、春の山入りの呪福の獲得とかといった話型が用いられている。つまり、大きな枠組みに小さな枠組みが組み合わされているといえる。

二　大きな話型と小さな話型

従来の研究では、『源氏物語』は、『伊勢物語』や『竹取物語』などの「影響」を受けているという指摘が多かった。『源氏物語』は、個別の箇所や人物造型あるいは、限られた範囲において『竹取物語』や『伊勢物語』の「影響」を受けているという指摘である。例えば、浮舟物語にはかぐや姫の印象があるとか、『竹取物語』を下敷きにして描かれているといった指摘である。

私は、テキスト間の類似を、何らかの「影響を受けた」痕跡とみることを否定しない。問題は、「影響を受けた」テキストをどのように捉え直すかである。

実は、緩やかに「一代記」の様式で全体を統一させている『伊勢物語』や『竹取物語』自身が、その内部にさらに小さな話型による物語によって構成されている。例えば、周知のように『伊勢物語』の写本はもともと第何段といった章段の区別がなく、緩やかに主人公「昔男」において章段は繋がっている。この形態が直ちに『源氏物語』と同質だとまでいうつもりはないが、小さな物語を積み上げながら大きな物語が見えてくるといった構成は、全く無関係だとは思われない。緩やかに一代記を大きく構成しつつ、例えば章段の注記によって、部分的に二条后の物語として繋《つな》がりが持たされていることは否定できない。これは大きな構成に対して、部分的で二次的な構成である。

したがって、類比的《アナロジー》にみると、『竹取物語』も、全体としてみれば、一代記の様式が働いているといえるが、伝承としては「来訪と帰還」という枠組みを深層にもつというふうに、である。この来訪と帰還という枠組みは、此界の存在（男）が、異界からの来訪者（女）を掩留《えんりゅう》するが、壽福を授けた来訪者（女）は、男を此界に残して異界へと帰還するという枠組みである。

それでは、『竹取物語』を例にとって話型の問題を考えてみよう。この物語では、部分的に主人公が変化する。つまり、話型が複合しているのである。

Ⅰ冒頭部　貧しい翁が輝く少女を発見することで豊かになる。（主人公は翁）

Ⅱ中間部　求婚難題譚（主人公はかぐや姫。求婚者は貴公子と帝とに分割されている）

Ⅲ結末部　翁が不死の薬を拒否し、帝が富士山の頂きで薬と手紙を焼く。

（主人公は翁。地上に残される男は、翁と帝に分割されている）

結末部が『竹取物語』の独自の主題を担う。(6)

というふうに、枠組みは複合している。

あるいは、『伊勢物語』では、流布本の天福本を例にとれば、小さな物語一二五話が一代記の枠組みに組み込まれている。しかもその小さな物語は、およそ、

隣爺型（いわゆる対照法、対称法）　例えば、筒井筒の段（第二三段）

反復型（いわゆる三層法、漸層法）例えば、九十九髪の段（第六三段）(7)のいずれかの様式によって構成されていることが多い。

したがって、おおまかに『伊勢物語』や『竹取物語』の「影響」を受けたか受けなかったかという議論は、一対一で同定することは無理であるし、いかにもつかみどころがない。むしろ、同じ様式を備えた枠組みを、物語同士が共有するか否かという議論をすべきであろう。

結局、私はこの問題を「影響」とか「受容」といった、（論証のむずかしい）曖昧な論じかたをするのではなく、『源氏物語』の本文が、話型において『竹取物語』や『伊勢物語』の内部に抱え込んでいる物語の単位の枠組みでもって、本文を重層的に生成させているというふうに考えたい。

三　例えば、玉鬘物語の話型とは

光源氏は、少女巻で六条院を建造する。ところが従来は「唐突」にも玉鬘巻が始まり、初音巻以下、この六条院を舞台に玉鬘と光源氏との「あやにくな」恋が、四季を通して描かれる、と読まれてきた。私は、この巻の接続は「不自然」だと捉える必要はないと考える。

もし少女巻の次に置かれる玉鬘巻、玉鬘巻から真木柱巻までの十帖を「玉鬘物語」という呼ぶことができるとすれば、玉鬘巻は、長谷寺観音の霊験譚の枠組みを用いている。さらに、その内部には、部分的な場面においては、紫上と玉鬘、玉鬘と近江君というふうに、隣翁型の話型が用いられている。

それだけではない。玉鬘巻以降の巻々は、『竹取物語』におけるかぐや姫をめぐる求婚難題譚の枠組みが重ねられている。互いの人物配置を類比的に捉えることができる。

『竹取物語』		『源氏物語』	
かぐや姫		玉鬘	
翁／嫗		光源氏／花散里	
貴公子1 石造りの皇子	拒否Ⅰ	夕霧	拒否Ⅰ
2 蔵持ちの皇子	拒否Ⅱ		
3 右大臣阿部の御連	拒否Ⅲ	柏木	拒否Ⅱ
4 大伴の大納言	拒否Ⅳ		
5 石上の中納言	拒否Ⅴ	蛍兵部卿宮	拒否Ⅲ
帝	拒否	光源氏	拒否
月の都の人	奪還	鬚黒大将	奪還

かぐや姫は裳着（成人式）の直後から、ただちに貴公子たちの求婚の対象となる。いうまでもなく『源氏物語』はもっと複雑で、光源氏の立場ももっと複雑である。光源氏は、玉鬘の後見人（翁）であるとともに、王として求婚する立場（帝）にも立つ[8]。

かぐや姫は最後の求婚者「いそのかみのまろたり」には同情的であったが、玉鬘も蛍兵部卿宮には必ずしも拒絶はしていないという共通点がみられる。

また、「西の対の姫君」である玉鬘は、求婚の対象として置かれる。

もし「西対」が、求婚されるべき姫君の場所 topos であるとすると、若紫は光源氏の妻となって、二条院「西対」から「東対」に移ったと見るべきかもしれない。光源氏の妻たる紫上は、六条院春町においても、光源氏と同じ「東対」に住む。紫上が「東対」に住む理由を、そのこと自体に求めても、答えはおそらく得られない。これに対して、未婚の玉鬘は求婚されるべき姫君として、夏町「西対」に置かれる、と見るべきかもしれない。「紫のゆかり」紫上は春町東対に、「露のゆかり」玉鬘は夏町「西対」というふうに、対照的に配置される。

ともかく類比的に捉えれば、物語群の間には幾つかの点で対応関係がみられる。

しかしそうだとすると、「玉鬘物語」が『竹取物語』を直接的に「引用」したと反論されるかもしれない。確かに、それはそのとおりで、両者の間に存在するのは、類比的な同一性であって、「影響」は蓋然《がいぜん》的なものでしかない。だからこそ、話型の共有があるとしかいえないのである。

ところで、かつては、この玉鬘物語がひとつの完結性をもつという印象があるために、武田宗俊氏の仮説のように、紫上系の物語に後期挿入されたものだという見解も見られた(9)。

だが、考え方によっては、話型の機制というものが強く働くので、「唐突」にも鬚黒大将によって玉鬘が引き取られるところまで、ひととおり玉鬘物語は話型に沿って語り終えなければならないように見えるのである。あるいは、「唐突」に玉鬘が退去させられることも、話型の制約といえるかもしれない。

問題は、この長谷寺霊験譚の枠組みと『竹取物語』の話型とは「矛盾」しないことである。むしろ、霊験譚と『竹取物語』の話型とは重なり合う。

さらにいえば、先に紹介したような、紫上系に対して玉鬘系を後期挿入と捉える武田宗俊氏の議論と突き合わせてみると、紫上系の物語に玉鬘十帖がぎこちなく接続している印象を与えることも、むしろ玉鬘十帖が『竹取物語』に見てとれる難題求婚譚の枠組みの規制が強く働いているからであり、ひとつの物語をひとつの話型でもってでしか描けないという機制が働くからだ、と捉え直すことができるだろう。

四　主人公と物語のモデルとは何か

これまで、よく光源氏は誰がモデルなのかという議論が繰り返されてきた。いわく、在原業平、源高明、菅原道真、源融、藤原道長など。しかしながら、光源氏のモデルを問題にするとき、人物像というか、人となりの問題に矮小化するのではなくて、その人物の事蹟ゆえにモデルであるか否かが問われるのだというべきであろう。もう少し言い方を変えれば、何某の生涯がひとつの伝承として記憶されており、光源氏の物語は、数多の先人の生涯を伝承として畳み込んで描かれているということができる。

詳細な論証は省かざるをえない（第二章第一節で少しばかり論じた）が、さまざまなモデルは、むしろ次のように重層的に物語を構成していると捉えることができる。

↑表層			深層↓
政治的敗北	**后への犯し**	**皇位継承**	**后への犯し・皇位継承**
源高明	在原業平	源融	秦始皇
菅原道真	交野少将		
（左遷される）	**（后を過つ）**	**（即位の野望）**	**（后を過ち皇子を生ませる）**

例えば、『河海抄』は秦始皇が「臣下に密通して所生云々」という伝説を記している。これは『史記』秦始皇本紀と呂不韋伝に記すところである。これを光源氏物語の基層をなす伝承とすれば、皇位継承を望みながら叶わなかった源融や、后をあやまった在原業平や、左遷された源高明などの生涯が、光源氏の物語には重層していると

いえる。(10)

したがって『河海抄』から盛んに議論された準拠論も、切り口を変えると、物語を構築する原理の問題へと変換できるであろう。

まとめにかえて

少しばかり事例を示し、急ぎ足で見通しだけを記したが、この大きな『源氏物語』は、大きな枠組みの中に小さな枠組みを組み合わせて構成している、重層的で複合的なテキストであると理解できる。違う言い方をすれば、小さな枠組みを大きな枠組みによって織りなした、構築的な本文と理解できるであろう。

誤解のないように申し添えると、話型は固定的な鋳型やユニット、モザイク的なタイルというふうに想定するよりは、緩やかに物語の展開を規制する、見えない枠組みと捉えた方が有効である。

注

(1) 従来、話型という用語を用いた研究者は、三谷邦明氏や島内景二氏が代表的であった。三谷氏は、プレ・ストーリーという意味で用いている。島内氏は如意宝珠というものに話型を一元化される。この問題については別に論じたい。私は、物語の表現を支える原理的なものを、見え方に層差があると考え、視線の次元を変えると層差が見えてくる。すなわち、

(↑表層)　　　　　　　　　　(深層↓)

話柄 type ／話型 narrative scheme ／元型 arche type

「鶴女房」　「来訪と帰還」　「死と再生」

というふうに、層をなすものとして理解したい。

(2) 折口信夫「小説戯曲文学における物語要素」『折口信夫全集』第七巻（中央公論社、一九六六年）。初出、一九四七年。

(3) 清水好子「源氏物語の主題と作風—若菜上・下巻について—」（『古代文学論叢』第一輯、武蔵野書院、一九六九年）。清水氏は「実は若菜両巻で一番大切なかつ必要な事柄はすべて書き終わったと見てよい」という。すなわち、若菜巻がすべてだという理解は、物語の設定と連続する出来事を、作者がひとすじのことと見通して描いていると捉えられる。

(4) 譚というものに対する折口氏の考えは、私には及びもつかないが、注（2）の論文の付記によると「類型」は歴史貫通的な枠組みのひとつとして想定されているようにみえる。

(5) 三谷邦明「花散里巻の方法—伊勢物語六十段の扱い方を中心に—」（『中古文学』第一五号、一九七五年）。廣田收「『源氏物語』伝承と様式」（『文学史としての源氏物語』武蔵野書院、二〇一五年）。初出一九八五年。

(6) 検討の詳細は省くが、他の文献にみえる「竹取翁伝説」（「かぐや姫伝説」）と比較すると、翁が「不死の薬」を飲むことを拒否し、富士山の頂上で、帝が（翁が）手紙を焼くという結末部は『竹取物語』の独自的で、主題的な部分といえる。

(7) 隣爺型の事例は、例えば第二三段で、幼馴染の「田舎わたらひしける人の子ども」同士が結婚を果たす。その後、男が元の女のもとを離れるとき、女は風雅で優れた歌「風吹けば」を詠む。ところが、男が通い始めた「高安の郡」の女は、下品で陳腐な歌「君があたり」を詠む。男は元の女のもとに戻り、高安の女のもとから離れる。かくて、二人の女が対照的に語り分けられる。昔話にいう隣爺型であり、対称的で対照的に語り分けるという語り方である。

一方、反復型の事例は、例えば第六三段で、「世心つける女」が「いかで心なさけあらむをとこ」に出会いたいと「子三人」を呼ぶ。女は、謀りごとをするが、一度めと二度めはうまく行かない。ようやく、三度めに「かいまみ」して歌を贈ると男はこれに答えて出会ったという。反復のうちに状況の転換が生じるとする語り方である。文献の物語であるから、一度めと二度めの失敗は省略されている（「『源氏物語』伝承と様式—花散里巻をめぐって—」『文学史としての源氏物語』二〇一四年）。初出・一九八五年。

（8）男と女、もしくは翁と小童といった基本的な人物設定の対偶から役割の分割によって登場人物は多数になったり複雑になったりすると理解できる。

（9）武田説の検討については、「初めて『源氏物語』を読む人に」（勝山貴之 廣田 收 共編『源氏物語とシェイクスピア—文学批評と研究と—』新典社、二〇一七年）。なお本書、第二章第三節に改めて言及している。

（10）廣田收「『源氏物語』の方法と特質—『河海抄』「准拠」を手がかりに—」（田坂憲二 久下裕利 編『源氏物語の方法を考える—史実の回路—』武蔵野書院、二〇一五年）。

第三節　『源氏物語』の作られ方――場面と和歌と人物配置と――

一　『源氏物語』研究の陥穽

僭越ながら『源氏物語』研究の現状からみると、仄聞《そくぶん》するかぎりでも、個別伝本の書誌学的研究は近時盛んであることは間違いない。それらの研究成果は実に精緻であり、厖大な報告がなされている。もはやひとりの研究者が取扱いうる範囲を遥かに超えている。

一方、注釈的研究を進めようとするときには、言わずもがなのことであるが、藤原定家の『源氏釈』、南北朝の四辻善成『河海抄』、室町時代の一条兼良『花鳥余情』以下、「注釈書」そのものの研究史も厳然として存在する。『源氏物語』の後代への影響を論じる受容史という研究領域もある[1]。

それでは、これら厖大な「注釈」研究を「通過」しなければ『源氏物語』の研究はできないのかというと、各方面から御叱りを受けるかもしれないが、私はそんなことはないと考える。もっと直に『源氏物語』を掴《つか》まえる分析をこそ、求める必要があると信じる。中世・近世の注釈史が、『源氏物語』を古代的なテキストとして読もうとする上で障碍《しょうがい》になっているのではないか、ということがもはや旧聞に属することかもしれないが、私の正直な感想である。言い方を変えれば、問題は、注釈史とはいったい何かである。

私の考えのヒントは、風巻景次郎氏の『源氏物語』研究に対する次のような総括である。

『源氏物語』を一つの作品として読みとろうとする努力は中世この方引きつづいて行われているが、その主たる結果は、注釈と系図と年立との三つに形を備えてきていることが分かる。(2)（傍点・廣田）

周知のように、系図とは、登場人物の系図のことである。この物語は登場人物の数が多いし、同じ呼称で違う人を示すこともある。それでは同じ呼称で呼ばれる別の人物が、全く関係がないかというとそうでもない、というふうに問題は簡単ではない。そこで、誰もが自分で系図を何度も作り直しながら読むことになる。また、同じ登場人物なのに、呼称が変化することがあるので、この官職名で呼ばれる人物がこの場面では誰なのか、いつも確認しながら人物関係図を作成しなければならない。このような歴史的な積み重ねによって、源氏物語系図が出来ていると考えればよいのであろう。また、年立とは、この巻では光源氏何歳かと、主人公光源氏（と、宇治の薫の）年齢を基準とする年紀であることは、もはや言うを俟たない。

ところで、風巻氏は年立を「年譜風の形を持った一覧表」にまとめあげたのは「室町期」であり、なかでも一条兼良による年立は「中世源氏学における年表的整理の一つの決算」だという。さらに興味深いことは、風巻氏は旧年立が「矛盾」を見せるけれども、新年立は「独断」によっていて、「本来矛盾のないように辻褄《つじつま》の合わない年立は誤っているのだとする合理主義」が働いているという。すなわち、本居宣長の新年立は「原作を完璧なもの、本来矛盾など含んでいないものとする古典の偶像化、神秘化の精神と密着している」と述べている。(3)

そうであるならば、「注釈」と「系図」と「年立」などに収斂される、中世から近世の注釈史とはいったい何だったのだろうか。そもそも『河海抄』『花鳥余情』以下の古注釈とは、現代のわれわれの考える注釈とは同じではない。皮肉なものいいで恐縮であるが、『河海抄』『花鳥余情』などの歴史的な注釈書たちは、それぞれの時代の理解を示しているにすぎないのかもしれない。

例えば、かつて興味深く読んだ論文で、あれからもう四〇年近く「忘れ去られた」ようになっていることを、残念なことだといつも思い出す考察がある。平井仁子氏の論文「物語研究における年立の意義について――「源氏物語」の場合――」は、「物語の時間的秩序」を明らかにするものとして「年立」をめぐって、『源氏物語』において年立は可能なのか」と問う。平井氏は物語に見える、年齢の「朧化表現」と「断定的な年齢表記」のあることに注目する。さらに「年の変わり目」と「季節」や「継続状態の不明な箇所」を検討したうえで、「確定する根拠がない場合」を調べ、「巻々の関係にはかなり断続的な性質」があること、「巻々の承接関係を明らかにできなかった部分」の存することを指摘する。この分析方法そのものは、実に興味深いのだが、今は措こう。平井氏は、

我々が物語に対する時、物語にはじめから付随したものとして年立があったわけではないことを再認識し、作られた年立の枠に従って物語の本文の記述を訂正しつつ読むような姿勢は避けるべきではないか、と思うのである。(4)

と結んでいる。すなわち、平井氏は年立に依拠した読みが、本当に物語本来の読み方として「有効か」という問題提起をしているのである。もちろん、物語の表現そのものが、年立を「正確に」表現していないからといって、小説家の創作ノートのように、机上に対照させる年立表を、紫式部が卓上に置いていなかったことまで証明することはできないという反論も予想できる。

ただ、私がこだわって問題にしていることは、物語における年立は、登場人物の細かな年齢が、創作過程の問題としてではなく、果たして古代物語として読む上で不可欠なのか、ということである。かつて、年齢の「朧

齬」をケアレスミスとする論考が盛んに取り沙汰されたことは、不当な批評だったのではないだろうか。

むしろ私は、このような年立や系図が問題になる以前、すなわち中世以前の『源氏物語』の読み方はどのようなものであるべきなのか、古代物語の本性そのものをどう取り出せるのか、と改めて問いたい。

二　最終形としての本文

古典文学の本文というものを考えるとき、原本とか作者自筆本という用語も可能であるが、学的にはそれらは想像上の存在でしかない。本文を段階的に成立したものと考えて、もう少し客観的に捉えるために「初期形」という用語を用いてみよう。そうすると、これに対応して、現在に伝来する本文を「最終形」と呼ぶことができる。この「初期形」と「最終形」とは、どのように理解すべきであろうか。

例えば、『伊勢物語』は、『古今和歌集』と和歌を共有していることを端緒として考察を始めた片桐洋一氏の仮説によると、西暦九〇〇年ごろにはわずか二〇数段の、小さな物語であったといわれる。(5) ところが、鎌倉時代に藤原定家みずからが整理、書写した伝本は一二五段にまで増補されている。この間の増補改訂を、年代の明らかな文献と突き合わせて、およそ三次に及ぶものと想定されている。

いうまでもなくこれは明確に三段階でもって成立したということを主張されているわけではなくて、『伊勢物語』本文が漸次、増補されていったものと考えられるという理解でよいであろう。

同様に、『宇治拾遺物語』の場合であれば、序を手がかりとすると、現在の『宇治拾遺物語』は、逸書である『宇治大納言物語』をもとに、何段階かにわたって増補されたことが予想される。(6)

これらの事例から類推すると、現存する伝本すなわち本文の「最終形」の中には、物語本文の改訂が歴史的に形成されたという過程が折り畳まれている、ということができる。ただ留意しなければならないことは、『伊勢物語』にしても『宇治拾遺物語』にしても、どの章段が古いか新しいかが判明したとしても、古い章段は、表現そのままが保存されているわけではなくて、ある段階における編纂において、全体にわたって表現の改変を受けている可能性があることも否定できない。

いずれにしても、物語の古態に対して、どのように新たな表現が書き加えられ、手直しされたかは、もはや想定不可能である。だとしても、「最終形」の本文は「初期形」以降の改訂の歴史を含んで成立しているといえる。

三　『源氏物語』の新しい読み方はあるか

問題は、誰から何を学ぶかである。

結局のところ、それぞれの考えに即して分析方法を考えるしかないのだが、少なくとも近時私がめざしてきた研究の起点とは、『源氏物語』を小説として読む「近代的な」理解の誤りを糺《ただ》すことである。戦後の「構想論」や「成立論」などの恣意的な議論に倦《う》み、なぜこんなに議論が拡散するのかを考えると、このような「混乱」を引き起こした根源は、和辻哲郎「源氏物語に就きて」[7]にあると考えたからである。もしくは、和辻氏に代表されるような、近代小説的な読みを克服する必要がある、と考えたからである。和辻氏が影響を与えたというよりも、和辻氏のようなあたかも近代小説を読むかのような文芸批評が、戦後の成立論や構想論、そして「源氏物語悪文」説を生み出してきたからである。

例えば、武田宗俊氏の『源氏物語の研究』は、簡略に言えば、紫上系の巻々が先に成立し、玉鬘系の巻々が後に付加されたという「仮説」を示したことで有名である。武田氏は『源氏物語』を「紫上系の物語」と「玉鬘系の物語」と名づけ、二つの物語群に分けて、「紫上系の物語は玉鬘系の物語とは独立し、完全な統一を持つものとして、後者に無関係である」という。すなわち、「玉鬘系の物語」は「付加的結合で、有機的な融合とはなっていない」のであり「接続の不自然さ」のあることをいう(8)。まず、ここまでは形態論である。

そこから武田氏は「合理的な説明理由」を「紫上系十七帖が先ず構想され、玉鬘系は後に記述挿入された」と見る(9)。かくて武田氏は、形態論から成立論を導くのである。

ただよくよく考えてみると、巻と巻との連絡を「不自然」とか「有機的」でないという判断は、何をもって基準とできるのであろうか。何よりも武田氏が、物語内部の「違和感」を、外部の「成立事情」の問題へと展開させたことは正しかったであろうか。

知られているように、この仮説は学界に大きな反響を巻き起こし、岡一男、森岡常夫、その他諸氏の批判を呼び起こしたが(10)、総括的で真正面から批判を加えた論考は、長谷川和子氏の『源氏物語の研究』に尽きるであろう。長谷川氏は、武田氏の挙げた用例や事例を一々検証され、それらが正確ではないとして、「武田説については可能性は認めつつも、それがそのままでは成立し得ないとする結論」に達したという(11)。

長谷川氏は「玉鬘系の巻の人物が紫上系の巻に顔を出さない」ことは「成立事情」のゆえではなく「話題―ひいては登場人物―の意識的書き分け」によるものかとされている(12)。

ただ、惜しむらくは、長谷川氏もまた、小説的理解の虜《とりこ》であったことである。例えば、長谷川氏は武田氏のいわれる「上の品の物語、中の品の物語をそのまゝ、いわゆる紫上系物語、玉鬘系物語と云かえてもよい」として「中の品の物語を上の品の物語と混ぜ合わせることの困難や、その場合予想される読者の不満をさける」必要があったと推測される(13)。そうすると、『源氏物語』の「読者」を中の品と想定して書かれたことになってしまう。

あるいは、賢木巻における有名な条であるが、六条御息所の回想の中の年齢表示は、作者の「ケアレスミス」だとする。[14]が、これはむしろ場面性の範囲内の問題ではないだろうか。すなわち、六条御息所の回想場面が、中国古典を典拠とするものいいをしたからであり、[15]また年立と齟齬《そご》が生じたとしても、あとから記される表現が先に記された記事を「上書き」するものと理解すればよい、と私は考える。

ともかく、武田氏の成立論については、これ以上の議論は打ち切ろう。いずれにしても、議論はテキストのもつ「矛盾」や「錯誤」を指摘するのではなく、所与のテキストを（できるかぎり、そのまま）どう読めるのかという問題に帰着するであろう。

四　物語は小説ではない

それでは、振り出しに戻ることになるが、どのような視点において小説的理解を克服できるのか。繰り返しになるが、どのようにすれば古代物語として源氏物語を理解するかを考えることである。少なくとも、そのひとつが『源氏物語評釈』（角川書店）であると私は考える。[16]あるいは、玉上氏の学統を継がれた清水好子氏の一連の研究であると考える。[17]

玉上氏や清水氏の考察を踏まえ、私に言い直せば、『源氏物語』は場面の集積である。あるいは、場面の連鎖である。[18]

ややもすると、われわれは物語からストーリーを「読み取ろうとする」けれども、ストーリーは先験的に存在するのではない。教育によって習慣付けられてきたように、主人公に同化してストーリーを読み取ろうとすると、近代的、小説的な「解釈」のまぎれ込む可能性がある。われわれは無意識に、場面と場面との間に、論理的な継起性を読み取ってしまうからである。あたかもそれが「正しい」読み方だと疑わずに。

例えば、物語の場面転換は、『源氏物語』では具体的な表現の事例として、

1　話題の転換　…　まことや、かくて、その頃、…

2　季節の転換や暦日の明示　…　その秋、年変りて、冬になり行くまゝに、四月になりぬ。年変はりぬ。明くる年の二月に、…

3　場所の移動や転換　…　内裏には、かの須磨は、かしこには、…

などという語句をもって明示される。そこには論理的な関係は示されていない。

場面と場面との関係は、おそらく①対照性と、②連想性とが基本であろう。

例えば、光源氏の正妻葵上の急逝の後、和歌をもって追悼する場面が置かれる。追悼のために、光源氏は、一定の形式をもった哀傷歌を詠まなければならない。

その直後、紫上の新枕が描かれる。かつて、この明暗の対照は、かねてより光源氏の好色とか不実とか、人物造型の欠陥として理解されることが多かった。しかしながら、この場面の対照性こそ古代物語の特性だと見ることができる。すなわち、光源氏は全力で悲しみ、全力で恋をする。葵上に対する悲しみの深さゆえに、若紫に対する情愛の深さが際立つのである。

そこで、いったんストーリーを離れて物語を、心を虚《むな》しくして読めば、物語は場面を単位とするということがわかる。場面は、場面の転換を表示する、上記のような類型的な表現によって縁取られている。場面と場面とはいつも強い論理性、継起性によって結び付けられているわけではない。

それでは、場面そのものはどのように構成されているのかというと、基本的に男と女の対偶をもって構成され

ている。その中心に置かれるのが、和歌である。

逆に言えば、場面は、和歌の贈答や唱和を核として構成される。それではどのような和歌が選び取られるのかというと、男と女の関係に応じて、詠まれるべき和歌の形式や内容が、おのずと定まってしまうから、和歌が置かれたときには、男と女との関係は殆ど表現されてしまう。つまり、問題は、場面の性格によって、用いられる和歌が『古今和歌集』の部立の名称を借りれば、恋歌なのか、離別歌なのか、哀傷歌なのかを決めてしまうということである。

五　和歌はひとつの挨拶である

古代の和歌を考える上で、重要な視点は、和歌は抒情詩ではない、ということである。早く益田勝実氏は、「歌がけの生活にまぎれこんだはれのことばである」（傍点・原文のママ）という。「日常生活の中で歌の伝統的に占める位置、歌が歌い上げられるべき箇所箇所、折々はほぼ決まっている」として「恋の問答」や「物品の贈答」や「手紙の交換」などが「きまった生活の場面における歌に対する歌の答えである」という。益田氏は、桐壺巻における帝と「瀕死の床」の更衣との場合を取り上げ、「帝のけのことばの会話」（傍点・原文のママ）に対して、更衣が「歌で応えるには、更衣の中にそうさせる何かの契機があった」（傍点・原文のママ）とみる。

しかしながら、この古代の身分社会の中で発せられる帝の言葉は、単純にケ（褻）だとはいえない。身分の低い更衣からすると、「私を捨てて亡くならないでほしい」という帝のもったいない言葉に対して、更衣は和歌という、それこそハレ（晴）の言葉でしか答えられないと考えるべきであろう。日常的なものいいで答えることはできない、ということだろう。

ここで益田氏は、ハレ（晴）とケ（褻）の二分法を用いているが、私はケの中にも、ケの中のハレと、ケの中のケがあると思う。なぜそのように言うのかといえば、ケの贈答においても、挨拶として儀礼性が働くからである。また、心情を最も率直に表現するときには、修辞や技巧といったものの必要のない歌い方もなされる。それが後にも述べるように、紫上のような正述心緒の様式をとることになるだろう。

さて、益田氏は『源氏物語』の多くの歌は、贈答歌であるという。そして「歌が贈答歌として日常生活に入ってきているのは、古くからの伝承的なもの」であり、「語りごとや歌謡に発した歌」が「日常的生活の中でのやや折り目だった部分と深く結びついて、それが伝承的に歌の座になった」という(19)。

益田氏のいわれる、日常生活の中の「折り目」とか「歌の座」という捉え方は実に興味深い。ただ、だからといって「更衣の里邸での命婦と更衣の母、帝と更衣の母の贈答歌には、会話以上のものを見いだすことができない」として「儀式としての会話」「日常生活の中に迷いこんだ儀礼のかけら」だと切って捨ててよいであろうか。命婦を更衣母との間に交わされる四首の和歌は、弔問の挨拶としての贈答二首と、私的なケの贈答二首というふうに、二重に配置されている。

おそらく益田氏は、和歌の儀礼性と人の抒情性とを対立的に捉えすぎる。儀礼性といい、儀式性というものの中に切なく哀しい詠者の心情が滲むというところに、『源氏物語』の和歌の特質があるのではなかろうか。儀礼性の中に抒情性がどのように絡み合うのかが重要である。

いずれにしても、益田氏は、古代和歌を「挨拶」と捉え、「あらたまったことばでの呼びかけと答え」であり「家族同士ではない人間を結ぶコミュニケーションの本体」とみている。そして「歌は、単なる抒情の具ではなく、人と人とをつなぐことばとして独特の役割を果たしていた」という。[20] この捉え方こそ、『源氏物語』の和歌の特質をみごとにいいあてている。

六　歌の場と様式

かつて古代歌謡の研究者であった土橋寛氏は、考察の対象として「文字に定着され、それを媒介として享受者に読まれる筆録文学」と「口誦によって表現され、耳を通して直接享受者に聞かれる口誦文学」の両者を併せて、「文学」と捉える。[21]

そして土橋氏は「歌われる歌である」「歌謡」を「歌い手と聞き手の関係、歌の場の性格」において捉えようとする。そのとき、土橋氏は「歌謡」を「書承の中で自己表現として作られる和歌」とは異なることを強調される。

というのも、土橋氏の研究は、従来の研究が「歌謡も抒情詩であり、作者の自己表現だという、研究者の抒情詩的歌謡観に基づいて解釈され、評価されてきた」ことを批判するところから始まっているからである（傍点・廣田）。

このような視点による土橋氏の考察の射程距離は、古代歌謡のみならず『萬葉集』、さらに『古今和歌集』までに及ぶ。土橋氏は『萬葉集』がもつ「雑歌」「相聞」「挽歌」の三分法が「制作事情（制作された場）による分類」であり「雑歌」は「儀礼や行事を場とする歌」だという。

さらに、土橋氏は『古今和歌集』は「完全に内容の分類」によるものであり、「『古今集』の歌が生活から離れて独立した世界を形作った結果、分類の基準が歌の制作事情から歌の内容の方に変わった」と評するまでに至る。[22]

しかしながら、土橋氏の説かれるような、和歌が「生活から離れて独立した世界」を獲得するのは、むしろ中世を待たねばならないであろう。私は、『古今和歌集』の和歌の中にも、和歌の儀礼性はなお強く働いていると考える。

さらに、土橋氏は『源氏物語』にまで言及し、「光源氏やその周辺の女性たちとの歌と同様、物語の述作者によって創作されたもので、いわば作者によって代作された作中人物の歌であり、従ってその性格が作中人物の抒情詩的自己表現である」と述べている（傍点、廣田）。いささか乱暴にも、土橋氏においては『古今和歌集』と『源氏物語』の和歌とは同質のものと見做《な》されているのである。

一方、柳田国男氏の民謡研究を、古代歌謡研究に援用させた土橋氏は、「古代歌謡と近代の民謡との間には、驚くほどの類似が認められる」として、集団性や発想法（もしくは「発想の型」）、主題の型、素材の型などについて詳述している(23)。

しかしながら、『古今和歌集』の和歌や『源氏物語』の和歌がもつ特質を、単純に「自己表現」という点で括《くく》ることはできない。なぜなら、『古今和歌集』の分類は単に「内容」の分類ではなく、むしろ土橋氏の重視した「場」の問題、あるいは和歌の形式、和歌の場に基づく発想、表現の型によって分類されているからである。つまり、「離別」の部立に採られている歌は「離別歌」の様式によって、「哀傷」は「哀傷歌」の様式によって歌われたものだからである。すなわち、別れて行く人に対して本心ではどう思っていようが、離別の場では、「別れを惜しむ」「早い帰京を願う」といった類型に乗せて歌わなければならない。哀傷の場では、「別れを悼む」「行く方が分からない」といった類型に乗せて歌わなければならない。

その意味で、和歌は挨拶であり、儀礼である。そのことは、『源氏物語』の和歌においても同じである。

七　歌の場とは何か

行事や会合において、口頭で詠じられたはずの歌がなぜ後世に残り、伝わるのかというと、そこには和歌の「場」があり、場の記録があるからである。周知のように、勅撰集は歌集や記録資料に基いて編纂される。つまり、詞書に何げなく詠まれた事情や歌題の記されている和歌にも、古代和歌の詠まれた場があるはずだ。繰り返すが、和歌は、詠歌の場を離れて詠まれることはない。

考えてみれば、恋する男と女が手を伸ばせば触れ合うほどの距離にあれば、もう言葉などはいらないであろう。にもかかわらず、御互いになぜ和歌を交わす必要があるのだろうか。

それは、もともと和歌が挨拶としての儀礼性を帯びているからである。それがケの中のハレである。ふたりだけの密度の高い、まさにケの世界においても、和歌は一定の儀礼性を帯びて交わされる必要があるといえる。[24]

八　褻の和歌の儀礼性

そのとき、和歌は抒情性の具ではない。というのも、『源氏物語』の研究においては、まだまだ和歌の抒情詩的な理解はぬぐい去り難いからである。

和歌は場を伴う。その場とは、単に空間や場所のことではない。むしろ和歌を詠む男と女の置かれた関係、いわば文脈 context のことである。[25] つまり、場の違いによって、和歌は詠まれ方が異なる。

いうまでもなく和歌の詠まれ方にも、約束事がある。約束事とは、季語とか景物とか、掛詞とか序詞とかといった、技巧的、文法的な問題だけではない。和歌の詠み方の問題である。

『萬葉集』には、周知のように、

寄物陳思

正述心緒

譬喩歌

という様式的な区分が知られている。心情を率直に表明することは、正述心緒の様式によって可能である。この概念を用いれば、

ケにおいて儀礼性の働かない詠歌　…　正述心緒

ということができる。『源氏物語』では若紫、後の紫上の得意とするところである。(26)

それ以外のほとんどは、寄物陳思の様式によって詠まれている。

季節を詠じるにも、立春なのか、惜春なのか、その折節の場に即して和歌は詠まれなければならない。その意味で、和歌は儀礼性を帯びている。

儀礼性とは、和歌の場の目的や意図によって詠み方が決まることをいう。したがって、単純にハレ（晴）とケ（褻）という二分法では説明できない。

まとめにかえて

滋賀県にある石山寺の伝説では、『河海抄』にも伝えるように、紫式部が琵琶湖の上に輝く美しい月を眺めつつ、忽然として須磨巻を発想したという。もしそうだとしても、実際に紫式部が物語を描くためには、物語の壮大にして綿密な構成や、具体的な叙述を押し進める文体といったものが必要であろう。そうであれば、具体的に

物語を描いて行くには、叙述というものに、何らかの仕組みや仕掛けがなければならない。とはいっても、誰も作者の頭の中をのぞき見ることはできないし、構想とか意図といった確証のない議論はかいのないことだ、というべきであろう。

むしろ問題は、今ここにあるこの物語を、物語の表現に即してどのように読むのかという課題でなければならない。

注

(1)「受容」とか「享受」というものの理解については、松本大氏のような、状況に対する新たな批判的な問題提起（「享受研究の目的は何か、対象は誰か」『中古文学』第百号記念号、二〇一七年一一月）もあるが、これらの概念を拡張して行くと、結局テキストは現存するものしか存在しないことを「受け入れ」て行くしか始まらないこという意味で、同じことになってしまうだろう。

(2)風巻景次郎「源氏物語の成立に関する試論」（『風巻景次郎全集』第四巻、桜楓社、一九六九年）。四三頁。

(3)同書、四六〜七頁。

(4)平井仁子「物語研究における年立の意義について―「源氏物語」の場合―」（『中古文学』一九七八年九月）。

(5)片桐洋一『伊勢物語の研究』研究篇（明治書院、一九六八年）。

(6)小峯和明氏は『宇治拾遺物語』の幾つかの説話が『宇治大納言物語』と説話を共有し、『今昔物語集』『古本説話集』『打聞集』『世継物語』と「かなり近い文章関係」をもつことから、「四者と『宇治拾遺物語』との共通話」約百二話が、『宇治大納言物語』が院政期に成立した説話集であり、『宇治拾遺物語』の古層にあたるという（小

峯和明『宇治拾遺物語の表現時空』若草書房、一九九九年)。二五四頁。

(7)和辻哲郎「源氏物語に就きて」『思想』初出、一九二二年一二月。その後、『日本精神史研究』(岩波書店、一九七〇年)に所収。

(8)武田宗俊「源氏物語の最初の形態」(『源氏物語の研究』岩波書店、一九五四年)。

武田氏は、「紫上系の巻に玉鬘系の巻に出ていることを前提している人物がない」という(同書、九頁)。つまり「重要な人物」は玉鬘系の巻にも見えるが、人物呼称、語句の類似、巻の冒頭の型、文体、技巧、人生観などの点から、両系が「判然と区別される」という(同書、二八頁)。さらに武田氏は、「紫上系十七帖が初め独立して完結していたもの」が存在した。それが、「光源氏栄華の物語」であり、「光源氏愛欲の物語」であったという(同書、三四頁)。

武田氏は「この物語の形態」に「構成上欠陥の多いもの」と捉え、特に「大きな欠陥」は、「主人公光源氏の恋の心理に自然さ、実らしさの少いこと」(同書、三七頁)や「光源氏の道徳的欠陥」(同書、三七頁)、「まじめでないと解せざるを得ない婦人関係が、まじめな恋として扱われ」る「大きな欠陥」があるという指摘(同書、三八頁)にまで及ぶ。しかしながら、武田の立論は、『源氏物語』が身分社会を基盤とすることが閑却されているという意味で「欠陥」をもつといわなければならない。

ここまでくると、問題は武田氏の印象や解釈の次元に及ぶが、逆に、そのような武田氏の印象や解釈を根拠として、玉鬘系の後期挿入の仮説が立てられているのではないかとさえ推測したくなってしまう。

(9)同書、四頁。

(10)岡一男「源氏物語成立論批判」(『国文学研究』一九五一年一二月)、森岡常夫「源氏物語構成上の問題」(『文学』

一九五二年七月)、同「源氏物語に於ける対立的契機」(『文芸研究』第七集、一九五一年五月)。

(11) 第一七巻「解題」日向一雅監修『源氏物語研究叢書』(クレス出版、一九九七年)。初出、『源氏物語の研究』(東宝書房、一九五七年)。

(12) 同書、六二頁。

(13) 同書、一六頁。

(14) 同書、七三頁。

(15) 例えば、新編全集は、六条御息所の内裏参上のときの回想に見える年齢について、「以下の年齢表示は不審」とし、光源氏の年齢が一六歳となり、「通行年立の二重三歳と矛盾する」としながら(賢木巻、②九三頁)、補注では『白氏文集』巻三、新楽府「上陽白髪人」の影響の可能性を指摘している(②五一〇頁)。

(16) 玉上琢彌『源氏物語評釈』全一二巻別巻二(角川書店、一九六四年~六九年)。

(17) 清水好子「源氏物語の作風」(『国語・国文』一九五三年三月)。その後、『源氏物語 文体と方法』(東京大学出版部、一九八〇年)に所収。ちなみに、清水氏の代表的著作のすべては、『清水好子論文集』(全三巻、武蔵野書院、二〇一四年)に集約されている。

(18) 清水好子氏は、『源氏物語』が『伊勢物語』の「形式」を襲いつつ、「眼目となるような大切な場面」は、「主人公たちが対座する場面」であり、「同心円を描くように、そのもっとも外側の円は、次の同心円の一番はしの外円に重なる」と捉える(「源氏物語の作風I」『清水好子論文集』第一巻、二〇一四年、五〇~四頁。初出、『源氏物語の文体と方法』東京大学出版会、一九五三年)。さらに、須磨巻においては「光源氏が須磨に退去すること」が「大事件」であったために「作品として、それを具体化するために作者がとった方法」が、「主人公が人々と別れを惜しむ場面をいろいろ用意することであった」という（同書、四六頁）。そのため「変わってゆくのは、源氏に対座する相手役のみ」であったという（同書、四六頁）。

あるいは、清水氏は「男と女の二人の対面の場面を中心とする話の連鎖によって、各巻が構成されている」という（同書、五九頁）。

清水氏の場面というものについての認識は、きわめて重要である。しかしながら、須磨巻の場面の連鎖は繰り返しを厭わず、女性たちを序列化して光源氏との離別を語るのであるが、それこそ清水氏の説かれるように「二人の相対座する中心人物のいる場面」が「この物語の心象風景を刻みあげてゆく際の原型」（同書、四七頁）を基本として、離別歌を贈答・唱和するところに、物語の本性があるとみてよい。作者が意図的に場面を操作するというふうに理解するよりも、物語を描く上で、場面を積み上げることが不可避であったと捉える方がよいと考える。

（19）廣田收「『源氏物語』②場面とは何か」（『講義日本物語文学小史』金壽堂出版、二〇一四年）。二〇四頁。及び、廣田收「『源氏物語』の場面構成と表現方法」（『文学史としての源氏物語』武蔵野書院、二〇一四年）。二〇五頁。
（20）益田勝実「和歌と生活」（『解釈と鑑賞』一九五九年四月）。
（21）益田勝実「挨拶の歌」（『短歌の本Ⅰ　短歌の鑑賞』筑摩書房、一九七九年一〇月）。
（22）土橋寛「序章」（『古代歌謡の世界』塙書房、一九六八年）。一〇頁。
（23）同書、一二一～一二七頁。
（24）同書、三一一～五一一頁。
（25）廣田收『家集の中の「紫式部」』（新典社、二〇一二年）。二〇九頁。

ちなみに、『源氏物語』の贈答歌、特に女性の和歌を儀礼性の視点から読み直す考察として、風岡むつみの論考がある。これらの論考は『源氏物語』においては、人物によって和歌の詠み分けがあることを示している。風岡むつみ「『源氏物語』贈答歌考　―いわゆる女からの贈歌をめぐって―」(『同志社国文学』第八三号、二〇一五年一二月)／同「『源氏物語』女からの贈歌考　―花散里を例として―」(『同志社国文学』第八五号)／同「『源氏物語』女からの贈答歌考　―明石君と光源氏の贈答をめぐって―」(『同志社国文学』第八六号、二〇一七年三月)など。

(25) 廣田收「まえがき」(『『紫式部集』歌の場と表現』笠間書院、二〇一二年)。

(26) 廣田收「『源氏物語』における風景史」(『文学史としての源氏物語』武蔵野書院、二〇一四年)。二五一頁。

第三章　『源氏物語』の枠組みと介入する作者

第一節　『源氏物語』における人物造型の枠組み

――若菜巻以降の光源氏像をめぐって――

はじめに

平安京における貴族社会で生まれた『源氏物語』は、確かに貴族社会の物語ではあるのだが、そこに描かれる出来事には、律令から四書五経などに代表されるような、唐から受容した近代的で合理的、政治的で官僚的な文化よりも遥か以前から在る、日本人の精神の古層が潜在している。おそらく平安時代の女性作者たちは、新しい外来思想の根本的な「洗礼」を受けなかったために、古い在来の伝統的な心性を保持していたと考えられる。新しいものはおそらく、古いものを用いて新たに組み替えるところからしか生まれない。つまり、「古代における近代」のテキストである『源氏物語』には、「古代の古代」における神話的思惟が横たわっており、それは古代における近代的な思想と複合しているに違いない。

この問題を精神史の問題としてではなく、文学史の問題として捉えるには、どのようにすればよいのか。私は、話型 narrative scheme という媒介項でもって考えてみたいと思う。

『源氏物語』は他とは比べものにならないほど長い物語である。なぜ長くなっているかを考えてみると、『源氏物語』の中では、それまでの物語に一定の決着が付くと、再度新たに人物設定をして「仕切り直し」re-setをするということがみられる。私は、その「仕切り直し」が桐壺巻、若菜巻、橋姫巻、宿木巻だと考える。その検証の詳細は今措くとして、逆に言えば、ひとつの話型による構成が完結すると、新たな主題のもとに新たに話型が要請される。つまり、『源氏物語』は長編的構成と見えて、一定の長さをもって統一性、完結性の保証される話型の連鎖に他ならないのではないだろうか。

具体的に言えば、桐壺巻から始まる物語は、光源氏が准太上天皇として遇され、六条院に帝と上皇との行幸・御幸を賜るという藤裏葉巻までをもって、ひとつのまとまりをなしているということが指摘されている。そのまとまりが何によって保証されているかというと、それが話型である。ここでは話型を、物語の構成を支える原理的な枠組みと定義しておきたい。

例えば、物語の最初の塊《かたまり》は、光源氏に焦点を当てると、いわゆる貴種流離譚であり、藤壺に焦点を当てると、いわゆる白鳥処女型の話型の働いていることは首肯されるであろう(1)。いわば藤裏葉巻までの物語が、昔話の概念にいう「完形昔話」「本格昔話」と同じ「めでたし、めでたし」という枠組みをもつことは疑えない(2)。

さて次の物語の塊が、若菜巻以下、光源氏が亡くなる幻・雲隠巻までである。この部分に関しては忘れ難い論考がある。若菜巻について、秋山虔氏は「第一部の世界とははっきりとちがった方法」があると見る。すなわち、めでたしめでたし型の大団円に終る第一部の進行には、先行の物語や古伝承の筋立てや趣向が、あるときには露わに、あるときには微かにその底に沈んでいた。いわば古伝承・古物語の型に順応し、そこに人間の心理・情動をうちこむことによって、これを変型し再生産する方法が見られた。それが年代記的時間によって統一され、光源氏のめでたき宿世が開かれていったのである。ところがいま、その方法は通用しない。先行のいかなる範型もない、酷烈な世界をうち開いていく新しい方法は、いわば物語の世界が自己運動的にその場を敷設していくという体であるといえよう。(3)

と述べておられる。いわゆる「第二部世界」には「先行の物語や古伝承の筋立てや趣向」あるいは「古伝承・古物語の型」がないといわれるのである。だが、それはほんとうだろうか。秋山氏は一方で、光源氏の生涯が「年代記的時間によって統一され」ると見る。確かに、物語に一代記的な構成が働くことは否定できない。だが、それだけでは六条院世界を、女三宮降嫁・柏木の犯し・薫の誕生という一連の出来事(の組み合わせ)が極めて意図的に仕掛けられることを説明できない。それらは別々の出来事ではなく、同時に仕掛けられたものである。ただ、物語はリニア linear でしか表現できないために、順序付けられているというより他はない。そのように考えなければ、若菜巻における新たな仕掛け、六条院世界に対する破壊の衝動を説明できないからである。なぜ作者は六条院を破壊しようとしたのか。そのような衝動があるとして、それはどのような、秋山氏の言われる「範型」に拠って展開しているのだろうか。

いずれにしても、光源氏が亡くなると、宇治を舞台とする若い世代の物語が始まる。この宇治十帖の前半は、光源氏の罪の子薫と宇治大君との奇妙な恋物語である。この巻々の核は橋姫巻の設定にある。すなわち流布本『伊勢物語』冒頭章段のような、二人の女性を男が垣間見するところから始まる恋物語が核をなしている。さらに後半の巻々は、浮舟が薫と匂宮との関係に悩み入水する恋物語が核をなしている。その設定は、二人の男に愛されて入水する物語を基層とする。その物語は、早くから伝統的な「うない乙女」「生田川伝説」などの型に拠っていることが指摘されてきた。(4)

それでは物語の二つの塊がどう繋がるのかというと、人物造型の次元で言えば、大君と浮舟を繋《つな》ぐのが、橋姫のゆかりという系譜である。いずれにしても、物語の根幹は、男と二人の姫君との対偶、二人の男と姫君との対偶という設定の反復である、と捉えることができるだろう。

ところが戻って、二つめの塊、若菜巻以降の物語が、どのような型に基いて構成されているのかというと、それはどうにも分かりにくい。私は、かねてより六条院という世界を、女三宮という小石が投げ込まれると、ひとりでに波紋が広がって行くというふうに、若菜巻以降は、いわば自律的に展開すると捉えてきた。だが、もし話型の問題として考えるなら、よく分からなくなってしまう。ヒントになるのは、光源氏が若き柏木によって正妻女三宮を襲われ、生まれた男の子を柏木の子と知りながら抱きつつ、なぜか怒りを発しないことである。光源氏はなぜ怒らないのか、という疑問に手がかりに、この問題を古代日本人の精神構造の問題としてよりも、物語の話型の問題として考えてみたい。

一　若菜巻に関する論点

さて、そもそも『源氏物語』とはどんな物語かというと、私はこの物語は二重構造を抱えていると見る(5)。すなわち、亡き母の面影を求めて女性を探すという、（物語の表層においては）擬似的な近親相姦の物語としても読めるが、私は、皇位継承争いの危機から臣籍に降下させられた光源氏が、藤壺を犯し皇子を産ませ、その皇子が即位することによって、自分の運命に復讐して行く物語であると考える。すなわち、光源氏の藤壺への犯しは、皇位継承における復讐を実現させるために仕掛けられたものであり、物語の表層としては、亡き母の面影を求めるという理由を契機として表現されている。そこにこの物語の重層性がある。

ところが、主題からいうと、この物語は、政治の問題から始まり、若菜巻以降は、因果応報の思想いわゆる罪と罰の問題、そして宇治十帖以後は救済の問題へ、というふうに展開してゆく[6]。そのように見たとき、この若菜巻は、政治から「罪と救い」へという問題へと主題が展開して行く曲がり角にあたる[7]。

光源氏の苦しみは晩年に正妻女三宮を迎えることから始まる。この正妻女三宮は、あろうことか柏木という若い男に犯されてしまう。私が興味を持つのは、光源氏は憤慨してはいるのだが、犯人である柏木には怒りを直接ぶつけないことである。それはあたかも寛容と見えるものである。普通に考えると、若い妻が若い男と関係を持ち、妻が男の子どもを孕んでいると知ったとき、老人光源氏が柏木を攻撃することもなく、沈黙し続けていることは理解しがたいことであろう。光源氏の苦悩はそれとして、光源氏が柏木に対して何も言わない、沈黙しているということは、納得していないということである。おれは認めないぞ、俺はまだ許していないぞ、というメッセージだと考えることができる。

これには、もちろん今とは結婚制度が違うという面も関係している。当時にあっては、法制度において夫と妻との関係が明確に規定されていなかったとすれば、何が不法行為であり、何が裏切りかが曖昧になる。したがって、あいつは何の取り得もないくせに自分よりただ若いというだけでけしからん、と光源氏の心にふつふつと怒りは湧いてくる。また、この事実が他人に知られたら自分は恥をかいてしまう、などと光源氏は屈辱を感じるとともに恐怖を覚える。また、自分が若い日に父桐壺帝の后を過ち、子を産ませたことを思い出し、あのころ父帝はすべて御存知でおられたのか、と空恐ろしくなってしまう。世人の口の端《は》にのぼることの恥かしさだけでなく、后を過つことに謀叛の意があると讒言された（判断された）ならば、すべては水泡《すいほう》に帰してしまったであろう、と推測できる。

何よりも彼を苦しめたのは、正妻が柏木の子を産んだことである。女三宮の産んだ男の子、本当のところ柏木の子薫は、光源氏の没後の物語の主人公となる。女三宮はまだ、「片成り」「片生ひ」などと表現されており、(8)藤壺の姪は光源氏に失望をもたらしこそすれ、魅力のある妻ではなかった。

さて、柏木の子薫を抱いた光源氏は、かつて自分の犯した過ちが今になって報いとなって訪れたのだと思い至る。これは、仏教のいう、いわゆる因果応報の論理である。光源氏は晩年になって、因果という仏教の説く根本原理を身をもって思い知らされたわけである。

にもかかわらず『源氏物語』の時代は古代であり、こんな裏切りの子どもでも憎むことはできないと表現されている。いわば光源氏による継子虐《いじ》めはここで回避されている。あれこれと悩んだまま、光源氏は何も言えず、沈黙してしまう。

そこに本稿における問いがある。

唐突にすぎるかもしれないが、この沈黙する光源氏は『古事記』の伝えるような、天照大神と須佐之男を祖型とするといえないだろうか。(9)紫式部が『古事記』を読んだかどうかという問題ではなく、この有名な伝承に話型と心性の祖型 arche type はないのかという問題提起である。結論から言えば、物語から追放される柏木は、物語を支える枠組みにおける役割として、須佐之男である。と同時に、悩める光源氏は役割において天照大神であるとともに、須佐之男であるというのが、私の考えである。

というのも、物語の深層において帝に叛逆して追放される若き日の光源氏は、まさに須佐之男である。ところが、この若菜巻に至ると、光源氏は反逆を受ける側に立つ。したがって、そもそも罪を犯した柏木は光源氏から追放されなければならないことになる。と同時に、一切を背負って沈黙するところに光源氏の人物造型は、須佐之男の印象がある。

確かに、『古事記』において、須佐之男は天津罪のかぎりを尽くして、天照大神の大嘗祭を妨害する。そこで、天照大神はそのさまを「見畏《かしこ》みて」「さし籠り」してしまう。天照大神はなぜ怒りにまかせて攻撃しないのか。考えてみると、「見畏みて」「さし籠り」することが宗教的解決であった。籠りは神を見る仕掛けである。祭祀の実修においても、禊祓と籠りとが日本の祭の根幹にあることは、柳田国男以来指摘されてきたところである[10]。

結局、八千萬神たちによって須佐之男は追放されるが、天照大神は籠るときから須佐之男の追放まで、ひとことも発していない。すべて呑み込んで黙っている光源氏と、何もいわず身を隠し籠りする天照大神とは共通性がある。一方、すべて呑み込んで黙っている光源氏は、罪を一身に背負う須佐之男の印象と重なることも否定できない。

要するに、光源氏の沈黙は、彼が仏教の因果思想を実感することによって、我が身を反省したところにある。物語の古代性をいう視点からすると、反省する人間を初めて描いたところに『源氏物語』の新しさがある。しかし、『源氏物語』は小説ではなく、古代物語である。作り物語と呼ばれているにしても、伝統的な枠組みに基いてでしか物語は書けないのではないか。そのヒントが、天照大神と須佐之男との緊張関係にあるのではないかと思う。すなわち、若菜巻以降のそのような叙述は、ひとり紫式部の「独創的アイデア」によって描き得たものではなく、緩やかに何かしら神話的な枠組みを踏まえるものではないか、と愚考するものである。

以上のような見通しのもとに、少しばかり自分の考えについて説明を加えたい。

二　怒りを発しない光源氏

『源氏物語』は、若菜上巻からがらりと印象が変わる。朱雀院による女三宮の婿選び、晩年になって正妻を得た光源氏と紫上との間に醸成される気まずさ、そして柏木の犯しをめぐって光源氏と柏木との間にわだかまる確執をめぐって、当事者間の噛みあわない会話が前面に出るとともに、光源氏の心の中に渦巻く思考の堂々巡りが、物語の前面に出てくる。登場人物はいつも「言葉足らず」のような発言をするばかりで、物語はあたかも内面劇になってしまう。退屈と言えば退屈な物語であるが、この辺りから、作者の紫式部らしさが滲んでくる。

その中で、私が最も興味を抱くことは、光源氏の内面はズタズタに引き裂かれてしまうのに、外から見ると何も事件は起っていないように見えることである。なぜかというと、ことのきっかけを作った柏木という男に、光源氏は憤慨しながらも、ついに公然と怒りを発することはなく、出来事のすべてを一身に引き受けて「沈黙」してしまうからである。彼がなぜ沈黙し続け、時が経つのをやり過ごしたのか。それを、この物語の内在的論理からだけで説明してよいだろうか。

あらすじを辿っておこう。若菜上巻の冒頭、光源氏は晩年四十歳になって、心ならずも兄朱雀院の溺愛する末娘女三宮を正妻として迎える。真剣に出家を考える兄朱雀院から、女三宮の面倒を「親ざま」に引き受けてほしいと泣きつかれた光源氏は、自分も兄とそう年齢が変わりないのにと困惑しながら、兄の気持ちを察して、頼まれた婚嫁をむやみに断ることができなかった。

私は、若菜巻以後の物語は、それまでとは違って、今度は光源氏が他者によって「復讐」される過程だと見る(11)。それでは、誰によって、何によって復讐されるのかというと、若菜巻まで、恋でも政治でも、常に勝ち続けてきた光源氏は、朱雀院の拠って立つ「親の子を思ふ闇」「心の闇」を断ち切れなかったばかりに、今度は逆に朱雀院の我儘《わがまま》に振り回されてしまう。光源氏が政治的に圧倒し続けた朱雀院に、全く違う文脈において復讐されたのだ。

しかも、女性の中に禁忌の情愛を育ててきた光源氏は、やがて紫上や女三宮そしてあの朧月夜までもが出家することによって、この世にひとり取り残されてしまう。平安時代の仏教、特に浄土教的な立場から言えば、光源氏には恩愛の罪と愛執の罪とを背負うことによって、業の深い存在として極楽往生の救いから隔てられ、生きながら地獄を味わうという、物語の転換がもたらされることになるのである。(12)

女三宮降嫁の後、あるとき光源氏はふとしたことから、女三宮のもとに隠されていた、柏木からの消息を発見し、すでに女三宮が柏木と関係を持っていたことを知る。そこから、光源氏の深い苦悩が始まる。

(1)「さてもこの人（女三宮）をば、いかゞもてなしきこゆべき。（女三宮の妊娠という）珍しきさまの御心地も、かゝる（柏木との）ことの紛れにてなりけり。いで、あな心憂《う》や。かく人づてならず憂きことを知る〱、（事件以前の状態の）ありしながら（女三宮を）見たてまつらんよ」と、わが心ながらも、え思ひ直すまじくおぼゆるを、（例えば）「なほざりのすさび」と初めより心をとどめぬ人だに、「また異《こと》ざまの心分くらん」と思ふは、心づきなく思ひ隔てらるゝを、ましてこれ（柏木の一件）はさま殊に、(2)**おほけなき人の心にもあるかな**。（例えば）帝の御妻《め》をあやまつ類《たぐひ》、昔もありけれど、それは又いふかた異なり。（例えば）宮仕へといひて、(3)我も人も、同じ君に馴れ仕うまつるほどに、おのづからさるべきかたにつけても、心を通はしそめ、ものの紛れ多かりぬべきわざなり。（たとえ）女御・更衣といへど、とある筋かゝるかたにつけて、かたほなる人もあり。心ばせかならず重からぬ（事例も）、うち混じりて思はずなることもあれど、おぼろけの定かなる過ち、見えぬ（露見しない）ほどは、さてもまじらふやうもあらむに、ふとしもあらはならぬ紛れありぬべし。

（しかしながら）かくばかり、又なきさまに（女三宮を）もてなし聞えて、内々の心ざし引くかたよりも、いつくしくかたじけなきものに思ひはぐゝむ人（私―光源氏）をおきて、（柏木が女三宮を犯した）かかることは、①**さらに類あらじ**、と爪はじきせられ給ふ。（もし夫が）帝と聞ゆれど、ただすなほに、公ざまの心ばへばかりにて、宮仕へのほども、（帝の寵愛がなく）ものすさまじきに、④心ざし深き私のねぎごとに靡き、おのがじゝ、あはれを尽し、見過ぐしがたき折のいらへをも言ひそめ、**自然に心通ひそむらむなからひは、同じ**②**けしからぬ筋なれど、よるかたありや**。

（ところが、光源氏にしてみれば）「我が身ながらも、（柏木のような）さばかりの人に（女三宮が）心分け給ふべくはおぼえぬものを」と、いと心づきなけれど、気色にいだすべきことにもあらずなど、思し乱るゝにつけて、「⑤**故院の上**（桐壺帝）**も、かく御心にはしろしめしてや、知らず顔を作らせ給ひけむ**。思へば、その世のことこそは、いと恐ろしく③**あるまじき過ち**なりけれ」と、近く例《ためし》を思すにぞ、恋の山路はえもどくまじき御心、混じりける。

（光源氏は、この一件に関して）つれなしづくり給へど、もの思し乱るるさまのしるければ、女君（紫上は「（一時危篤に陥ったものの）消え残りたる（自分を）いとほしみに、（光源氏が、わざわざ六条院から二条院に）わたり給ひて、人やりならず（女三宮のことを）心苦しう思ひやり給ふにやと（紫上は）思して、……

（若菜下、三巻三九四～六頁）

この文章は長いのに、この間、光源氏はひとことも発していない。光源氏が沈黙しているのは、言うべきことがないのではなく、何も言うことができずにいるからである。

そのとき、光源氏の苦悩には、いくつかのポイントがある。

（1）光源氏はまず、柏木の過ちゆえに懐妊した女三宮を、これからどのように処遇して行くのか、持て余している。もし子どもが生まれなければ、過ちはなかったとして済ませることもできるが、男の子ではそうはならない。（2）ともかく光源氏は、いくら考えても「え思ひ直すまじくおぼゆる」と、柏木に腹を立てている。光源氏は柏木が身分を超えた過ちを「おほけなき人の心」だと腹立たしく思う。

　柏木の犯しが他の女性、例えば玉鬘に向けられたものであれば、光源氏はこれほど不快感を持たなかったであろう。「おほけなし」とは、光源氏の正妻に対して、また上皇の皇女に対する身分違いの恋慕や過ちのことを評した言葉である。つまり、光源氏は、柏木の過ちが尊貴に対する身分不相応な犯しであると認識している。(13) すなわち、この不快感は①「さらに類あらじ」、②「けしからぬ筋」、③「あるまじき過ち」と、繰り返して呟《つぶや》くほどに光源氏はこだわり続けている。

　ところが、光源氏は男女関係といっても、（3）「おのづから心を通わし初め」た場合には、＝＝線を引いたように、「ものの紛れ」が起きるものだ、と思い返している。だから（4）「自然に心通ひ初」めることは、言い分もあるだろうから、一定程度理解できる、などと悩むうちに、（5）かつて若き日に、后藤壺をあやまちしたことを、父故桐壺院はとっくに御存知の上で「知らず顔」をしておられたのではないか、ということに思い至る。柏木の側に立てば、一方的に非難されるわけではない、と。そのように考えると光源氏の憎しみも軽減されてしまう。

　かくて光源氏は、柏木に対する怒りから発して、自らの過去へと内省するに至る。柏木の一件を結局、どう捉えたらよいのか、なかなか決着が付かない。と同時に、傍線――を引いた箇所のように、光源氏はこの一件と自分の動揺とを、他人に気付かれないように心配りしている。後先を考えず怒りを発することをしないのは、ある意味で思慮深いともいえるが、世人の知るところとなれば、兄朱雀院に申し開きが出来ないし、妻を奪われたとして彼自身の恥辱にもなりかねない。

やがて、朱雀院の五十賀の試楽に向けて光源氏は、ことの露見以後初めて柏木と対面する。動揺している柏木は、光源氏に言葉を返すことすらできず、病気を言い訳にして自邸に籠っていたと申し開きをする。ところが、光源氏は柏木に、「なつかしく」楽《がく》のことを話しかけただけだった。光源氏が感情のまま彼に怒りをぶちまけなかったことに、柏木は少し安堵して「嬉しきものから（とはいうものの）、苦しく慎ましくて言葉少な」に早くこの場を立ち去りたいと思った（若菜下、四一三頁）。やがて、試楽《しがく》の果てに舞が行われ、その後の饗宴において、光源氏は柏木を標的にする。

　あるじの院（光源氏は）「(1)すぐる齢《よはひ》に添へて、酔ひ泣きこそとどめ難きわざなりけれ。衛門督（柏木は）、心とどめて（老いた私のことを）ほゝ笑まるゝ、いと心恥づかしや。(2)さりとも（老い人を笑うことができるのは）今しばしならむ。**さかさまに行かぬ年月よ。老いは、えのがれぬわざなり**」とて、（柏木を）うち見やり給ふに、（柏木は）人よりけにまめだち屈して、まことに心地もいと悩ましければ、いみじきことも、目もとまらぬ心地する、人をしもさしわきて、（光源氏が）空酔ひをしつゝ、かくのたまふ、たはぶれのやうなれど、（柏木は）いとゞ胸つぶれて、盃の巡り来るも頭いたくおぼゆれば、けしきばかりにて紛らはすを、（光源氏が）**御覧じ咎めて、持たせながらたびたび強ひ給へば**、（柏木は）はしたなくてもて煩ふさま、なべての人に似ず、をかし。

（若菜下、三巻四一五頁）

光源氏が柏木に向けて発した言葉は、自嘲的なものだった。

つまり、**(1)** 光源氏は柏木を詰問したり、恫喝《どうかつ》したりすることはなく、自らを老人だと貶《おとし》めるばかりで、道化を演じようとしている。（2）柏木に、御前もいずれ歳をとるんだぞと、何も知らない人には謎のような言葉を吐く。それは光源氏が柏木だけが悪いのではなく、女三宮も合意の上だったのだろうという想像の虜《とりこ》となっていたからである。あるいは若い男に妻を奪われ、これまで半生における恋の競争において初めて負けたと感じ、若さには勝てないと思ったからである。外からは別に、光源氏が柏木を虐めているようには見えないに違いない。

ともかく、光源氏は、柏木に酒を無理強いするばかりで、怒りにまかせて柏木を叱責することはなかった。それはなぜだろうか。

三　因果応報に対する光源氏の認識と自己肯定

いわゆる罪の意識は、光源氏にも柏木にも希薄である。では、彼等は何を悩むのか。

過ちの後、やがて女三宮は柏木の子を出産する（柏木、四巻一九頁）。光源氏はまた、何くれと思い悩む。

（光源氏は）「（女三宮の産んだ子が）(1)をとこ君と聞き給ふに、かく忍びたることのあやにくに、いちじるき顔付きにて、さし出で給へらんこそ、心苦しかるべけれ。（顔があらわになる男の子と違って）女こそ何となく紛れ、あまた人の見ぬものなれば、安けれ」と思すに、（とはいうものの）「かく心苦しき疑ひ、混じりたるにては、（男の子の方が女の子に比べて）心やすきかたにものし給ふにぞ、いとやすきかし。(2)さても怪しや。**わが世とゝもに、恐ろしと思ひしことの報いなめり。**（来世ではなく）この世にかく思ひかけぬことにて、むかはり来ぬれば、後の世の罪は少し軽むらむや」と思す。**人はた知らぬことなれば、**（何も知らない人々は、女三宮のような）かく心殊なる御腹にて、末（光源氏の晩年）に出でおはしたる御おぼえ、いみじかりなむ、と思ひいとなみつかうまつる。

（柏木、四巻一八〜九頁）

(1)「女の子だったらよかったのに」とは、かつて藤壺との過ちによって若宮（後の冷泉帝）が生まれたときに光源氏の考えついたことである。この度、男君（後の薫君）が生まれたとき、光源氏の苦悩が最終的にどこに向かうのかというと、**(2)** 女三宮と柏木との密会は、かつて自分が后藤壺を犯したことの「報い」だという、仏教の説く因果応報を実感したことである。

「この人（薫）のいでものし給ふべき契りにて、さる思ひのほかのこともあるにこそはありけめ。のがれ難かなるわざぞかし」と少しは思しなほさる。身づからの御宿世も、なほ飽かぬことおほかり。

（横笛、四巻六〇頁）

右の文章はまことに重い。横笛巻に至り、薫の振舞をながめながら、光源氏は、かつての藤壺との過ちは、この報いを引き受けるためであったと改めて認識し、わが半生を総括する。いうならば光源氏は報いを受けたと納得したのである。

ところが、である。

光源氏は、幼い若君が無心に筍《たかうな》を食べたり、光源氏の膝から降りたりするのを見て、「この憂き節、みなおぼし忘れぬべし」（横笛、四巻五九頁）さまであったという。わが子ではない柏木の子薫に、憎しみや疎ましさを覚えるのではなく、光源氏はむしろ罪の子を、愛おしいものとして受け入れている。光源氏のこのような心の動きをどう理解すればよいのだろう。

仏教説話、例えば『今昔物語集』に代表されるような説話であれば、柏木の過ちと罪の子薫の誕生をまのあたりにし、これが昔日のわが過ちの応報だと認めたときこそ、光源氏は現世を捨て出家の機縁とすることもできたはずである。だが、光源氏の「危機」を救ったのは、罪の子であっても無心に振る舞う幼い子どもの姿であったということになる。

ここで思い起こされる指摘がある。風巻景次郎は「『源氏物語』の精神といえば、『源氏物語』の本質というに近い」としてこの物語が「生まれながらの人間の姿がおのずと描けている作品」であるという。すなわち「女三宮と柏木の右衛門督との間の秘密を源氏が知って、若い頃の自分の罪の報いだと思う。それにしても、その連想は現世の生命の否定には及んでいない。そうしたところに『源氏物語』の本質があると思われるのだ。素朴で古代的な生命観である」（傍点・廣田）(14)という。

要するに、光源氏においては、因果応報の認識が現世否定から出家へと展開する契機とはならない。風巻氏によれば、光源氏の認識は仏教的とみえて、なお「素朴で古代的な生命観」に基いているということになる。

一方私は、登場人物の抱く宿世に対する疑問は、『源氏物語』内部において深化があると見る。すなわち、すでに若菜上巻の朱雀院・乳母たちによる女三宮の婿探しにおいて、「ほど〳〵（の身分や境遇）につけて、宿世などいふなることは、知りがたきわざなれば」（若菜上、三巻二二四頁）というふうに、女性の運命は分からないものだという表現が繰り返される。さらに、光源氏が兄朱雀院に頼まれ、気が進まず引き受けた正妻女三宮は、思いもかけず柏木によって犯されてしまった上に、光源氏の冷遇をかこった朱雀院自身によって、女三宮は強引に出家させられてしまう。そのとき、きっかけとなったのが、故六条御息所の死霊の出現である。その役割的存在の重要性については別の機会に触れるとして、結局のところ、女三宮の降嫁、柏木の犯し、そして女三宮の出家という、この慌《あわ》ただしい顚末《てんまつ》はいったい何だったのか、と光源氏は思い嘆く。そのようにして、光源氏に残されたものは、光源氏に対する紫上の不信感と、女三宮に対する光源氏の執着だった。いやむしろ、紫式部はそのような内面のすれ違いを描こうとしている。女三宮降嫁も、柏木の過ちも、すべてはここに収束している。

少し前から、同様の表現を拾ってみよう。生霊の折にも恐ろしかった六条御息所が死霊となってからは、娘の秋好中宮を後見するにつけても、光源氏は、

この折はもの憂く、言ひもて行けば、「女の身はみな同じ罪深きもとゐぞかし」と、なべての世の中いとほしく、（若菜下、三巻三八五頁）

と困惑する。「女の身はみな同じ罪深きもとゐ」だという認識は、もともと仏教のものである。ただ物語の中で今数奇な運命を体験した身をもって、光源氏がこれを実感したものとして描かれている。ようやく光源氏は紫上に、一連の経過を踏まえて、

女子を生《お》ほし立てんことよ。いと難《かた》かるべきわざなりけり。宿世などいふらんものは、目に見えぬわざにて、親の心にまかせがたし。（若菜下、三巻四〇二頁）

とだけ話す。だがこれでは、真相を語ったとはいえない。光源氏は紫上に、朱雀院と女三宮との関係を中心に、柏木の件はあえて言わずに、一般的なこととして話しているからである。

興味深いことは、光源氏もまた「宿世などいふらんものは、目に見えぬわざにて」と認識していることである。この表現は、「宿世なんてものはなあ」という、少し突き放したもの言いである。その宿世は目に見えないものだから、しかと掴《つか》めない。宿世というものかあるのかないのか、宿世とはどういうものか分からない、というのである。宇治十帖に至ると、宇治大君は宿世という認識そのものを疑問視するまでに至る。仏教の根本思想に対する懐疑にまで及ぶことになる。

さて、横笛巻における光源氏の苦悩は次のようである。

> (1)**この人の出でものし給ふべき契りにて、**（柏木の過ちという）**さる思ひのほかのことも、あるにこそはありけめ。**（宿世というものは）**のがれ難かるわざぞかし**と少しは思し直さる。(2)（光源氏は）身づからの御宿世も、なほ飽かぬことおほかり。（略）「かく思はざりしさまにて、（女三宮を）見たてまつること」と思すにつけてなむ、(3)過ぎにし（柏木の）罪許しがたく、なほ口惜しかりける。（横笛、四巻六〇頁）

子どもが生まれることも、生まれないことも宿世である。子どもが産まれるのは、契りの深さゆえであり、因果の強さゆえである。（2）光源氏は、振り返って、紫上との間に子がないことに、みずからの宿世の至らなさを感じる。そして、（1）過去の一切は、罪の子薫を抱くためにあったのだ、という理解は、光源氏の怒りを減退させてしまっている。（3）「過ぎにし罪」は許しがたいだけでなく、想定外の出来事を自分だけが引き受け、知らず顔で女三宮を妻として待遇しなければならないことが無念であり、「なほ口惜し」いという。光源氏は、まさにわが身をもって、因果の動かし難さを認めざるを得なかった。にもかかわらず、柏木の過ちは許せないと、光源氏の苦悩は堂々巡りする。

受け入れ難い現実に抵抗するというのではなく、光源氏はこのような「堂々巡り」の思考によって想定外の出来事を少しずつ受け入れて行くのである。到底認め難い事態を、しかしこれが動かし難い現実なのだと受け入れるために、光源氏の心の中の堂々巡りは必要だったともいえる。言わずもがなのことを言えば、このような表現に、まさに夫宣孝を喪った紫式部の苦しみがじわりと滲《にじ》んでいると私は見るのである。

私は、光源氏がこの「事件」を、もし紫上に告白できたのであれば、物語は違った展開を辿ったと考える。いや、もともとそれはありえないのかもしれない。もともと紫上という存在それじたいが、藤壺の「ゆかり」として、世の中から隠されなければならなかったのであるから、光源氏から藤壺との一件を告白することなどということは、絶対に叶わないことであるに違いない。あるいは、宇治十帖において、薫が自らの出生の秘密を宇治大君に告白することができたら、物語は違った展開を辿ったであろう。できなかったのは、どのような理由からなのだろうか、どこに限界があったのであろうか。私はむしろ、それぞれの心の囚《とら》われのゆえに、男も女もすれ違いを避けられないということが、この物語の究極的な主題であると考える。

　そのとき、古代物語は小説ではないけれども、抜き差しならないこのやっかいな状況を、ひとりで一身に引き受けることにおいて、若菜巻以降の光源氏は、間違いなく主人公でありうる、と私は思う。もう一方で、紫上、落葉宮、宇治大君、浮舟へと続く女性主人公の系譜が用意されているのだが、この問題については今は措こう。

　さて話を元に戻せば、このような怒らない光源氏の心の屈折を読むと、私は常に、『古事記』において須佐之男の犯しなす悪の数々に対して怒りをぶつけない天照大神の寛容な緊張関係を想起する。[15] 天照大神と叛逆する須佐之男、光源氏と叛逆する柏木に、そのような類比 analogy を想定する。例えば、叛逆する柏木に対峙する王光源氏に、天照大神を重ねてみることはできるだろうか。いったい光源氏は天照大神に重ねて読むことができるのか、須佐之男に重ねて読むことができるのか。あるいは、そのような問いは可能だろうか。このような漠然とした印象について、少しばかり検討してみたい。

四　『古事記』と『源氏物語』との構造的類比

まず、『古事記』と『源氏物語』と、両者を構造的な類比 analogy でもって比較してみよう。

（『古事記』）基本的事項
須佐之男が天照大神の祭祀（する大嘗祭）に穢《けが》れを齎す。
天照大神は穢れを畏怖し、籠る。
天照大神は籠りを解いて、顕現する。
八百萬神が須佐之男を禊祓する（追放する）。

（『源氏物語』）基本的事項Ⅰ
柏木が光源氏の正妻女三宮を犯す。
光源氏は苦悩する。
光源氏は朱雀院御賀の試楽を主催する。
柏木は自死する。

抽象化した基本的事項Ⅱ
光源氏の妻を犯す（穢れを齎《もたら》す）。
光源氏は沈黙する。
光源氏が饗宴に出御する。
柏木は（物語から）追放される。

おそらく物語を構成するとき、紫式部が意識していたかどうかとは関係なく、『古事記』の伝えるような、天照大神と須佐之男との対偶の生み出す葛藤が、物語の範型 model となっていた可能性がある。問題は、紫式部が、直接『古事記』を読んで学んだかどうかとことにはない。古代天皇制の枠組みだけでなく、さらに古層をなす神話的、古代的心性があるかないのか、である。というよりも、物語一般の問題として言えば、①存在の対偶と、②両者の葛藤と、③その解決、という枠組み―話型[16]が共有されているといえる。

ただ、問題はもう少し複雑である。『源氏物語』における繰り返しは、深層の話型の次元から、プロットやモティフの次元、さらに表層に属する表現の次元における繰り返しまで、さまざまに層をなしている。例えば、新たな物語の始まりは、桐壺巻と若菜上巻と、橋姫巻、もしくは宿木巻というふうに、同様の設定でもって繰り返し用意 re-set される。

また、物語の範型から見ると、『源氏物語』の基幹をなす犯しは、

桐壺巻・若紫巻　　桐壺帝・后藤壺／光源氏
野分巻　　（光源氏・紫上　／夕霧　…垣間見は行われたが、犯しは未遂行）
若菜上巻　　光源氏・女三宮／柏木

という設定の繰り返しが認められる。

私の考えでは、因果応報という視点から見ると、光源氏の藤壺への犯しは、もし子息の夕霧によって継母紫上が犯されたときにこそ、因果応報として完結するはずである。しかるに、物語の表現としては、夕霧による紫上への犯しが、柏木による女三宮への犯しへと「ずらされた」と見る。その理由は、構想といい、アイデアといい、紫式部の胸先に属することであろうから定かではないが、夕霧による紫上への犯しは、あまりにも残酷に過ぎるというべきであろう。(17)

ただ、犯しの繰り返しがあるとはいえ、後にここには視点の転換がある。桐壺巻から始まる光源氏の犯しは、帝の后に対する犯しのみならず、皇子の即位を含めていえば、帝の体現する皇統譜に対する犯しであるが、若菜

巻以降では、光源氏は柏木から犯しを受ける側、かつての桐壺帝の位置に立つ。また、帝后を犯して皇子を産ませることと、准太上天皇の正妻を犯して子を産ませることとでは、罪の重さが違う。表現に即して言えば、柏木は、光源氏女三宮に対する犯しを、罪とは捉えていない。例えば、柏木は次のように悩む。

みかどの御妃《め》を取りあやまちて、事の聞えあらむに、かばかりおぼえむ事ゆゑは、身のいたづらにならむ、くるしくおぼゆまじ。しか**いちじるき罪にはあたらずとも**、この院に目をそばめられたてまつらん事は、いと恐ろしくはづかしくおぼゆ。（若菜下、三巻三七六〜七頁）

あるいは、次のようにも悩む。

心ちもいと悩ましくて、内裏へもまゐらず。**さして重き罪にはあたるべきならねど**、身のいたづらになりぬる心地すれば、さればよと、かつはわが心もいとつらくおぼゆ。（若菜下、三巻三九八〜九頁）

傍線――に見えるように、柏木は自分の犯した罪を悔いることよりも、光源氏が許すか許さないかだけを思い悩んでいるように見える。柏木の苦悩は、彼自身の存在の根拠にかかわる苦悩というよりも、すなわち光源氏の心の側の問題なのである。当時の婚姻制度では、柏木の過ちは法的な罪にあたらないだろう。罪にあたらないとは、道義的、倫理的な問題と理解してよい。それよりも、男として光源氏が、柏木という若い男に妻を奪われたことは恥ずべきことに違いない。

柏木は小侍従に対しては饒舌《じょうぜつ》であるが、光源氏に柏木の思いは届かない。一方、光源氏は、柏木を責めるのではなく、沈黙し続ける。光源氏は、柏木を許すとも許さないとも言わない。そのままでは柏木は身動きがとれない。物語は、柏木を自死させて、物語から退場させてしまう。秘密を持つ男が居なくなってしまうことで、過ちも何もなかったことになる。

おそらく物語は、柏木に興味があるのではなく、生まれた子と光源氏を際立たせようとしているのである。

五　『古事記』における天照大神と須佐之男

『古事記』は、神話を組み込みつつ、神統譜を引き継ぐ皇統譜を打ち立てることで、天皇の統治の正統性を保証するという意味で、古代天皇制神学の書として編纂されている。(18) その意味で『古事記』は、『古事記』の中の神話と、『古事記』という編纂されたテキストというふうに、二つの層において理解することができる。

さて『古事記』上巻には、伊邪那岐の子生みと三貴子の分治が記されている。その中で、伊邪那岐は天照大神に高天原を、月読命には夜食国を、須佐之男には海原を統治するように「事依さし」をする。ところが、須佐之男は命じられた国を統治せず、「啼きいさち」するばかりであった。伊邪那岐がわけを尋ねると、須佐之男は「僕《あ》は妣《はは》の国、根の堅州国に罷らむと欲《おも》ふ。故、哭くなり」と答えた。伊邪那岐は怒り、「然らば汝は此の国に住むべからず」と宣り、須佐之男を「神やらひ」した。

須佐之男は天照御神に、一連の経過を「請《まを》して罷らむ」と言い、天に参上ろうとすると国土は震動した。天照大神は須佐之男が参上するわけは「必ず善き心ならじ。我が国を奪はむと欲ふにこそあれ」と宣り、武装して須佐之男を待ち受けた。参上したわけを尋ねられた須佐之男は「僕は邪き心無し」と答え「僕は妣の国に往かむと欲して哭くなり」と弁明した。ここには誤解とすれ違いがある。

ここで、須佐之男は「心の清く明きこと」を明らかにすべく、子生みをもって誓約《うけひ》をする。須佐之男は天照大神に自分が勝ったと言挙《ことあ》げする。そこで須佐之男は、天照大神の営田の畔を壊し、溝を埋め、ことあろうに「大嘗を聞看す殿に尿まり散らし」た。この須佐之男のしわざこそ「六月晦大祓祝詞」にいう天津罪である。すなわち、祝詞が「成り出でむ天の益人《ますひと》等が過ち犯しけむ雑雑の罪事」は、「畔《あ》放ち・溝埋み・樋放ち・頻蒔《しきま》き・串刺し・生け剝ぎ・逆剝ぎ・屎戸《くそへ》、許多の罪を天つ罪と法《の》り別けて」などの天津罪と、国つ罪とを列挙するものである。[19]

> しかすれども、**天照大御神はとがめずて**告りたまひしく、「屎如《な》すは、酔ひて吐き散らすとこそ。我が那勢の命、かくしつらめ、また田の阿を離ち、溝を埋むるは、地《ところ》をあたらしとこそ。我が那勢の命、かくしつらめと詔り直したまへども、猶其の悪しき態《わざ》止まずて転《うたて》かりき。天照大御神、忌服屋《いみはたや》に坐して神御衣《かむみそ》織らしめたまひし時、其の服屋の頂《むね》を穿《うが》ち、天の斑馬《ふちこま》を逆剝ぎに剝ぎて堕し入るる時に、天の服織女見驚きて、梭《ひ》に陰上《ほと》を衝《つ》きて死にき。
> 故是に天照大御神、**見畏みて、天の石屋戸を開きて、さしこもり坐しき**。（旧大系、七一～八一頁）

もちろん、ここにいう「屎戸」「逆剝ぎ」なども、祝詞のいう罪である。須佐之男は、ありとあらゆる穢れの罪をもって祭祀を妨害したといえる。

ところが、天照大御神はずっと沈黙し続ける。問題はここにある。

そもそも天照大神はなぜ激怒しなかったのだろうか。当初、伊邪那岐によってそれぞれの統治する国は分割されるが、天照大神は須佐之男がわが国を奪おうとして襲ってくるものと解し、天照大神は武装して、須佐之男との対決に備えた。

ところが、大嘗の祭祀を須佐之男によって妨害された天照大神は、「とがめずて」、武力的対決を回避した。天照大神は、最初①須佐之男の悪戯を、善きことと詔り直すことによって事態を変えようとした。だが、須佐之男の悪態はやまなかった。そこで、②天照大神は「見畏み」天の石屋戸に「さし籠り」する。つまり、天照大神が怒りにまかせて武力的攻撃を行なわなかったのは、「穢れ」を「籠り」をもって宗教的に「解決」しようとしたためである。すなわち、天照大神は、武力的な「解決」とは違う文脈で、宗教的な「解決」を選び取ったからである。類比的な考察において、天照大神の怒りを心情的な次元で捉えると、光源氏の心の屈折との違いが曖昧になってしまう。興味深いことは、表現において天照大神が「見畏みて」と「さし籠り」したことである。それでは、「見畏みて」とは何か。

『古事記』における「見畏みて」の事例からすれば、罪に対する畏怖のことと見做せる。

例えば、伊邪那岐は伊邪那美を「相見むと欲ひて、黄泉《よみ》国に追ひ往きき」した。ところが伊邪那美は「黄泉戸喫《よもつへぐひ》しつ」として「我をな視たまひそ」と言挙げする。ところが、伊邪那岐は禁詞に違反して、湯津津間櫛をもって「一つ火燭《とも》して入り見たまひ」てしまう。伊邪那岐は、伊邪那美の体全体にわたって沢山の雷神が成り居る、忌まわしきさまを見てしまう。

> 是に伊邪那岐命、**見畏みて**逃げ還る時、其の妹伊邪那美命、「吾《あれ》に辱《はぢ》見せつ」と言ひて、即ち、よもつしこめ（醜女）を遣はして追はしめき。（旧大系、六五頁）

ここにいう「見畏みて」について、旧大系は「見ておそれをなして」（旧大系、六五頁）と注する。二つの条の用法の重なりから言えば、死者の穢れの罪を忌むという意味——思想が読み取れるだろう。

そのことからすれば、天照大神は須佐之男が、大嘗の祭祀を穢れをもって妨害したことを「見畏り」したと理解できる。天照大神は不愉快な状況から逃げだしたのではない。むやみに激怒するだけでは解決できないほど、穢れの罪は深刻であった。要するに、「見畏り」とは、穢れに対する畏怖である。天照大神は、穢れを避けるために（もしくは穢れをはらうために）「籠り」をしたのだといえる。

つまり、須佐之男のしわざは、暴力的な攻撃と言えば暴力的なものだが、本質的には、祭祀に対して穢れをもたらす行動であった。それゆえ、天照大神は籠りという祭祀でもって、穢れを清明なる状態へと転換させる必要があったといえる。表現の基層において言えば、むしろ生命力を充溢させて穢れを祓うべく、籠りという行動で対抗したところに日本的な特性があると見られる。[20]

それでは、天照大神が怒りを発しなかったのにもかかわらず、その後、事態はどのように解決されたのだろうか。『古事記』では、天照大神が天岩屋戸に隠《こも》ると、高天原と葦原中国とは暗闇になり、しかも「常夜《とこよ》往きき」さまであった。すると「萬の妖《わざはひ》悉に発りき」さまとなったため、八百萬神は相談し、周知のように天宇受売命が「神懸《かか》りして」舞うと、八百萬神は「諸咲《わら》へる」さまであった。そこで天照大神が不審に思って「出で坐し」すると、高天原も葦原中国も「おのづから照り明りき」となった。同時に八百萬神は「共に謀《はか》りて」須佐之男に「千位《ちくら》の置戸《おきど》を負せ、また鬚《ひげ》を切り、手足の爪も抜かしめて、神やらひやらひき」（八一～五頁）したという。天照大神は須佐之男には直接、何も働きかけていない。おそらく天照大神の籠りと、八百萬神による須佐之男の追放とは、同時に行われるべきことである。

一方、光源氏を須佐之男と重ねうるかどうかについて考えてみたい。

今、かつての王権論をあえて持ち出す必要もないと思うが、[21]いわば、臣下に落とされることによって即位の可能性を喪失したことによって、后をあやまつ行動をとる若き日の光源氏は、天照大神に対して、危険な存在であることをもって追放される須佐之男の役割を重ねて読む方がふさわしい。西田長男氏は言う。「六月晦大祓祝詞」における「天津罪とは、農耕民族としてのわが日本人の間にいつとは知れぬ古き代から抱かれ来った罪の観念」であり、「須佐之男命がもろもろの天津罪を犯された」のだが、かく罪を贖《あがな》うべく人間に科せられた苦しみを、須佐之男命は人間に代わっておのれに背負われる、すなわち代贖せられるのである。言い換えれば、代受苦の神たられるのである。[22]

と言われる。

そのことからすれば、柏木の罪を背負って沈黙する光源氏は、須佐之男である。追放されない光源氏は、生涯苦しみ続けることを強いられる。

いうまでもなく『古事記』の伝えることは古代天皇制の正統性を保証する神学であり、葦原中国に住む人々の規範であって、日本人の思惟のさらなる古層は、『古事記』に組み込まれた神話の次元に認められるだろう。それでは、その神話はどこで復原できるのかといえば、『古事記』そのものから神話を抽出するか、そうでなければ『風土記』神話に探ることができるだろう。その具体的な分析は今措くとして、[23]言い方を変えれば、『古事記』の中に、「古代の古代」と、「古代のもっと古代」とが層をなしていると見ることができる。

逆に言えば、『古事記』は、古代天皇制神学のもと、天照大神と須佐之男との物語として整えられている。だから、天照大神は須佐之男と、大嘗祭の執行をめぐって対立するものとして構築されている。ただ、基層の神話の次元で言えば、穢れに対抗して籠りが行われる。いや、籠りと禊祓とは表裏の関係にある。「古代の古代」の神話は、原理的に、

籠りの果てに神が顕現する。同時に、穢れが禊祓される。

というふうにも表現できるだろう。この原理を神話（物語）の枠組みに乗せ、穢れを神格化（造型化）すると、神の追放というふうに造型（表現）されることになる。いずれにしても、この枠組みが、『古事記』の表現の次元の論理だといえる。

重ねて言うが、私は紫式部が『古事記』を直接読んだかどうかを問題にするつもりはない。紫式部が『古事記』に組み込まれている心性を共有しているのではないかということが言いたいだけである。

ともあれ、両者のテキストに構造的な類比が共有されているとすると、『古事記』には天照大神の籠りと禊祓とが仕掛けられているのだが、『源氏物語』では、一切を我が身に背負い光源氏は沈黙するだけであり、柏木を自死という形で物語が追放するという表現がとられたのだと纏《まと》めることができる。

つまり、問題を『源氏物語』に戻して言えば、光源氏を造型するには、天照大神と須佐之男といずれをモデルとするのか（いずれに準拠するのか）といえば、おそらくあれかこれかということではない。紫式部は、単純にいずれかにだけ拠って描くという思考法をとらない。それは『河海抄』が「作り物語のならひ」として準拠を複合的なものと捉えたことからも分かる。(24) 若菜巻以降の光源氏像は、攻撃を受ける側として天照大神を、一切を背負って追放される側として須佐之男の両者を下敷きにするものであろう。

かくて、伝統的な硬質の『源氏物語』研究から言えば、妄想のような論で恐縮であるが、物語の話型を考える素材として話題提供することを、どうか許されたい。単純化するならば、物語が織りなされるとき、作者の側から言うと物語を支える枠組みを保つ無意識の層と、思考や心情という意識の層が働いている。『紫式部日記』に記される憂鬱などは、この意識的な層にかかわるものであろう。

六　作者紫式部の個性と光源氏の思考回路

これまでの内容を簡単に纏めると、『源氏物語』について、正妻女三宮を柏木が犯し奉ったことに対して、光源氏が怒りを発しなかったことと、『古事記』において、天照大神が須佐之男のしわざを「見畏り」して「籠り」

することで、怒りを発しなかったこととは、少なくとも両者ともに、対立する対象を否定する契機を持たないところに共通点がある。

ただ、天照大神は対立を回避するというよりも、祭祀の文脈において正面から対決しているといえる。須佐之男は八百萬神によって追放されたが、柏木は物語から消去された。いずれも、ついに衝突は回避され、事態は終息に向かっている。

物語の深層において、柏木の犯した罪は柏木が背負い追放されるべきものであるが、物語の表層において柏木は自死させられたといえる。柏木と女三宮との犯した罪は、物語の深層において光源氏が背負い込んだが、物語の表層では沈黙したと表現されたといえる。そして、おそらく神道的な罪の禊祓と籠りとは、物語の深層の問題であり、罪を因果において捉える仏教的認識は、神道的な思惟の上に重ねられたといえる。罪が層をなすように、物語も層をなしている。いや、物語が層をなして形成されているために、罪も層をなしているともいえる。光源氏の内面的な葛藤は、それらのさらに表層をなして物語の全体は織りなされていると捉えられる。

そのような若菜巻の状況から後、男も女も、因果という仏法の根本原理を「宿世」という言葉で繰り返し口にする。登場人物の誰もが、考えると必ず壁としてぶつかるのが「宿世」である。その因果をただひとり、正面から引き受けたのは光源氏であった。

ところが、宇治十帖に至ると、宇治大君は、この因果というものを根底から疑う。もはや大君にとって仏教は、生きて行くために拠るべき規範とはならなかった。宇治十帖は全体として仏教を否定しかねない地平にまで至り着いている。これを、私は『源氏物語』の苦悩というよりも、紫式部の苦悩だと考える。

そうすると、大君によって仏教の原理である因果に疑問が呈示され、物語の最終段階で当時の浄土教系の仏教が浮舟を救うことのできないと確認されたのであれば、残された思想は在来の生命肯定の思惟だった。恩愛の罪が問われているにもかかわらず、浮舟の母への思いが肯定されることも、その問題にかかわっている。

ただ、紫式部の意識では、彼女個人の苦悩は、「古代における近代」の閉塞としてしか見えなかったに違いない。宿世を、仏教そのものを信じられないと吐く大君の苦悩を、物語は大君を自死させることで閉じた。仏教に対する大君の根源的な問い、それはとりもなおさず紫式部の問いであるが、結局、(物語の範囲では)仏教は紫式部の苦悩を救うことはできなかった。その後、在来的な禊祓の思考でもって物語は浮舟の苦悩を閉じた。生命を失う入水という方法を選ぶことでしか、大君造型を克服できなかったところに、この物語の閉塞があることは皮肉である。いや、浮舟の入水も、その後に開かれる浮舟の仏教的な救いに向けた仕切り直し re-set のための導入だったともいえる。

かくて桐壺巻から夢浮橋巻へ、『源氏物語』の創作過程の中には、紫式部自身の抱え込んだ苦悩の形が埋め込まれている。それが次第に露呈してくるのである。

七　日記に記されている紫式部の苦悩とは何か

ところで、『紫式部集』という個人家集がある。これは、彼女自身が、晩年に編集した自撰の家集である。『古今和歌集』以来、四季の部立を冒頭に据える勅撰集のありかたからみれば、実に異例のことなのだが、この家集は冒頭に離別歌を据える。(25) 何が問題かというと、撰歌も配列もこの家集は、「人生は(結局のところ)別れである」(私の人生は、別れの繰り返しであった)という主題を持っていることである。それほどに彼女の受けた心の傷は深い。もし、前向きの考えをする人であるなら、「人生は出会いである」というであろう。ところが、紫式部の人生観は後ろ向きであり、歌集でもって「人生は別れである（私の人生は、別れそのものであった）」と言挙《ことあ》げしたといえる。

紫式部は、花山天皇の東宮時代に副侍読を務めた学者であり、菅原文時門下の文人であった藤原為時のその娘、越前守という受領の娘として生まれ、随分と年上の夫ではあったが、宣孝とささやかな結婚もし、女の子も生まれたが、突然（恐らく大流行した疫病で）夫を喪ってしまう。それからである。藤原道長に呼ばれて中宮彰子の教育係として出仕したのは。この運命の大転換は、家集や日記からうかがえるように、彼女にとって決して歓迎すべきものではなかった。彼女が自らの境遇をどう捉えていたか、ひとことで言えば、「拙き宿世」である。これは仏教の原理である因果観に基づく思考である。恐らく紫式部はわが身の上に起った不本意な、不可解な出来事がどうしても納得できず、どのように受け入れたらよいのか、ということに彼女の陰鬱な苦悩のあったことは、『紫式部日記』にその一端が記されていることからうかがえる。

もともとこの日記は、一条天皇の中宮彰子の皇子御産を中心に記す。この皇子誕生という出来事が、藤原道長の権勢を絶対不動のものにして行く大きな足掛りであった、という意味で歴史的な出来事を記す。つまり、主家の繁栄を女房の立場から讃美するために記されたものである。一方、記者としての私は、謙譲の辞をもってみずからの立場を示す必要があったとみたい。

次は、宮仕してのち、藤原道長が土御門殿に一条天皇の行幸を待つ頃、紫式部が自らの憂鬱を記す条である。

行幸ちかくなりぬとて、殿のうちをいよいよつくろひみがかせ給ふ。世におもしろき菊の根をたづねつつ掘りてまゐる。色々うつろひたるも、黄なるが見どころあるも、さまざまに植ゑたてたるも、朝霧の絶え間に見わたしたるは、げに老もしぞきぬべき心地するに、なぞや、まして、思ふことの少しもなのめなる身ならましかば、すきずきしくもてなし若やぎて、常なき世をもすぐしてまし、めでたきこと、おもしろきことを見聞くにつけても、ただ**思ひかけたりし心**のひくかたのみ強くて、もの憂く思はずに嘆かしきことのまさるぞいと苦しき。いかで今はなほもの忘れしなむ、思ふかひもなし。罪も深かなりなど、明けたてばうちながめて、水鳥どもの思ふことなげに遊びあへるを見る。

　水鳥を水の上とやよそに見むわれも浮きたる世をすぐしつつ

かれも、さこそ心をやりて遊ぶと見ゆれど、身はいと苦しかなりと思ひそよへらる。(26)

主家の華やかなありさまをまのあたりにすると、心も晴れて「げに老《おい》もしぬべき心地」がするのだが、自分がもし「思ふことの少しもなのめなる身」であったら、もっと気軽で浮き浮きした気分で過ごせるのに、「思ひかけたりし心」が強くて思うようにならない、という。すなわち「いかで今はなほもの忘れしなむ、思ふかひもなし。罪も深かなり」などと考える。嫌なことは忘れよう、悩んでも甲斐がない、悩めば現世に対する執着する罪も深いから、と一方では思うのだが、池に浮かぶ水鳥を見ると、「あの水鳥は私だ」と、ぼんやりながめてしまう。なぜなら、水鳥は悩みもなく遊ぶと見えて、その身はきっと苦しいに違いないと「思ひそよへ」られてしまうからである。心の中には色々と抱えているのに、それを表明することはできない。それが彼女の沈黙である。それは物語における光源氏の沈黙と響き合うものである。

さらに、このまなざしは、『源氏物語』橋姫巻において、出生の秘密に悩む薫が、宇治川を行き来する柴舟をみて、「あれが私だ」と呟いたもの(27)と同じである。だが今この問題は措こう（本書、第四章第二節）。

宮仕先の道長と中宮の住む土御門殿は、まばゆいほどに光輝いて見える。一方、わが身を思うと、鬱々と落ち込んでしまう。結局これが、彼女の思考の、出口のない堂々巡りなのである。彼女の内と外との間には、埋めがたい乖離がある。周囲の華やかさにひとたび心を奪われることがあっても、私には解決できない暗澹たる悩みがある、と。外から見ると何も悩みがないように見えるかもしれないが、内には離れない苦しみがあるという。それゆえ「水鳥の」という独詠歌しか、みずからの思いを表明するてだてがないのである。

次は、年末に土御門殿に出仕したとき、数年前の初出仕を思い出す条。

しはすの廿九日にまゐる。はじめてまゐりしもこよひのことぞかし。いみじくも夢路にまどはれしかなと思ひいづれば、こよなくたち馴れにけるも、**うとましの身のほどやと思ゆ**。夜いたうふけにけり。御物忌におはしましければ、御前にもまゐらず、心細くてうちふしたるに、前なる人々の「うちわたりはなほ、いとけはひことなりけり。里にては、今は寝なもしものを。さもいざとき履《くつ》のしげさかな」と、色めかしく言ひゐたるを聞く。

とし暮れてわが世ふけゆく風の音に心のうちのすさまじきかな

とぞひとりごたれし。（五七〜八頁）

気が付かないうちに、中宮の御前に「たち馴れ」てしまったが、それも「うとましの身のほど」であるという。受領の身分に生まれただけではない。軽率にも自分の身のほどもわきまえず、中宮と上臈女房の世界にたち混じったことも、考えてみれば「うとましの身のほど」である。ここもまた、「とし暮れて」という独詠歌しか、みずからの思いを表明するてだてがない。

行幸を待つ水鳥の条も、師走晦日《つごもり》の風の音の条も、私は人に明かすことのできない苦悩を抱えたまま、沈黙するより他はないという共通性をもつ。

ただ、この日記の末尾には、彼女がみずからの救いを、貴族社会に組み込まれた僧に求めるのではなく、みずから私度僧たる「聖《ひじり》」になりたいという気持ちを表明している。彼女の苦悩は、伝統的な貴族仏教に対する不信、懐疑に基いている。実は、そのことが『源氏物語』の末尾の状況、横川僧都さえも浮舟を救えないという状況とも響き合うということは、別に論じたことがある。(28) このような彼女の「出口のない思考」は、ひょっとすると、「聖」としての出家に突破口としての可能性があったのかもしれないが、晩年の彼女がそのような生き方を、実際に選び取ったとは考えにくい。

いずれにしても、紫式部の苦悩は、『紫式部日記』に記されるかぎり、彼女の「意識」の世界に限られている。彼女が、『源氏物語』の最終的な行く方を、「古代の古代」を色濃く担う浮舟に賭け得たのは、物語創作の明断な論理だけのことではない。『源氏物語』の方法は、作者の「無意識」の世界をも含み込むことにおいて始めて可能となるに違いない。

ささやかな問題提起にかえて

『源氏物語』若菜巻以降に関する、私のかねてよりの疑問は、光源氏が柏木に対して怒りを発しなかったことは、遠く天照大神が須佐之男に対して怒りを発しなかった寛容さを淵源とするのではないか、ということである。ただし、両者は、確かに似てはいるが、『古事記』の天照大神の行動は宗教的であり、光源氏はあまりにも世俗的である。

光源氏の沈黙は、露見への懼《おそ》れもあるし、恥の感覚もあるが、とりわけかつての自らの過ちに思いを致し我が身を「反省」したことが大きな理由である。何よりも罪の報いとして因果応報を受け止めたところに彼の思考の帰結はある。そしておそらく、紫式部が『源氏物語』をもって中宮彰子に進講しようとした中宮学とは、若菜巻以降の物語の具体的な状況の中で仏教の教えを説こうとしたことに極まる。

あるいは、仏教もまた魂の救いとなるかどうかは保証の限りではないと、紫式部が囁《ささや》いているとしても、である。大切な問題は、そのような思考の前提である。神話にしても物語にしても、誰もが対立・葛藤を好まないことである。何もしていないように見えて、どのように「解決」すればよいのかを探っているともいえる。相手の出方、相手がどのように行動するかを見定めて、どのように対処するかを考える思想である[29]。

言い換えれば、外来思想としての儒教や仏教よりも、さらに深層に働く、どのような思想があるのか。すなわち、『源氏物語』光源氏の沈黙と、『紫式部日記』にみえる彼女の沈黙と、時を遠く隔てた『古事記』にみえる天照大神と須佐之男の関係と、これらのすべてに共通する思考回路が潜んでいるのか、いないのか。

このような心の傷を抱えて苦悩する紫式部の性格を、厳格な身分社会において抑圧された、彼女の我慢強さにすべて帰してよいのかというと、問題はそう簡単ではない。確かに自己抑制ということは、儒教的な思想と無関係ではないだろう。ただ、古代物語作者である紫式部の心性の中に、『古事記』あるいは、古代の古代を見通すことのできる『風土記』神話に記されているような、日本人の心性の枠組みが、律令制という官僚制のもつ合理的精神に覆われた、「古代の近代」ともいうべき平安時代に至るまで、なお深層に生き続けていると見ることができるのかどうか、である。

注

（1）例えば、折口信夫の貴種流離譚については、周知のように「小説戯曲文学における物語要素」『折口信夫全集』第七巻（中央公論社、一九六六年。初出一九四七年）を代表的な文献とする。また、白鳥処女型については風巻景次郎に「源氏物語の成立に関する試論（紫上と明石の上との物語）」『風巻景次郎全集』第四巻（桜楓社、一九六九年）。二〇三頁に指摘がある。

ちなみに、文化人類学にいう「死と再生」の枠組みは、元型 arche type と呼んで話型と区別しておきたい。

（2）柳田国男、関敬吾の用語として「完形昔話」「本格昔話」という概念は周知のところである。平安朝の物語としてこれらの話型を具有するものに『落窪物語』『住吉物語』『宇津保物語』などが想起される。しかしながら流布本『伊勢物語』は一代記的であり、『竹取物語』は話型からいうと、もう少し複雑である。この問題は別の機会に触れたい。

私は、物語・説話・昔話など異なるジャンル間の比較を試みる上で、昔話研究における type-index の話型にはこだわらない方がよいと考える。それらはむしろ話柄と呼ぶのが適切であろう。個別のテキストを支えている構成的な原理的枠組みを話型と捉えることで、テキストに即した比較が可能となるであろう。

（3）秋山虔『源氏物語』（岩波新書、一九六八年）。一二三～四頁。

（4）ここでは分かりやすく『伊勢物語』の事例を挙げたが、これは出典論として影響・受容を指摘するものではない。先に論じたこともあるが、物語の垣間見には幾つかの様式がある（廣田收「『源氏物語』「垣間見」再考」『文学史としての源氏物語』武蔵野書院、二〇一四年）。有名な春日の里の垣間見は、流布本冒頭の問題で、平安時代の狩使本とは配列が異なり、いわゆる三段階成立論では第二次成立とされるなど、文献の問題として扱うにはなかなか問題が多い。つまり、垣間見は、個別の作品との影響関係に限定するよりも話型の共有という問題として議論する方が有効である。また入水譚も多くの伝承が存在するので、『源氏物語』は枠組みとして話型を共有していることが重要だとみたい。ちなみに、最近では、浮舟物語に、個別『竹取物語』の影響を指摘する論考が多く見られるが、本稿の趣旨とは矛盾しない。

（5）廣田收『講義『源氏物語』とは何か』（平安書院、二〇一一年）、『文学史としての源氏物語』（武蔵野書院、二〇一四年）。

（6）藤井貞和「王権・救済・沈黙」（『源氏物語の始原と現在』三一書房）。一九七二年。

（7）益田勝実「『源氏物語』の転換点」『日本文学』。益田氏は、『源氏物語』の創作をなしえたのは、紫式部が時代の矛盾を担う受領女であったことによると見る。

（8）久保田孝夫「さして重き罪には当たるべきならねば―女三宮の片成り・柏木の罪・光源氏の睨み―」（『国文学』二〇〇〇年七月）。

（9）ここでの議論に、『日本書紀』との異同についての検討は措きたい。平安時代に『日本書紀』が読まれたことは明らかだが『古事記』の読まれた証拠がない、ということはよく指摘される。ここでは、個別のテキストの影響や受容を問題にしているわけではない。宮廷の伝承がどのような生態であったかは明らかではないが、天照大神と須佐之男との対立葛藤が伝承されていた可能性を探りたい。

例えば、帰京を果たした光源氏が参内し、朱雀帝に「わたつ海に沈みうらぶれひるの子の足たゝざりし年は経にけり」と恨みごとを詠みかけると、帝は「宮ばしらめぐりあひける時しあれば別れし春の恨みの残すな」と慰撫する（明石、二巻九五頁）。この贈答は、明らかに伊邪那岐・伊邪那美の国生み神話が基盤となっている。その知識の淵源を、『古事記』か『日本書紀』かというふうに、特定の文献に求めるだけで充分とするか否か、である。宮廷伝承を基盤として想定することはできるであろう。

ちなみに、人物を役割的に分割して造型することは、物語にしばしば認められることである。男女関係を一対一と設定するか、一対多と設定するか、の違いである。例えば、難題求婚の話型からみると、『竹取物語』における求婚者は、貴公子と帝とに分割されている。鶴女房型のテキストであれば、男のもとに女性が訪問する話型と、爺婆に娘が訪れることが話型とは、話柄 type からみると別のものである。ところが、抽象度を高くして話型や元型で見ると同一のものと見えてくる。

(10) 柳田国男は、『日本の祭』(角川文庫、一九五六年) において、日本の祭の特質が、主として、神が木に依るということ (七〇頁)、籠りにおいて神を迎えること (八七頁)、祓 (一〇二頁) などにあることを列挙している。

(11) 廣田收「光源氏物語の形成と転換」(『『源氏物語』系譜と構造』笠間書院、二〇〇七年)。初出、一九七六年。

(12) (11) に同じ。

(13) 例えば、藤壺を犯した過ちを「おほけなし」と光源氏は認識し、表現している。桐壺帝が光源氏に、六条御息所との関係を諫めた条。

(桐壺院)「人のため恥ぢがましきことなく、いづれをもなだらかにもてなして、女の恨みな負ひそ」とのたまふにも、「**けしからぬ心のおほけなさ**を聞こしめしつけたらむとき」と恐ろしければ、畏まりてまかで給ひぬ。(葵、一巻三一八頁)

つまり、光源氏にとって藤壺に対する犯しは、身分を越えて犯しをなす「おほけなさ」であることをよく理解していたといえる。なお、「罪」という語の用例から言うと、柏木は女三宮への犯しを「罪」とは捉えていないことは明らかである。

(14) 風巻景次郎「源氏物語の精神」(『風巻景次郎全集 源氏物語の成立』第四巻、桜楓社、一九六九年)。三二一頁。初出、一九五二年。傍点・廣田。

かつて家永三郎氏は、「日本思想史於ける否定の論理の発達」を記述しようとする（『叢書名著の復興　日本思想史に於ける否定の論理の発達』新泉社、一九六九年、一七頁）。すなわち「古代哲学には否定の論理がない」（同）が、「西洋思想の発達は古代思想の中世的否定、ルネッサンスによる中世的否定の否定、即ち古代思想の高次の復活と云ふ弁証法的過程に於て理解せられるのを原則とする」という（同書、二〇頁）。日本において「否定の論理が思想としては仏教から与へられたものである」という（同書、二〇頁）。つまり「肯定の論理が太古人生観の基調をなしてゐた」（同書、三四頁）のだが、「根本仏教の思想的構造」では「明かに現実の否定と其の否定を契機として絶対肯定に還帰する弁証法的運動を内に包んでゐた」という（同書、三五頁）。さらに「時代の肯定的精神が根柢から覆される日」が「平安末期に於ける戦乱と、之が為に惹起せられたる貴族的支配権の顛覆がそれ」だという（同書、六〇頁）。そこに「中世の成立を見出すことが出来た」（同書、九七頁）とみる。

しかるに、家永氏の言われる「否定」は、本当に日本仏教にもたらされたのであろうか。古代の否定によって日本の中世はもたらされたと本当にいえるのであろうか。あるいは、描かれる歴史観はあまりにも思弁的に過ぎないであろうか。仏教史は、教理・教学の次元と、民俗への習合の次元とは、全くの別問題である。むしろ古代の上に中世が重ね合されるという重層性を認めるべきであろう。

その意味で、和辻哲郎氏が「日本文化」の「特性」を「さま〴〵の契機が層位的に重なつてゐるといふことに存する」と指摘されたこと（『日本精神史研究』岩波書店、一九三五年、五九頁）は改めて評価されるべきであろう。

（15）ここは、むしろ日本における心性の寛容 tolerance と呼ばれるものの内実を考えようとするものである。私は、かつて「光源氏の沈黙は、遠くアマテラスがスサノヲを追討断罪するのではなく、隠れることによって主張し、反省を促したという構造」と類似すると指摘したことがある（「光源氏物語の形成と転換」『源氏物語』系譜と構造』笠間書院、二〇〇七年、一八二頁）が、最近、鈴鹿千代乃氏もまた、「姉アマテラスは、太陽神の寛容さをもって、弟スサノヲの罪を許していた」と評されている（「罪を悪んで人を悪まず　日本人の罪の意識」『アジア遊学』第一〇一号、二〇〇七年七月）。

ちなみに、怒りの叙述について、昔話をモデルにすると、例えば「カチカチ山」を例にとれば、爺は種播きを狸に妨害されるが、怒らずまた種を播く。すると、狸はまた妨害する。爺はまた怒らず種を播く。ところが、三回目になると爺はついにキレてしまい、狸を捕まえ、狸汁を創るために家に持って帰る。三回繰り返しの様式は、昔話のみならず説話や物語の基本的な叙述法である。「仏の顔も三度まで」とは有名な諺であるが、単調な繰り返しがカタストロフィをもたらすことはよく知られている（『宇治拾遺物語』表現の研究』笠間書院、二〇〇三年）。六五頁。

(16) 一般に、昔話研究では、type-index に登録された type を話型と呼ぶが、私は、書承・口承を問わず、物語、説話、昔話の比較研究を可能にするために、並行するテキスト間に共有される枠組みを話型と呼びたい。

(17) 想像の域を出ない議論だが、もし柏木ではなく夕霧が、女三宮ではなく紫上を犯したとなれば、光源氏その人も、光源氏六条院世界も壊滅的な打撃を受けてしまうであろう。それでは、物語そのものが立ち行かなくなってしまうに違いない。

(18) 私は、『古事記』を、古代天皇制における正統なる統治者としての天皇の神聖性を、高天原に発する神統譜から皇統譜をもって保証する神学の書と捉えている。『古事記』はいわば系譜が根幹にあるために、『古事記』の構成という点から見ると、神話は系譜に対して幾重にも付加されたものと理解する。

(19) 武田祐吉校注『日本古典文学大系　祝詞』(岩波書店、一九五八年)。四二五頁。なお、天津罪・国津罪の概念について、『日本書紀』との異同は省略する。

(20) おそらく、この須佐之男に対する天照大神の対処のしかた(思考)が、平安時代における物忌の基盤をなしていると見られる。

院政期に成立した仏教説話集『今昔物語集』における「物忌」は、一元的ではない。すなわち、①仏教の扱う死穢、②神道において問題となる産褥、血穢、③陰陽道の提唱した、天一神による方違や、穢れの軽重によって日数の違いでもって「物忌」を課するものなどが互いに矛盾せず、重層性をなして併存している。つまり、神道的な穢れ観の上に仏教の穢れ観が積み重なり、さらにこれらと陰陽道の穢れ観が習合しているからである。廣田收「宮廷人たちの物怪対処法と陰陽師の活躍」(『怪』第三一号、角川書店、二〇一一年一〇月)。

(21) 廣田收「『源氏物語』の皇統譜と光源氏」、(11)に同じ。初出、二〇〇二年。

(22) 西田長男「贖罪の文学　神の堕落の物語」(『日本神道史研究』第一巻、講談社、一九七八年)。三八三頁。

(23) 例示にすぎないが、「猿神退治」の話型をもつ説話と昔話の比較的考察については、別に論じたことがある(「『宇治拾遺物語』「猿神退治」考」同志社大学文化学会編『文化学年報』第五五輯、二〇〇六年三月。「『宇治拾遺物語』の説話と伝承—文芸比較の方法のために—」『説話・伝承学』第二二号、二〇一四年三月、など)。

(24) 玉上琢彌編『河海抄』(角川書店、一九六八年)。一八七頁。この問題については別に論じたい。

(25) 廣田收『『紫式部集』歌の場と表現』(笠間書院、二〇一二年)。

(26) 池田亀鑑・秋山虔校注『紫式部日記』(岩波文庫、一九六三年)。二九〜三〇頁。なお、一部表記を改めたところがある。

(27) 廣田收「文学史としての源氏物語—浮舟の贖罪と救済—」(『文学史としての源氏物語』武蔵野書院、二〇一四年）。初出、二〇一二年。

(28) 同書、「文学史としての源氏物語—浮舟の贖罪と救済—」。なお、偶然かどうか、この二首は現存『紫式部集』には掲載されていない。

(29) 私はかつて、『風土記』に認められる日本神話や、民間説話としての昔話における事件の解決法として、①逃げる、逃走、②追い払う、追放、③力による打倒、撃退、④誓約による宥和、制御、という四類型の存在を指摘した。そして、特にこの④の解決法が日本独特のものであると論じたことがある。(23) に同じ。

〔付記〕

本稿は、台日交流合同学会（日本文化研究会・環太平洋神話研究会・神戸神事芸能研究会、於神戸女子大学、二〇一四年九月）における発表「沈黙という自己主張—『源氏物語』光源氏の思想—」を、大幅に改稿したものである。

なお、『源氏物語』の本文は、山岸徳平校注『日本古典文学大系　源氏物語』（岩波書店、一九五八〜一九六三年）に拠る。また、『古事記』の本文は、倉野憲司校注『日本古典文学大系　古事記』（岩波書店、一九五八年）に拠る。なお読みやすくするために、『古事記』については訓読文を用い、『源氏物語』については、一部私に表記を整えたところがある。

第二節　蜻蛉巻　式部卿宮の姫君の出仕

はじめに

宇治十帖を読み進めようとするとき、無意識のうちに小説的な読みに陥ってしまうことのないように留意したとしても、あるいは、古代物語の特性をあれこれと勘案したとしても、緊迫した浮舟巻巻末から、宮廷社会を舞台とする蜻蛉巻への大きな転換には、少なからず唐突という印象を持ったり、弛緩《しかん》している印象を持ったりして、何がしか「違和感」を抱かざるを得ない。この違和感は、どのようにして整合性を持って読み解けるだろうか。

誰もが気付くように、蜻蛉巻には「ゆかり」という語が頻出する。宇治の橋姫のゆかりの系譜を伝える物語は、蜻蛉巻における薫の女一宮・女二宮に対する恋の系譜の物語と響き合っているということもできよう。ただ、それにしても、橋姫のゆかりと女一宮・女二宮のゆかりとは、どういう関係にあるのか、なかなか納得できる成案を得ない。

そもそもこの蜻蛉巻は『源氏物語』の全体の中でどのように位置づけられるのだろうか。早く『河海抄』が比定したように、桐壺帝の時代を醍醐天皇の御代と想定するとして、物語の時代がストーリーの展開とともに、次第に紫式部の生きている現在へと近づいてくるということは考えやすい。この問題は、いうまでもなく光源氏その人にしても誰をモデルとするかということとも連動するであろう。すなわち、『源氏物語』の制作そのものが藤原道長によって要請されたものであれば、澪標巻以降において、光源氏像に道長の面影が交錯することもありうることとして指摘されてきたところである。特に宇治十帖に至ると、物語は紫式部の生きた現代に近づき、それまでの過去の時代のこととして仮構されたはずの物語に、時代の状況が「侵食」[1]してくるという様態は認めてよいであろう。

そのように考えてきたとき、蜻蛉巻にみえる式部卿宮の姫君の出仕は、どのように捉えることができるであろうか。

一　式部卿宮の姫君に関する研究史

まず、蜻蛉巻における式部卿宮の姫君に関する代表的な研究を辿り直しておこう。

早く原陽子氏は、蜻蛉巻の後半に「六条院世界を舞台に日常生活に戻った薫の姿」が描かれるが、「浮舟物語の流れ」からみると「逸脱」とみえ、「薫のいわゆる宮廷恋愛の件り」をどう捉えるかを問われている。ここに「挫折した「女一宮物語」の構想の存在」を想定するという、かつての議論[2]に対して、「女一宮思慕にのみ焦点を絞ること」が「巻全体の論理を見えにくくする」として、むしろ「新たな物語状況を創出」していると捉え「蜻蛉巻と次の手習巻とがともに浮舟巻を承けて並列している」（傍点・廣田）といわれる。そして「浮舟巻→蜻蛉巻→手習巻へと積み上げられ進行してゆく物語の方法を考えたい」とされる。すなわち「浮舟事件の顛末《てんまつ》を語り終えた今、薫を中心に語られる都世界での新たなエピソードが浮舟事件に対して担っている問題は何か」と問われる。そして「物語が新たに呼び出してくる人物」として、小宰相、女二の宮、女一の宮付きの女房たち、宮の君

（故式部卿宮の姫君）等が登場し、「薫のエピソード」が「浮舟入水以前の過去を現出させる形で進展してゆく」ことによって、「物語が浮舟巻を想起させ、そのヴァリエーションを現出させる形で進展していく」といわれる。

原氏は特に、「物語は薫の主観によって宇治と都とが渾然一体とした時空を創出」して「薫の周囲にかつての浮舟をめぐる匂宮との三角関係のヴァリエーションを再び設定」しているという。そして小宰相の君を中心とする「擬似過去のシステム（1）」と、女一の宮と宮の君とを中心とする「擬似過去のシステム（2）」とをみてとる。特に後者は「正夫人をその姉宮の「形代」に仕立て」ながら「失望する」ところに「過去の薫像が浮き彫りにされる」という。さらに、宮の君が「継子譚的背景を背負った登場」をすることに「浮舟のパロディ」をみてとる。すなわち「宮仕えの身となった宮の君」に「かくはかなき世の衰へ」をみることで、薫が「浮舟が入水したことも咎《とが》めるべきではないと考え直す契機」となったとみる。すなわち、蜻蛉巻後半は「薫の意識において都と宇治とが融合した、いわば薫の内的世界」（傍点・廣田）であり、上記すべての「登場人物たち」は薫の「過去を想起させその意味」を問わせるために「イメージを付与されて呼びおこされている」という。そして「女一宮は皇統への強い憧憬と、浄土に向かう仏道への志向」とが薫において「〝成就しない恋〟の形をとって、等価な情動として磁場を形成している」といわれる。[3]

次に、藤村潔氏は、『源氏物語』の「準拠と虚構の問題」について、「架空の物語に現実性を付与したのが、源氏物語の準拠と呼ばれる、虚構の場面と史実等の事実との関係」であり、「分離した虚構と歴史とを連合させたのが源氏物語の準拠である」という。そして、朝顔姫君と紫上とが「式部卿宮の姫君と設定されていること」に注目する（六頁）。さらに「正編」を「紫のゆかりの物語」、宇治十帖を「宇治のゆかりの物語」と捉える。そして「代替の愛の世界」の有無として捉え、「正編の世界では、ゆかりの愛が成り立ち、光源氏の物語は、紫上の死をいたみ、ありし日の妻の回想・追慕の中で閉じられる」のに対して、「続篇の世界では、ゆかりの愛は実を結ぶことなく、薫の思いは大君への回帰を繰り返す」のだという（一七〜二〇頁）。そして、蜻蛉巻の式部卿宮の「宮の君」については、「継子譚の女主人公の立場にあり、継母によって、継母の兄の平凡な右馬の頭との結婚を強いられるところを、危く中宮に救い出された」とみる。この点について藤村氏は、後の箇所で、「中宮の立場からは救済だが、薫の立場からは、その救済を」姫君が「甘んじて受けていること」に「はがゆい」思いをしていることをいう（二七頁）。

このように論旨を辿ってみると、藤村氏は、あたかも式部卿宮の姫君という設定を視点として、『源氏物語』の全体を読み直す試みをされたものと見えてくる。

すなわち、藤村氏によれば、宇治大君は朝顔姫君と「同類の境遇」であるだけでなく、「境遇を更に数段きびしく設定しなおした関係にある」という。藤村氏は、蜻蛉巻が「浮舟の水死を薫と匂宮とおよび生母に知らせる準備をしているといえる巻」であると捉え、「物語の進展の全体にからませて宮の君を引き出すことによって、巻を閉じている」といい、薫が女一宮を「遠くない間柄でありながら思うようにならない関係」から総角巻が「最終的には女一宮の侍女たちのことに話が及んで、終わっている」し、匂宮も「話の終わりは女一宮の侍女のことで」あると指摘する。一方、中君も「蜻蛉巻の宮の君のように女一宮の侍女になる」可能性をいう。すなわち、「女一宮が椎本巻まで、宇治の中君にかかわって想起され、そのあと女一宮のことが出るたびに、話が侍女の事に移って終わっている」といわれる（二九〜三二頁）。そして、

朝顔の姫君が式部卿宮の姫君として、正篇の物語の初めの部分に出てくるのに対して、宮の君のほうは、式部卿宮の姫君として、続篇の物語の終わりのほうで姿を見せる。朝顔の姫君が正編の紫のゆかりの物語の

前提という立場に立たされていたとすれば、宮の君は、続編の宇治のゆかりの物語の跡始末を引き受けさせられているといえよう（三二頁）（傍点・廣田）。

と論を結んでいる。(4) すなわち、「宇治のゆかりの物語の跡始末」をするという意味で、宮の君の存在は重い。

次に、野村倫子氏は、特に宮の君について「『蜻蛉』は女主人公不在のまま、「浮舟物語」の前半を終了させる」が、「四十九日の法要を境に都に戻って薫の女一宮思慕が前面に出る」という転換がある。そのとき、「中宮付きの女房達が新たに登場」し、「女房という存在が薫に意識されるようになるのも、「蜻蛉」の一つの特徴」であり、特に「宮の君」は「主題と深く関わる」ゆえに浮舟と関係があるという。そこで野村氏は「宮の君登場の意味」を考える必要があるとされる。

野村氏は、蜻蛉式部卿宮が「桐壺皇子で光源氏の弟という血筋の優位性、姫君に東宮入内の話があるなど、一部世界の式部卿宮と同じ政治的位置にあった」という。ところが「この式部卿宮没後に式部卿宮を襲ったのは当代の第二皇子で次期東宮の噂もあるまだ若い皇子で、蜻蛉宮以前の式部卿宮達とは明らかに異質である」といい、この「歴史的変化」は「現実社会を反映するものであった」とみる。

そして野村氏は、宮の君が「姫宮の御具」であるという表現について、「付属物でしかない人間」を意味するという。さらに「宮の君」という名は、「宮の君」と呼ばれる「女房が複数存在しており、当時の読者には共通する印象があった」と推測される。そして宮の君は、「浮舟の別の顔（本性）をついに理解できず喪失感に打ちのめされる薫の心の中で、浮舟女君として確定し、追慕の対象と昇華させる為の存在」であるという。そのことによって、浮舟は「宇治の「一つのゆかり」の女房になりおおせ、「手習」以降も薫を引きつけてやまない存在となった」とみる。(5)

さらに、久下裕利氏は、『源氏物語』の「正篇が、その時代設定において醍醐・村上朝の儀式行事を準拠とする場合が多」いのに対して、「宇治十帖」は「作者の生きている時代、一条朝を背景とする史実や史上の人物像の摂り込み」があるとされる。そして、久下氏は「作者の生きた時代の史実や人物造型のイメージ化」があることを『紫式部日記』によって推測しようとされる（四頁）。ここで『紫式部日記』を論証に用いられることは、実に興味深い。

そして久下氏は「作者の生きている時代の多様な史実との接点が、物語形成に反映」していることは、「宿木巻に於ける中の君の産養」に「『物語』と『日記』との関わり」があるとされる（一三〜五頁）。また、「『物語』と『日記』との関わり」については、影響というよりも、「作者の目的意図」が「相互補完的に両方に生かされている」（一五頁）といわれる。さらに、蜻蛉巻における式部卿宮の姫君の出仕は「明石中宮の配慮」の問題というよりも、「式部卿宮の姫君だからこそ一品宮の話し相手として最も相応しい品格ある女房」として「別格に待遇している」のだといわれる。つまり、「語り手の「いとあはれなりける」との表出」が「虚構の物語だけに存する事例への哀感」だけではなく、「作者紫式部を取り囲む現実世界に於いて直面していた同様の事例」（二七頁）に対する「哀感」でもあったことを重視すべきだとされる。すなわち「蜻蛉巻の創作方法」からすると、「「宮の君」が出仕するという設定も、現実に起り得る事例の反映」であったとされる（二八頁）。つまり「宮没後、姫君の御具」として明石中宮に女房勤めを強いられ」、薫や匂宮の手に委ねられるに至る「立場、環境にある」ことを指摘されている(6)（三〇頁）（傍点・廣田）。

また、高橋由記氏は、蜻蛉巻において宮の君が「式部卿宮の姫でありながら、父宮の死後」、「結局、明石中宮の配慮によって今上帝の女一宮に出仕することになった」けれども、式部卿宮は「生前、姫宮を東宮妃にすること、あるいは薫を婿取ることを望んで」いた。薫は「女房として、出仕した宮の君の零落に較べれば、浮舟の入水も非難すべきではないと思いいたる」と読む。そこで、高橋氏は「式部卿宮家は宮家の中でももっとも格式が高く、卑母でない式部卿宮女が出仕することは異例」だとして、「式部卿宮女の出仕という設定を可能にした時代性を探るとともに、宮の君が物語内で果たした役割を再確認することを目的」とされる。高橋氏は特に、「式部卿宮女の出仕を考察するために史実との関係」を調べる。すなわち、「史実の式部卿宮の姫の中で存在が確認できるのは、仲野親王班子女王（宇多母）や重明親王女徽子女王（村上帝女御）・旅子女王（斎宮）、為平親王婉子女王（花山帝女御）・具平親王室・恭子女王（斎宮）、さらには敦康親王嫄子女王（後朱雀中宮）など、入内したり、斎宮になったり、あるいは貴顕の執になったりしたごくわずかな人だけである」という。

　さらに高橋氏は、「史実に見る宮の君」を調査され「複数人の宮の君は出自が不明で、なぜ宮の君と呼ばれたかははっきりしていない」ものの、「宮家の姫でありながら出仕したために「宮の君」と呼ばれたと推定できる女房」として、後一条天皇の即位の折、「「褰《ケン》帳」をつとめた」「一品宮々君」（『天祚礼記職掌録』）に付けられた割注「故章明親王女」すなわち「醍醐皇子章明親王の女」であったことを指摘している。高橋氏は、

　宮の君の出仕は、特定の一族にだけ権力が集中した時代様相を色濃く表しているといえる。政治抗争に敗れた宇治八宮を父に持つ中の君が父宮没後に結婚し、なおかつ匂宮の妻として認められている希有な幸運は、一条朝以降では夢物語といえる。その一方で宮の君の出仕が語られている。『源氏物語』には夢物語だけではなく、現実よりも更に厳しい進退も描かれていたことになる。

といわれる。それこそ「物語に現実味を持たせる役割も果たしている」という。(7)

このように研究史を顧みると、個別の表現にこそ異同はあるものの、宮の君の出仕は、野村氏が「現実社会を反映するものであった」といわれ、久下氏が「現実に起り得る事例の反映」であったとされ、高橋氏が「時代様相を色濃く表している」といわれるように、物語の表現が時代の歴史に強く影響されているという理解において共通しているといえるだろう。

歴史の現実による物語への「侵食」は、しかし直ちに物語の解体を意味しない。物語の舞台として都の「隅っこ」である宇治の物語を始めたことからすれば、浮舟失踪後に改めて都の物語を始めることも不自然とはいえない。そのことによって宇治の物語が相対化されることも必然であったといえる。

二　蜻蛉巻の構成

それでは、以上の議論を踏まえ、改めて宮の君の宮仕えの意味とは何か、ということについて考えてみたい。そのためにまず、蜻蛉巻の構成を辿ってみよう。この構成は、ひとまず、

1　浮舟失踪に対する登場人物たちの認識
2　式部卿宮の薨去
3　匂宮兄二宮が式部卿宮となる
4　明石中宮御八講／薫、女一宮を垣間見する／薫、女二宮を女一宮と比べる
5　明石中宮の総括と薫の総括と
6　匂宮、侍従を二条院に迎える
7　明石中宮、式部卿宮の娘（宮の君）を宮仕えさせる。

8　匂宮、宮の君を浮舟の身代わりとする／薫、宮の君を女一宮と同類とみる

⑨　薫の宇治の経験に対する最終的総括

と、まとめることができる。

物語はまず何よりも、浮舟がいなくなったことを、多くの登場人物たちによって、どう受けとめるかから始まる。興味深いことは、ここには人物間において微妙で丁寧な描き分けがある。

乳母　身を投げたまへるかとは思ひ寄りける。（⑥二〇一頁）[8]〔入水〕

時方　鬼神も、あが君をばえ領じたてまつらじ、（⑥二〇六頁）〔鬼物のしわざ〕

匂宮　ほかへ行き隠れんとにやあらむ、と思し騒ぎて、（⑥二〇三頁）〔失踪〕

浮舟母　もし人の隠しきこえたまへるか。（⑥二〇六頁）〔人のしわざ〕

鬼や食ひつらん、狐めくものやとりてもて去ぬらむ、いと昔物語のあやしきものの事のたとひにか、さやうなることも言ふなりしと思ひ出づ。（⑥二〇九頁）〔鬼物のしわざ〕

たばかりたる人もやあらむと、下衆などを疑ひ、（⑥二〇九頁）〔人のしわざ〕

侍従　「身を失ひてばや」など泣き入りたまひしをりをりのありさま、書きおきたまへる文をも見るに、（略）川の方を見やりつつ、響きののしる水の音を聞くにも疎ましく悲しと思ひつつ、

行く方も知らぬ大海の原にこそおはしましにけめ。（⑥二一〇頁）〔入水〕

右近　さば、このいと荒ましと思ふ川に流れ亡せたまひにけりと思ふに（⑥二一一頁）〔入水〕

いかなる人か率て隠しけんなどぞ、（⑥二一一頁）〔入水〕（⑥二一三頁）〔人のしわざ〕

鬼などの隠しきこゆとも、いささか残るところもはべるなるものを」とて、（⑥二三三頁）〔**鬼物のしわざ**〕

登場人物の中で、浮舟失踪に対して、受け止め方のひとり異なるのが薫である。

1　心憂かりける所かな、鬼などや住むらむ、（⑥二一五頁）〔**鬼物のしわざ**〕

2　かかることの筋につけて、いみじうもの思ふべき宿世なりけり、（⑥二一六頁）〔**薫の総括①**〕

3　ただ今は、さらに思ひしづめん方なきままに、悔しきことの数知らず、かかることの筋につけて、いみじうもの思ふべき宿世なりけり、さま異に心ざしたりし身の、思ひの外に、かく、例の人にてながらふるを、仏なども憎しと見たまふにや、（⑥、二一六頁）〔**薫の総括②**〕

4　（浮舟）いみじくも思したりつるかな、いとはかなかりけれど、さすがに高き人の宿世なりけり、当時の帝、后のさばかりかしづきたてまつりたまふ親王、御容貌よりはじめて、（⑥、二二一頁）〔**薫の総括③**〕

5　いかなる契りにて、この父親王の御もとに来そめけむ、かく思ひかけぬはてまで思ひあつかひ、この**ゆかり**についてはものをのみ思ふよ、（⑥二三〇頁）〔**薫の総括④**〕

6　いみじう憂き水の契りかなと、この川の疎ましう思さるることいと悲し。（⑥二三五頁）〔**薫の総括⑤**〕

7　「御供に具して失せたる人やある。（⑥二三一頁）〔**人のしわざ**〕

8　いかなるさまにて、いづれの底のうつせにまじりけむなど、やる方なく思す。（⑥二三八頁）〔**入水**〕

9　なほ心憂く、わが心乱りたまひける橋姫かな、と思ひあまりては、（⑥二六〇頁）〔**薫の総括⑥**〕

10　何ごとにつけても、ただ**かの一つゆかり**をぞ思ひ出たまひける。あやしうつらかりける契りどもを、つくづくと思ひつづけながめたまふ夕暮、蜻蛉のものはかなげに飛びちがふを、（⑥二七五頁）〔**薫の総括⑦**〕

ここには色々な思いや推測が錯綜しているけれども、結局、浮舟失踪の真相は不明のまま、うやむやになってしまう。いずれにしても、決定的なことは、やがて蜻蛉巻の叙述の重心が、ひとり薫の認識に収束することである。薫は、浮舟の失踪を、鬼のしわざか、人のしわざか、入水かなど、あれこれと疑いながらも、「かかることの筋につけて、いみじうもの思ふべき宿世なりけり」と認識して「行ひをのみ」するに至る（⑥二一六頁）。つまり、薫はひとり、事態を内面において引き受けているのである。

さてここで、興味深いことだが、次の時方の発言は妙に重く感じられる。

「女の道にまどひたまふことは、他《ひと》の朝廷にも古き例どもありけれど、まだ、かかることはこの世にはあらじとなん見たてまつる」と言ふに、げにいとあはれなる御使にこそあれ、（⑥二〇七頁）

この時方の言葉は、薫の宇治における体験にひとつの評価を与えるものとみえる。つまり、このように「女は」云々と説いてみせる表現は、桐壺巻から繰り返し認められるものであり、『源氏物語』の主題を言い当てているともみえる。(9) すなわち、薫にとって宇治とは何であったかを総括する言葉と受け取ることもできる。

一方、構成という点からみると、重要な問題は、この浮舟失踪についてさまざまの反応が記されるタイミングで、式部卿宮の薨去が語られることである。

なぜここで、式部卿宮は他界するのか。このような有無を言わせぬ場面転換、すなわちそれまでの物語の展開にはなかった新たな事実の提示といったことは、葵巻の冒頭の六条御息所の紹介や、若菜上巻の女三宮降嫁から始まる一連の出来事に代表されるように、作者が一方的に物語の行く方を導いて行くことは、この『源氏物語』の全体を通してしばしば認められることである。(10)

なぜ式部卿宮の薨去なのか、という疑問は、すでに式部卿宮に関する歴史的な考察を辿るだけでは明らかにな(11)

らない。すなわち、紫式部によって意図的に仕掛けられたものだからである。ということは、蜻蛉巻は、浮舟失踪によって引き起こされる波紋に対して、新たに式部卿宮の薨去によって引き起こされる波紋との交響が企てられているといえる。すなわち、式部卿宮の薨去によって、明石中宮のもと、薫の懸想人としての小宰相も、宮の君の出仕という問題も引き寄せられてくるからである。

三　蜻蛉巻の「ゆかり」

問題は二つある。ひとつは、蜻蛉巻を構成する事項について、二節に示した5と9との項目に掲げた総括、また〔薫の総括〕①から⑦の総括的な言辞である。

注目すべきことは、これらの総括が、薫が浮舟の失踪について、宇治の経験を内面化して捉えるのみならず、橋姫巻から浮舟巻までのすべてを踏まえた薫以外にはできない思考だということである。さらに、重要な点は、薫の認識が「ゆかり」という語とともに説明されていることである。

それでは蜻蛉巻における他の「ゆかり」の用例を見ておこう。問題は、小宰相や宮の君が、「ゆかり」の論理によって呼び出されてくるのかどうか、である。

1　「昔、御覧ぜし山里に、はかなくて亡せはべりにし人（大君）の、同じ**ゆかり**なる人、おぼえぬ所にはべりと聞きつけはべりて、　（⑥二一〇頁）

2　これ（浮舟）に御心を尽くし、世の人立ち騒ぎて、修法、読経、祭、祓と、道々に騒ぐは、この人（浮舟）を思す**ゆかり**の（匂宮）御心地のあやまりにこそはありけれ、我も、かばかりの身にて、時の帝の御むすめをもちたてまつりながら、　（⑥二一二頁）

③　いかなる契りにて、この父親王（八宮）の御もとに来そめけむ、かく思ひかけぬはてまで思ひあつかひ、このゆかりについてはものをのみ思ふよ、（⑥二三〇頁）

④　さばかりの人の子にては、いとめでたかりし人を、忍びたることは必ずしもえ知らで、わがゆかり（女二宮）にいかなることのありけるならむとぞ思ふなるらむかし、などよろづにいとほしく思す。（⑥二三六頁）

5　げにことなることなきゆかり睦びにぞあるべけれど、帝にも、さばかりの人のむすめ奉らずやはある。（⑥二四一頁）

6　一人の子をいたづらになして、思ふらん親の心に、なほこの（浮舟の）ゆかりこそ面だたしかりけれと思ひ知るばかり、用意はかならず見すべきこと、と思す。（⑥二四一頁）

⑦　「かれよりはいかでかは。もとより数まへさせたまはざらむをも、かく親しくてさぶらふべきゆかり（女一宮）に寄せて、思しめし数まへさせたまはんこそ、うれしくははべるべけれ。（⑥二五五頁）

8　女は、さもこそ負けたてまつらめ、わが、さも、口惜しう、この御ゆかりに（匂宮）は、ねたく心憂くのみあるかな、いかで、このわたりにも、めづらしからむ人の、例の心入れて騒ぎたまはんを語らひ取りて、（⑥二七〇頁）

⑨　と何ごとにつけても、ただかの一つゆかりをぞ思ひ出たまひける。あやしうつらかりける契りどもを、つくづくと思ひつづけながめたまふ夕暮、蜻蛉のものはかなげに飛びちがふを、（⑥二七五頁）

この用例で見るかぎり、蜻蛉巻の「ゆかり」は、③・⑨の事例のように、大君・中君・浮舟を中心とする「ゆかり」の系譜と、④・⑦の事例のように、女一宮と女二宮の「ゆかり」の系譜とが、併存している。薫が、女二宮に女一宮をみて犯そうとする醜悪さは、藤壺を思い若紫を手に入れた光源氏と同列とみてよいであろうか。光源氏物語における人物の系譜をなす類同性を想定すると、大君の身代わりに中君、浮舟へと思いを移してきた薫は、なおこの期に及んでなぜ、女二宮に女一宮を重ねてみようとする類同性の認識から逃れられないのであろうか。

四　物語の中の「式部卿宮」

今度は、『源氏物語』において、「式部卿宮」という呼称で喚起される人物とはどのような存在かを考えてみよう。式部卿宮はまず、皇位継承から排除されているが最も高貴なる存在だとはいえるだろう。

例えば、藤本勝義氏は紫上の父について、母の出自が高く、かつ妹の内親王が入内するという条件に合致する「式部卿宮のイメージ」は、是忠親王ひとりだという。(12) また、袴田光康氏は、朝顔姫君の父について、「式部卿宮のイメージ」に該当するのは是忠親王だという。(13) また、この宮の君の父式部卿宮について、高橋由記氏は、章明親王を比定している。(14)

このような手続きによって得られるイメージというものは、歴史的な事例からできるかぎりひとりの人物の特定をめざして絞って行く考えのもとで得られた結論であろうが、このような分析は登場人物個別に議論されるべきものなのか、あるいは個別の議論を個別に進めるものではなく、もっと緩やかに想定されるべきものであろうか。すなわち、式部卿宮というときには、例えば『吏部王記』の重明親王のような、抜群の認知度をもつ存在が強く想定されるということはないか。歴史と対照させて細部の異同があるとしても、『源氏物語』の人物設定における準拠とは、もっと緩やかなものではないか。式部卿宮というという存在は、姫君が高貴な出自をもつことだけを徴し付けるものなのか、なお検討すべきことは残されているであろう。

一方、歴史的な対照軸からの考察と同時に、物語内部の「式部卿宮のイメージ」の連鎖はあるのだろうか。すなわち、天皇の代を越えて「式部卿宮」が系譜を形成しているのかどうかである。

それでは、『源氏物語』内部における「式部卿宮」には、どのような人物がいるか改めて確認しておこう。(15)

1　朝顔姫君の父、桐壺帝の皇弟。薄雲巻で他界。桃園宮。（桐壺帝代、帚木巻〜少女巻）
2　藤壺の兄。紫上の父。若菜下巻で朱雀院五十賀に参列。（冷泉帝代、少女巻〜若菜下巻）
3　陽成院から笛を相伝し、柏木に贈った。（帝代は不明）
4　桐壺帝の皇子、光源氏の弟、八宮の兄、薫の叔父。蜻蛉巻で他界。（冷泉帝代、少女巻〜蜻蛉巻）
5　今上帝の二宮。母は明石中宮。蜻蛉巻で、蜻蛉式部卿宮の死後、式部卿宮に就く。（今上帝代、若菜下巻〜蜻蛉巻）(16)

概観すると、作者の側からみれば、ひとりの帝の代ごとに（置かなくてもよいが、兵部卿宮からの昇任があるとしても、原則として）式部卿宮を置くことができる。つまり、式部卿宮の呼称をもって人物の系譜が設定されていることはないか。とすれば、ひとりの帝の代に、皇族の血を引きつつ最も高貴なる姫君を設定することができる。その姫君が、

　朝顔姫君
　若紫（紫上）
　宮の君

だったということになる。そうであれば、宮の君という存在は、朝顔姫君や紫上の存在を想起させることになるのだが、そうであれば宮の君は、主題を担う可能性がありつつ、以後の物語展開の可能性は結局閉じられている

ことが、逆に明らかになるであろう。

まとめにかえて——蜻蛉巻における宮の君の出仕の意味——

改めて問うならば、物語は、浮舟失踪後の記事に接して、なぜ式部卿宮の薨去に明石中宮が服喪し、式部卿宮に匂宮の兄が就くというふうに展開して行くのか。明らかに物語は明石中宮方に、薫を連れて来ようとしている。薫を明石中宮に連れて来ることによって、

　女一宮・女二宮
　小宰相・宮の君

という、用意した二つの人物群が前景に出てくる。しかも、

　　宮の君／匂宮
明石中宮
　　小宰相／薫

というふうに、明石中宮をめぐって両者は対照性をもつ人物群として置かれる。行き着くところは、これらの人物が、浮舟を失った薫の性向を浮かび上がらせることになることである。

明石中宮からすると、小宰相は「いとうしろやすし」（⑥二五六頁）と評されるほど「安全な」存在とされる一方、明石中宮からは薫の執心してやまない「ゆかり」の系譜は見えない。繁栄を誇る明石中宮はただ「宇治の族《ぞう》の命短かりけること」と、薫の宇治の物語をひとことで一括してしまう（⑥二五八頁）。

ところが、薫は「なほ心憂く、わが心乱りたまひける橋姫かな」（⑥二六〇頁）と呟く。さらに、薫は宮の君を、

「いで、あはれ、これもまた同じ人ぞかし」（⑥二七三頁）という。ここに至ってもなお、薫は、「ゆかり」とみる人物は同じだという人間の類同の認識[17]に囚われている。そのことからすれば、大君から浮舟まで姫君に対して「ゆかり」の論理で向き合う薫に、姫君たちはことごとく異議を申立てたということができる。にもかかわらず、薫はなお式部卿宮の姫君に対しても類同の認識で取り込んで行くことになっている。薫はさらに、「この人（宮の君）ぞ、また、例の、かの御心（匂宮）乱るべきつまなめる」（⑥二七五頁）と不安にかられるが、結局、薫は宇治八宮の周りの女性たちは格別だと認識を新たにして「何ごとにつけても、ただかの一つゆかり」なのだ（⑥二七五頁）と総括する。

　このように物語を辿り直してみると、蜻蛉巻で小宰相と宮の君を登場させることが、その後の物語の行く方を予感させるというよりも、「宇治のゆかりの物語の跡始末」であるという藤村潔氏の指摘は示唆的とみえてくる。繰り返すことになるが、物語の内在的論理と歴史状況の「侵食」が、明瞭に切り結ぶところに蜻蛉巻の特徴がある。当代の歴史性、強い現実性を背負う宮の君の登場によって女一宮のおほけなき物語は可能性が閉じられ、後景に遠ざけられてしまうのである。

　そうであってこそ、手習巻と夢浮橋巻は、薫と浮舟との対偶にだけ引き絞られることになる。手習巻以降、なお「ゆかり」といった人間の類同を追いかける薫と、そのような人間観を認めない浮舟を突き合わせ、「ゆかり」の物語の可能性を閉じてゆくところに、紫式部の最期の賭け、すれ違いに終わる最後の確認があったといえる。

注

（1）田中隆昭氏は、「時間の形象化における歴史とフィクションの交叉」は「フィクションの準歴史的契機が、歴史の準虚構的契機と交代しながら、相互に侵食しあうところに存する」(『時間と物語 Ⅲ』久米博訳、新曜社、一九九〇年)というポール・リクールの考えを引用し、「物語と歴史は交叉する特性がある」と論じている(『源氏物語 歴史と虚構』「まえがき」勉誠社、一九九三年)。二頁。

私は、田中氏のこの見解に従うものであるが、翻訳語ではあるけれども「侵食」という用語のニュアンスに惹かれ、この語でもって物語の設定や展開が歴史的なものによって「侵食」されるという印象を表現したいと考える。

(2)小山敦子「女一宮と浮舟物語―源氏物語成立論序説―」(『国語と国文学』一九五九年五月)。

(3)原陽子「女一宮物語のゆくえ―蜻蛉巻―」(今井卓爾他編『源氏物語講座』第四巻、勉誠社)一九九二年。

(4)藤村潔(「源氏物語の枠組と式部卿宮の姫君」(『藤女子大学・藤女子短期大学紀要』第三一号、第Ⅰ部、一九九四年二月)。女一宮は蜻蛉巻で突然登場するのではなく、早くから伏線のあることは藤村氏に詳しい。なお、「ゆかり」の代替と情愛の問題は、すでに「源氏物語における「ゆかり」から他者の発見へ」(『中古文学』一九七七年一〇月。後に『源氏物語』系譜と構造』(笠間書院、二〇〇七年)に所収。)で論じたことがある。

(5)野村倫子「「蜻蛉」の宮の君―薫の浮舟評を対女房意識よりみる―」(『日本文芸学』一九九九年三月)。なお、野村氏には、この論考の他にも「宮の君をめぐる「いとほし」と「あはれ」―続・「蜻蛉」巻の宮の君―」(南波浩編『紫式部の方法』笠間書院、二〇〇二年)。後に『宇治十帖の継承と展開』(和泉書院、二〇一一年)に所収。

(6)久下裕利「宇治十帖の表現位相 ―作者の時代との交差―」(『源氏物語の記憶』武蔵野書院、二〇一七年)。三頁。初出、二〇一〇年三月。

(7)高橋由記「「蜻蛉」巻の宮の君―式部卿宮女の出仕―」(『国語・国文』第七〇巻一号、二〇〇一年一月)。なお他にも参看すべき論考は数多あるが、紙幅の都合から省略せざるをえなかった。記して謝したい。

（8）阿部秋生他校注・訳『新編日本古典文学全集　源氏物語』第六巻（小学館、一九九八年）。以下、『源氏物語』の本文はこれに拠る。

（9）廣田收「『源氏物語』宇治十帖論」（『『源氏物語』系譜と構造』笠間書院、二〇〇七年）。

（10）廣田收「『源氏物語』における人物造型―若菜巻以降の光源氏像をめぐって―」（同志社大学人文学会編『人文学』第一九四号、二〇一四年一二月）。

（11）茨木一成「式部卿の研究―律令宮制における藤氏勢力の一考察―」（『続日本紀研究』第一〇巻、一九六三年）。安田政彦「平安時代の式部卿」（『平安時代皇親の研究』吉川弘文館、一九九八年）。初出、一九九二年一二月。

（12）藤本勝義「式部卿宮―「少女」巻の構造―」（『源氏物語の想像力』笠間書院、一九九四年）。五八頁。

（13）袴田光康「『源氏物語』における式部卿任官の論理―先帝と一院の皇統に関する一視点―」（『国語と国文学』二〇〇〇年九月）。

（14）（7）に同じ。

（15）人物論として式部卿宮にかかわる論考に、木村祐子「兵部卿宮と桃園式部卿宮―光源氏との政治的関係―」（『中古文学』第六五号、二〇〇〇年六月）。篠原昭二「式部卿宮家」（『源氏物語の論理』東京大学出版会、一九九二年）。

（16）有馬義貴氏は「なんら物語展開には関与しない」にもかかわらず「二の宮の式部卿任官が語られているのはなぜ」かと問う（「『源氏物語』「蜻蛉」巻における二の宮の式部卿任官の記事―当該場面の不自然な文脈をめぐって―」『中古文学』第九〇号、二〇一二年一一月）。

（17）廣田收「源氏物語における「ゆかり」から他者の発見へ」（『中古文学』一九七七年一〇月）。

第四章　『源氏物語』表現の独自性

第一節　『源氏物語』「物の怪」考——六条御息所を中心に——

はじめに

周知のように『源氏物語』の「物の怪」については、厖大な先行研究があり[1]、調べれば調べるほど、もはや論じ尽くされた感もある。印象深いこととして言えば、諸家の論点は多岐にわたっているが、ほぼ共通していることとは、多くの論考が『源氏物語』の「物の怪」を論じるにあたって、『紫式部日記』や『紫式部集』における「物の怪」を比較対照したり、参照したりしていることである。ただ並べるだけならともかく、三者のテキストそれぞれにおける「物の怪」を、どのように関連付けて捉えることができるだろうか。そう考えると、「物の怪」は難解きわまりない課題である。

少しばかり丹念に研究史を辿ると、この問題の行く方が錯綜する原因は、率直に言えば、①異なるテキストの事例を単純に同一視する「素朴さ」、②テキストの本文語彙を既知の分析概念に置換、還元してしまう「乱暴さ」にあるとみられる。さらに言えば、③この時代の「物の怪」とは何かということと、物語の中で「物の怪」はどのように描かれているかということが、別箇に議論されてきたことにある。「物の怪」の問題について検討し直してみたいと考えた端緒は、この①②③の理由による。

それでは、「物の怪」の考察について、どのような手続きが必要であろうか。
そこで、紫式部にかかわる、これら三者のテキストの関係を云々する前に、まず『源氏物語』「物の怪」について、物語の表現に即して読み直すことによって論点を整理し直してみたい。とりわけ「物の怪」という語を手掛りに考えを述べてみたい（全用例は、末尾に掲げた）。語の用例から出発することで『源氏物語』自身の用語としての「物の怪」の意味するところは、限定されてくるであろう。重ねて言うが、本稿の目的は『源氏物語』の「物の怪」に関する論点を整理し、これからの考察の行く方を考えることにある。

一　『源氏物語』「物の怪」に関する研究史

1　主として多屋頼俊・西郷信綱・藤本勝義　三氏の研究をめぐって

どのようなテーマにも、研究史には幾つかの画期 epoch がある。煩雑さを厭わず研究史を辿ってみよう。「物の怪」に関して、最初に想起される近代の業績の嚆矢は、多屋頼俊氏の論文「源氏物語を構成する基礎的思想」である。(2)

多屋氏は、『源氏物語』の「もののけ」について、「六条の御息所とその生霊死霊お中心に」論じようとする。夕顔を死なせた「もの」が、「荒廃した邸宅に住んでいたもの」とする「推測」は「余りにも必然性に乏し」いもので、「夕顔の死後も、なおその霊に付き纏うて」いる「執拗さわ、単に偶然源氏に見入つて、そのついでに夕顔お殺した「もの」のしわざとして、ふさわしいとも思われない」だけでなく、「この「もの」の正体については、おぼろげながら推測せられる」というふうに「源氏物語わそういう書方している」という（九〇頁）。すでに多屋氏が、夕顔巻の霊格を「もの」と六条御息所とのかかわりを「おぼろげ」に描く、物語の叙述のありかたに留意していることは興味深い。ところが、多屋氏の考察の展開は、ここから先、物語の叙述や表現には向いて行かない。

多屋氏は『落窪物語』の「生霊（いきすだま）にも入りにしてがな」（傍点、廣田）という表現[3]を援用して「自分の霊が生霊に変成するのでわなくて、自分以外の「生霊」と呼ばれるものに自分が入る」と理解する（一一四頁）。この難解な仮説は、多屋氏独特のものである。

多屋氏は「「魂」が御息所の心の中に入つて「生霊」お出し、その「生霊」が葵の上お殺したとする解釈」が成り立つという（一二一頁）。そして「御息所の亡霊わ、御息所的なものと、これとわ性格の全く違う悪魔的なものと二重の性格お有つて居り、しかも後者の方がはるかに強い」とみる（一三七頁、傍点・廣田）。すなわち「生霊わ、本質的には悪魔的であるが、人目に現われる時にわ、御息所の形お取る」という（一四七頁）。また、「御息所の内に先ず「もの」が入つている」のだが「御息所の心が動揺し統制お失うと、「もの」わ御息所の心お外皮として、御息所から遊離して独自の行動をする」という（一四九頁）。すなわち「作者わ、**御息所も知らない「もの」が御息所の中にひそんで居て、其が生霊の現象お起す」とみる**のである（一六一頁）。多屋氏は、「六条の御息所」は「生霊及び死霊お現出せしめるための媒介項であつた」という理解に立っている（一六五頁）。つまり、多屋氏においては、御息所の中に入った「もの」が、まずアプリオリに存在するという論の立て方をするところに特徴がある。

そもそも、多屋氏は「物の怪」を介して「源氏物語を構成する思想」を解明することを目的とする（傍点・廣田）。すなわち、「物の怪」は六条御息所が「理想の光源氏お完成せしめるために必要であった」という（一六八頁）。というのは「「人間」を「百年には満たぬ生命だけの存在」と考えるならば、（夕顔、宇治大君、浮舟たちを）

「徒に「もののけ」のために殺させる《(ママ)》」ことも「幻の世に享《う》けた仮の肉身が、菩提のために捧げられるのわ、寧ろ大きな幸で」あると解する(一七一頁)。このように「「もののけ」(生霊死霊お含めて)わ、例えば暗闇から突如として襲いかゝつて、勝手次第に人に災禍お与え、目的お達成すると」「スッと暗闇の中え逃げ込んでしまう」のだという(一七九頁)。光源氏は、最終的に「「もののけ」の与えた禍も」「すべて宿世の因縁の然らしめた所であり」「すべて仏道に趣かせるための仏の方便」と捉え「静かな諦念に安住せられた」という(一八二頁)。

結局、仏教者である多屋氏にとって「もののけ」は、光源氏が「完成」に向かうための「方便」である。仏教の文脈から捉えられているところに特徴がある。その理解の是非については今措くとしても、**「生霊」「魂」「亡霊」「もの」などの関係は曖昧なままである。この論じ方では「物の怪」も生霊・死霊も同一であり、「物の怪」が包括的な概念とされ、検討されないままに終わる懼れなしとしない。**

次に記憶されるべき考察は、**西郷信綱**氏の論文「源氏物語の「もののけ」」(4)である。これが、今なお「物の怪」研究の基調をなしているといってもよい。西郷氏は「源氏物語にきわめて特異な陰影をあたえている」六条御息所という「一人物にしぼって考え」たいとする。まず六条御息所の「この登場のしかたそのものが神秘的」で、物語が「ただ光源氏と契っている高貴な或る女」と設定する「保留にこそ意味がある」という(二九七〜八頁)。この点が西郷氏の論のポイントである。

すなわち「**御息所は、源氏の心のなかに影のように、罪のように棲みこんでいる**」(傍点、原文のママ)という。また夕顔巻では「「もののけ」の示現と女の頓死、そのあとの夜の荒廃の悲涼としたなかにとりのこされた人間の恐怖が、迫真的に描かれている」と批評する。それに「夕顔の館の廃院の物語」は、「今昔物語の作者は、寂しい旧所には必ず「もの」が棲《す》んでいるから一人で立ち入ったりしない方がいいと戒めている」ので、「夕顔の巻の廃院の物語も、当時のこうした話をもとに構成したものである」と論じる。そして「怪談」ではなく「もっと古い生活感覚に根ざした描出である」と見る。すなわち、六条御息所は「影のごとく源氏の心内に棲みこんでいる」ので、「**虚実皮膜の間に人物や場所の関係を設定し、おぼめかしている点に、昔物語や説話の世界にはない独自性がたちのぼっている**」と批評する（二九八〜三〇〇頁）。

ここから西郷氏は、問題を物語の精神的基盤へと展開させる。いわゆる車争いが「葵祭のような神事でなければならなかった」ことを重視する。そして彼女が「神事の世界、当時の概念からすればいわば異教の世界に棲む、罪せらるべき宿世を負った女として、ずっと描かれている」（傍点、原文のまま）ことを重視する（三〇二〜三頁）。ただ、「個人の心に浄土教の世界観が成立」した反面「神話的世界像や集団的紐帯の解体」という「転換と矛盾のもたらす混沌や緊張が、平安時代の精神史」だとして、「精神の地層は、たんにその時代だけからは直接的にはとらえがたい重層性をもつ」という（三〇六頁）。そして「多妻制のもとに発生した嫉妬の情念は、当時の女の自我にはとても背負いきれぬ狂気」のあったことを推測し（三一二頁）、「平安朝の「もののけ」も、人間の肉体あるいは心の烈しい不安や苦悩そのものの投射」であり、「内からのものが外からのものであるかのように倒錯」されたことに、「源氏の作者」は「内面的必然性をあたえ」ているという（三一七頁）。まことに優れた分析であり、改めてここに加える言葉はない。

西郷氏は、光源氏の物語を、「色好みと愛欲―仏教的には邪淫―の世界への妄執に生きる光源氏という神話的主人公が、自己否定を通して宗教的完成に達する道程」と捉え、「光源氏の死」が「神話的世界の終焉を象徴する」とみて「もののけ」は「そういうタソガレ時にこそ活躍した」と結んでいる（三二一～二頁）。

光源氏がほんとうに「自己否定」をなしたのか、「宗教的完成に達」したか否かを議論することは、本稿の主旨ではないから、今は措こう。基本的なこととして言えば、夕顔巻における夕顔怪死の物語を、単に遊離魂や説話の怪異の次元の物語として単純化せず、光源氏の内面的な物語として描かれていると捉える指摘の重要性は改めて確認できるだろう。

ところが、その後しばらく「物の怪」の研究は、夕顔巻における夕顔怪死の原因となった霊物が、葵巻で葵上を死に至らしめた物怪の六条御息所と、はたして同一であるか否かといった問題に焦点が絞られ(5)、西郷氏の指摘からすると、考察は結果的に矮小化されてしまったといえる。

次に記憶されるべき研究は、**藤本勝義**氏の一連の論考である(6)。特筆すべきことは、藤本氏が『御堂関白記』や『小右記』、『栄花物語』や『大鏡』などの事例を尽くして『源氏物語』の物の怪の独自性を明らかにする必要を説いたことである。藤本氏の研究の要点は、**従来の「物の怪」の研究が「基盤としての、史書・記録類での物の怪の把握が、意外に欠落している」という認識**から発したところに特徴がある（傍点・廣田）。そして、「葵巻の描写は、被憑者や周囲の物ではなく、憑霊の主体である御息所を中心に、物語展開がなされるという、未曽有のものとなっていた」として、葵上、光源氏、六条御息所と「三者三様に、自己暗示にかかったり、良心の呵責があったり」して、「場面の読み替えによって、表面には出てこない多層的な構造の一面が、浮かびあがってくる」という。すなわち「憑霊現象は、史書・記録類や文学作品を問わず、ほぼすべての例が物の怪に憑《つ》かれた側からの視点で記されてきたのだが、源氏物語は、憑霊者の御息所を主体とした物語を展開させた」と評している(7)（傍点・廣田)。
そのような藤本氏の結論に異議をさしはさむ余地はない。ただ、これは藤本氏の責任ではないのだが、藤本氏の意図とは別に、今なお学界では『源氏物語』の物の怪が当時の「史書・記録類」にみえる物の怪一般に解消、還元されるという論考がみられることも否めない。
あえていえば、藤本氏は「史書・記録類」における「物の怪」を考察することが『源氏物語』の「物の怪」研究の「基盤」として必要があるというが、表現という視点からいえば、語としての「物の怪」という表現の意味するところとは何か、どのような語が「物の怪」という語の「基盤」をなすのか、というふうに発想を転換させることもできるのではないだろうか。

2 『源氏物語』の「物の怪」と『紫式部集』の「物の怪」とは同じか

ところで近時には、『源氏物語』の「物の怪」理解に関して、特に『紫式部集』の「物の怪」が話題となってきた。だが、肝心の『紫式部集』の読みは確かなものなのか、私は今なお疑念を持っている。

ゑに①**もの丶け**つきたる女のみにくきかたかきたるうしろに②おにになりたるもとのめをこほうしのしはりたるかたかきて③おとこはきやうよみて**ものの気**せめたるところを見て

なき人にかことはかけてわつらふもをのかこ丶ろのおに丶やはあらぬ　(四四番歌)

返し

ことはりやきみかこ丶ろのやみなれはおにのかけとはしるくみゆらん　(四五番歌)

(実践女子大学蔵本)(8)

『紫式部集』における「もの丶け」の表記の問題については、後に検討しよう。

この第四四番歌の解釈をめぐっては、早くに宗雪修三氏や森正人氏が、新たな解釈を提示している。[9] 宗雪氏は、高橋亨氏の見解[10]を踏まえて、「まず物怪に病悩する女の構図があり、その後にさらにまた、「こほふし」が物怪を縛っている構図がある」と捉える。この「二つの図は同一次元の同じ場面内のものなのではなく、一段位相の違う絵が、一方の説明図として描き加えられている」とみる。宗雪氏は、ここに憑坐を想定せず、「先妻であるところの物怪を、「こほふし」が縛って打擲している」と見る。さらに「こほふし」が護法童子であることを指摘し、**「病悩する女の夢ないしは幻影を内実とする、いわば解説図」と理解する**ことで「詞書と二首の歌の三者の間に対応関係を見出す」ことができると指摘した。

一方、森氏は「古代日本人の霊魂および超自然的存在に対する観念と表現を研究」すべく「物の気の語彙の整理」をめざす。この問題意識は重要である。森氏は、この四四番歌「亡き人に」について、「「物のけつきたる」とは、人に霊、鬼、天狗、精などの劣位の超自然的存在「もの」がとりつき、あるいは近づいて、そのために心身不調の状態が生じている」(傍点・廣田)ことであり、「もののけ」とは「「もの」の発する霊的な力の作用であり、人の心身に生じている現象を意味する」(傍点、廣田)という。

いわれるように**「物のけつきたる」を状態や現象と捉える認識は重要な指摘である**(この理解は、大野晋氏の理解と重なるところがある。注(18)参照)。ただ、ここでも「霊、鬼、天狗、精など」を「劣位の超自然的存在」(傍点、廣田)とする「もの」に一括してよいのか、そのような認識は、「物の怪の語彙の整理をめざす」とされる森氏の当初の問題意識からすると論点は外れて行っていないか、という疑問が残る。

さらに、森氏は『紫式部集』において「物の気のついた女の背後にいる「鬼なりたるもとのめ」が、物の気の原因たる「もの」である。そして、それは亡き先妻の怨霊であると知られる」のであり、「男の読む経が小法師の姿を取る護法によって、死霊が呪縛されているということを表現している」（傍点・廣田）とみる。そして森氏は、宗雪氏の理解を支持し、当該の絵は「「鬼」としての旧妻の霊も、護法童子のふるまいも肉眼にはとらえられないできごと」であり、「見えない世界」を「想像し解釈し、図解したもの」だとみる。すなわち、「亡き前妻の死霊につかれ」「苦しんでいる」さまは「前妻の死霊のせいとかこつけているのであって、本当は病者自身の「心の鬼」のなせるわざと評した」のが「この歌の主意である」という（傍点・廣田）。森氏はさらに、四五番歌の解釈に及んで、「「心の鬼」とは、心の中に見えない部分、内奥にこもって見えない心、おし隠して人に見せない心の意である」（傍点・廣田）という。そして「物の気は、ひた隠しにして見えないはずの今の妻の「心の鬼」であると、君すなわち紫式部にははっきりと見えているのであろうの意となる」という。

いったい「先妻」「前妻」について「怨霊」「霊」「死霊」と、三様に把握されているが、森氏の所論に概念上の区別の意識はあるだろうか。

さらに森氏は「心が闇に閉ざされて理知が働いていないにもかかわらず、物の気は心の鬼故に発動したとはっきり見てとっている」として、「心の鬼は心の奥に潜み隠れて普通は目に見えない存在であって、**心に闇を抱いている紫式部こそが鬼を見ることができる、すなわち迷妄こそ理知であるという皮肉な関係**」をみてとる（傍点・廣田）。ここでは森氏は、「心の鬼」が「心の奥に住み隠れて」いる存在だと理解していることが分かる。そしてこの歌が「物の気を外からとりつく霊物の作用ではなく、当人の深く潜められた心中に生成の因があるとして、それは当時にあっては独自の物の気解釈である」という。

その後、ここでは（誰がと明確に言挙げすることは避けたいが）学界ではこの詞書と歌に対する解釈を、紫式部の物の怪に対する基本的理解と捉え、この認識を踏まえて『源氏物語』を読む必要がある、という方向に研究がより傾斜することになったといえる。

森氏の説くところは、「物の怪つきたる」現象に対して、調伏によって正体が鬼と明らかになるという認識の枠組みを提起していると理解してよい。ただ、**表現という視点からいえば、**森氏が「迷妄」は「理知」だというふうに、逆説的な論理を立ち上げて行く根拠はどこにあるのか。森氏が絵の中の「もとの女」を「死霊」と断定していることは、それでよいのか。何よりも、**森氏の用いる「鬼」「もの」「怨霊」「死霊」などの概念はどう区別できるのか、これらの用語はもともと限定的なものであり、相互にどういう関係にあるのかはなお、曖昧である。特に「物の気の原因」が「もの」だとする理解は、仏教説話集である『今昔物語集』から帰納できるものであって、『源氏物語』の表現そのものとは異なる**ように思われる。

もう少し具体的にいえば、物語の表現ということからすると、「鬼」と「もの」とを同一視することはできない。また、『紫式部集』の研究の側からいえば、良心の呵責《かしゃく》と訳される「心の鬼」とは、心の中の鬼であるのか、心が鬼なのか、「心」と「鬼」との結びつきが分からない。

つまり、宗雪氏や森氏の理解は重要であるが、この絵と歌との関係はなお難解なまま残されている。

まず、宗雪氏の理解はまことに説得力のあるもので、確かに、この絵は「かた」①の背後にもうひとつの「かた」②を描いているわけで、二重構成になっている。絵には「物の怪」そのものが描かれているのではなく（あるいは「物の怪」と画中詞があったのかどうか、分からないが）、森氏の言葉を借りれば、とり乱しているという意味で「みにくき」「女」の容貌、形姿などが描かれていて、それが「物の怪のつきたる」という現象である。これに対して、取り憑いている何ものかの正体が「鬼」だと解読されて、鬼の図像が描かれているのではないかと推定できる。

すなわち、これは、仏教による調伏《ちょうぶく》（これが、陰陽道や修験道による調伏でも構わない）という文脈の中で、「物の怪」の正体は「鬼」だとされる理解が示されている、といえる。つまり、「物の怪」と「鬼」とは同義ではない。次元が違う。つまり問題は、「物の怪」と「鬼」との関係を、表現に即してどう捉えるかだといえる。

そこでもう一度、心を虚しくして『紫式部集』の表現に注目して読み直してみよう。絵に「**ものゝけ**つきたる女のみにくきかた」①があり、その絵の後ろに「おにになりたるもとのめをこほうしのしはりたるかた」②がある。そうなのだが、大切なことは、ここで紫式部が「おとこはきやうよみて**ものの気**せめたるところ」、すなわち絵の中から、特に③のように、男の行動に注目していることである。

つまり、指摘されてきたとおり『紫式部集』の四四番歌「亡き人に」自身の認識の特徴は、単純に「元の妻」が鬼だということを言っているのではなくて、「亡き人」に「かごと」をかけることは、（本当は）「おのが心」他ならぬ自己自身の「鬼」のしわざであるという、（当時の一般的な理解とは異なる）新たな理解を示したところにある。

さらに、**私が疑問に思うことは、従来の考察では、『紫式部集』四四・四五番歌における「心の鬼」「心の闇」という表現は、まるで当たり前のように、それぞれがひとつの熟した自明の語句として認められ、論じられてきたのではないか**、という点である。[11]

改めて『紫式部集』の表現について愚考するところを述べると、従来の解釈では、

[1] をのが「心の鬼」（のせい）ではないか。

と「良心の呵責」という意味で「心の鬼」のしわざだ、と、しばしば捉えられてきた。[12] というのは、『源氏物語』では「心の鬼」がひとつの纏《まとま》りのある熟した表現であるようにみえるからである。

しかしながら、この箇所、『紫式部集』において「心の鬼」という表現はいささか微妙で、

2 （私の心がというよりも）「をのが心」の（中に棲む）「鬼」ではないか。

もしくは、

3 （何よりも）「をのが心」が「鬼」（そのもの）なのではないか。

と解釈できるかもしれない。つまり、『源氏物語』の用例を基準にすると、『紫式部集』四四番歌「亡き人に」は、「心の鬼」という表現がそのまま一語をなしているとみえなくもないが、本稿は『紫式部集』では「おのが心＋の＋鬼」という表現である可能性はないのか、と疑問を呈するものである。

次に、この「返し」四五番歌「ことわりや」は、誰か別の人の詠じたものとみえるが、紫式部自ら構成した自作と見る考えも成り立つ。[13] ここでは、その議論は留保するとして、研究史を踏まえて、もう一度言えば、四四番歌「亡き人に」は、詞書に記された物の怪の絵について、絵の中の人間関係を歌いつつ、その実は、「亡き人」に「かごと」をかけて「わづらふ」ことは、実は男の「心の鬼」のなせるわざなのだと見抜いたものである。と同時に、紫式部の伝記的知識を踏まえて読めば、私（紫式部）が日頃「亡き人」宣孝に何かと「かごと」をかけて「わづらふ」ことをしがちであるのは、（突き詰めて考えれば）私自身の「心の鬼」のしわざなのだ、と反省的に詠んだことになる。

次に、四五番歌「ことわりや」は、

（なるほど、あなたのおっしゃることは）道理ですね。（なぜなら）「君」の「心」が（悟りから遠く迷妄のゆえの）「闇」なのだから、（明るい場所とは違って、闇の中でこそ、物の怪の正体は）「鬼」の姿としてはっきりと見えるのでしょう。

と理解できるであろう。この歌は仏教的な一般的理解を追認しているのではなくて、あなたが心に迷妄の闇を抱えているからこそ、闇に浮かぶ図像として「鬼」の姿がありありと見えるのだろう、あなたの迷いはあなたの心の用い方によるのだという、一般的な理解とは違った解釈を提示しているといえる。

このような認識のありかたは、法相宗の唯識の考え方によるものであるかもしれない。[14] ただここでは、その検討については今は措こう。唯識の考え方か否かはともかく、絵に鬼が描かれている理由は、物の怪の正体が単純に鬼だというのではなくて、あなたの心が闇であるからこそ、はっきりと鬼と見えるに違いないと紫式部の心情に踏み込んで、絵に対する新たな理解を言挙げし直したとみるべきである。

つまり、私は四五番歌「ことわりや」について「心の闇」は一語なのではなく、「心が闇だから」と、心を主語として陳述されているとみる。四四番歌「亡き人に」についても、「心の鬼」という熟した表現ではなく、あえて「鬼」と取り出した表現だといえる。

言い換えれば、この四五番歌「ことわりや」は、前の歌を詠んだ紫式部に対して、「おっしゃるように、あなたの心が闇だから、鬼の影と見えるのである」、もしくは「鬼とみるのはあなたの心が闇であるせいだ」と、といささか諭したような口吻をもつと理解できる。興味深いことは、「心の鬼」という言い古された表現を壊して、もう一度あえて「鬼が」と切り出し、立ち上げたところに、四五番歌「ことわりや」の意義があるといえる。

私がどうしても避けたいと考えるのは、従来のように『源氏物語』の用例がそうだからといって、「心の鬼」

「心の闇」という表現を固定したまま、『紫式部集』における歌の内容と詞書を解釈することである。そして、そのような固定した『紫式部集』の解釈に基いて、『源氏物語』との関係を単純に論じてしまうことである。『紫式部集』にあっては、**絵に触発されて、四四番歌・四五番歌は仏教の教えるところとは異なる理解を詠んでいる、**とみることができる。そうであれば、従来の研究は見直しを余儀なくされることになる。

3　『源氏物語』における「物の怪」研究の論点

もう一度「物の怪」の研究史に戻ろう。

二〇一〇年に行われた、**小松和彦・三田村雅子・河添房江**三氏による対談(15)は、なお記憶されるべきものである。ここでは多岐にわたる議論が展開されているが、私に重要と考える指摘を、思いつくまま列挙してみると、次のようである。

1　藤本勝義氏は**「実際の日記類」では「生霊」は少なく「死霊あるいは動物」が憑依しており、「生霊憑きを想定したのは紫式部」**だと述べている。つまり紫式部は「生きている人間関係の葛藤の表現装置としてもののけを描いている」が、「現実の生活」のもののけは死者である、といえる（小松和彦、一五頁。以下、発言者の敬称を略す）。

2　「あえて憑坐」に「語らせるというプロセスが大事」であり（河添房江、一八頁）、「憑坐の語った語りが大事だ」と思う（小松和彦、一八頁）。

3　夕顔巻のもののけは、「霊が出てもおかくしないような場所」であることが「下敷きになっている」ので、「化け物屋敷」を「逢い引きの場所にすること自体が悲惨でばかばかしい結末を暗示」する（小松和彦、二〇頁）。

4　夕顔巻でも「ものの語り」があり、葵巻の生霊事件でも「ものの語りを聞く人が、光源氏に集中してくるという現象」が「『源氏物語』のおもしろいところ」である（河添房江、二〇頁）。

5　『源氏物語』のもののけには「解釈コード」に色々な「軸」があり、「廃院の怪であるとか、木霊であるとか、侍女であるとか、いろんなレベル」で「揺れて」おり、「作品自体の意味付け」が「読者にゆだねられて」いる（三田村雅子、二一二頁）。

6　漢文日記における「邪気」は「声について」いうものであり、「強いもののけは白状しない」ので、「言わないでいるときの力」があり「恐怖」が大きくなり「正体が分かったら怖くない」といえる（三田村雅子、二一三～五頁）。

7　「もののけはむしろ敵意」であるが、「『源氏物語』の場合はもちろん愛着」である（三田村雅子、二一五頁）。

8　「ものは姿形で出てきたときに自分の正体を語らなくても」「「あ、あの姿だ」とわかる」が、「鬼の姿で出てくると「あの鬼の正体は何だ、誰だと」ということになる」ように、「姿が画一化した鬼という場合と、個別化した姿形を持っている幽霊の場合とで」は、「物語り方が違ってくる」といえる（小松和彦、二一六頁）。

⑨　**「御霊という言葉自体」は「王権」や「国家の問題と絡んだときの言い方」である**（小松和彦）。そうすると、御息所の父は「故大臣の御霊」と表現されていて「御」というのは、「六条御息所一家の願望への敬意とはばかり」が「うず巻いている」といえる（三田村雅子、三一一頁）。

⑩　『大鏡』では、「もののけ」ではなく「妖怪」であり「南殿の鬼」とか「鬼」が出てくる（三田村雅子、三三一頁）。

⑪　**森正人氏は「もののけ」の「け」は「気配」の「気」と書くべきだと主張している。**そのことからすると、「物怪」は「もののさとしや予兆」であり「気配」となると「人格的なもの」となる（三田村雅子、三七頁）。

12　**『源氏物語』の用例では「心の鬼」を詠むとき、「心の鬼の」と「主格」で詠むのではなく、「心の鬼に」感じていくという」用例ばかりである**（三田村雅子、三八頁）。

この対談には、もちろんこれ以外にも興味深い指摘は数多くあるし、つい疑問を差し挟《はさ》みたくなる箇所もあるのだが、ともかくこのように論点を概観すると、⑨⑩⑪の指摘が示唆しているように、『源氏物語』における霊格は結局、他のテキストの用例と融通させて、包括的に論じたりすることはできず、表現に即して検討する必要があるといえる。

研究史を整理し直す突破口は、ここにあるのではないか。

そのとき、早く世に問われた論考として印象の深い**藤尾知子**氏の論文「もののけの系譜」は、ひとつの手がかりを与えてくれる。藤尾氏は論の冒頭で「もののけ」という語が「「もの」という曖昧なことばと「け」という曖昧なことばとが結び付いてできあがった「もののけ」という曖昧模糊としたことばとはいったい何であろう」という問いから始めている。[16] この視点は実に興味深い。すなわち、物の怪は「もの」を基礎とした働きをとることから考えることがよい、と。

ただ藤尾論文は、幾つか問題のありかも示唆してくれる。すなわち、藤尾論文について、私の言葉で疑問を呈すると、まず、（一）「もののけ」と「怨霊」とを直ちに結び付けたり、史書・史料の「物恠」との表記上と意味内容上との差異を問わなかったり、同一視したりしているという印象があるが、それでよいのか。また、（二）

「もののけ」という和語と「怨霊」という漢語との違いについて注目されていることは重要な指摘であるが、この論考において、はたしてその違いは具体的に明らかにされているであろうか。また、（三）このような霊格の語彙について、表現上の異同をどう捉えてゆくかという手続きそのものについてなお不満が残る。

さらに、新しい論考の中で私の注目するのが、**藤井由紀子**氏の論文「〈物の怪〉の表現史」である。[17] 藤井氏の出発点は「「物の怪」という語自体の定義は、いまだ正確に行われておらず、研究者によってその捉え方に幅がある」から「今一度、その定義を考え直す必要がある」という（二七七～九頁）という。それでは、そのような再検討はどのようにして可能となるだろうか。

藤井氏は「物の怪」を、大野晋氏が説かれる「モノ（怨霊）ノ（助詞）ケ（兆候）」と捉え、「ケは「顕現」」でもあるという指摘[18]を評価する。ところが、藤井氏は、若菜下巻における紫上の危篤の折に出現した「「物の怪」が「モノそのものを指す」ということに注目している（二八〇頁）。葵巻の物の怪と若菜下巻の物の怪との描かれ方が違うという。それではどう違うのか。

それだけではなく、藤井氏は『源氏物語』の「物の怪」という語を、①『紫式部集』と②『今昔物語集』の用例でもって類推される。そしてここに「明確な使い分け」がみられるという。この指摘は興味深い。すなわち、

（『紫式部集』では）「物の怪」という語が、病気（略）の原因となっている正体不明であるものを漠然と指しているのに対し、「鬼」は、具体的な姿として現れた「物の怪」の本体そのものを指しているのである。②の事例（廣田注、『今昔物語集』の事例）でも（略）「憑坐《よりまし》に駆り出された「物ノ気」が、自分の正体を「狐」であると名乗っている。病気としての「物の怪」と、それを引き起こした本体である「狐」という構図である（二八一～二頁）（傍点・廣田）。

森氏の指摘以来、このような**「物の怪」と「正体」という二段階、二層の捉え方が「物の怪」の考察にとって重要である**ことは動かない。

ただし、藤井氏は柏木巻における「女の霊」「物の怪」の併存する用例について、「正体不明の「物の怪」に対して、正体が判明した存在が「霊」ということになる」という。そして『源氏物語』に描かれた「霊」が、「女の霊」「故父大臣の御霊」では「必ず特定の人物を指し示すような語を冠している」という（二八三頁）。

私は、藤井氏自身が指摘しているように、**「物の怪」が和語であるのに対して、「霊」が漢語であるという差異に留意する必要がある**という、この点には賛意を表したい。むしろ、語そのものが置かれる文脈が違う、と考えてはどうだろうか。「女の霊」という表現は、ほんとうに物の怪の正体が判明した存在を表現したもの、といえるのか。

何よりもまず、藤井氏の考察の特徴は、「従来の「物の怪」研究」が「六条御息所の「物の怪」をモデルケースとして、他の「物怪」を論じる」ことの危険性を指摘したところにある。さらに、「夢」や「魂」と「物の怪」との関係について触れ、西郷信綱氏を引いて、

> 「魂」が、そもそも、人間の本体としてあったことを表していよう。だとすれば、「物の怪」の正体が人間である場合、その根源には「魂」の作用があってしかるべきなのかもしれない。（略）しかし、（略）「魂」という語が「物の怪」の正体を表すのに使われることはないのである。（略）「魂」とは、「物の怪」のように、人に危害を加えるような存在では決してない。（略）むしろ、死後の存在そのものを表す語であり、「物の怪」や「霊」などとは位相の異なるものなのである（二八九頁）。

という。魂について「たま」と「たましひ」と混在させて論じることが妥当かどうかは今措くとして、これもまた実に重要な問題提起である。ただ、残念ながら、藤井氏自身の結論は、

一、「物の怪」は、病と不可分の存在であり、病によって発見される。
二、「生霊・死霊」や〈妖怪変化〉のたぐいは、「物の怪」の正体であることはあっても「物の怪」そのものではない。
三、「夢」や「魂」は、『源氏物語』葵巻の「物の怪」にのみ結び付くものであり、他の「物の怪」を考察する際には、有効な視座とはなりえない。（二九二頁）

というふうに、尖鋭な問題意識がまるで後退してしまったかのように、無難にまとめられてしまう。これは惜しい。結局のところ「物の怪」に関係する語彙の区分については、その必要性を説かれながらも、残念ながら結果的には、必ずしも明確になったとはいえない憾みが残る。

4 「物の怪」に関する研究史の「ひとまずのまとめ」

それでは、多屋頼俊氏から藤井由紀子氏に至るまでの指摘とこれに対する疑問を踏まえて、『源氏物語』の「物の怪」をどのように捉え直して行けるだろうか。まず、手がかりとして「物の怪」という語を、表現という視点から読み直すことから始めよう。

ひとことでいえば、**研究史の陥穽は、テキストの差異とは関係なく「物の怪」を包括的かつ一義的に捉えてき**

たことにある。私は、まず基本的な理解として、森氏が提起されたことを支持する。私にまとめれば〝物語において、「物の怪」を現象とし、その正体を明らかにするという認識の枠組み〟を用いて叙述されていると考える。そのとき、特に私は、物語の本文を、改めて表現に即して読み直したい、と考えるものである。

すでに指摘されていることであるが、夕顔巻には「物の怪」という語が認められない[19]。つまり、夕顔巻の霊物を、単純に「物の怪」とは呼べない。物語の表現では、夕顔を襲った霊格は、繰り返して、ただ「もの」と表現されているだけである。つまり、夕顔を死に至らしめた霊物は、「なにがしの院」という館に住む「もの」というべきであろう。

ただし、光源氏のまなざしにおいて夕顔怪死の出来事は、「もの」のしわざと認識されるのだが、夕顔と六条御息所と、場面を交互に置くことで、読者には、夕顔を襲ったものを、六条御息所ではないかと推測させる仕掛けを物語はもつ。

すなわち、**『源氏物語』の「物の怪」は、用例からみると憑かれて悩む現象の謂である。物の怪が取り憑いていると認識すれば、当事者は「物の怪」の正体を明らかにする必要に迫られる。ただし、特徴的なことであるが、『源氏物語』では、物の怪に、救われないまま愛執に捉えられ中宇をさすらうという仏教的な意味が付与されて行く。**

ところで、仏教説話集である『今昔物語集』における「物ノ怪」は『源氏物語』の「物の怪」とは、いささかずれている（第二七巻　第六、第一九、第四〇など[20]）。そうであれば、**語の違いとテキストの違いとを閑却した議論は、もはやできない。**また、『源氏物語』における「鬼」は、「昔ありけん」と呈示される伝説とか「昔物語」の中の存在として紹介され、天皇や仏法に敵対する存在としての意味合いが強い。これらに比べて、天皇や仏法に敵対する緊張関係をもたないという意味で**「もの」は低位の霊格とみなせる。**

そこで、卒忽の間に調べたかぎりでは、①『今昔物語集』においても「物ノ怪」と「霊《リヤウ》」と「鬼」との間には使い分けのあることが確認できる。また、②『今昔物語集』において「霊」と「物ノ気」の語は、「鬼」という語と用例において、殆ど交差しない。これらは、異なる霊格なのである。また③まず、「祟る」という現象があり、その原因が、「物ノ怪」と「霊《リヤウ》」と「鬼」とに求められていることが分かる。すなわち『今昔物語集』の説話では、まず「祟る」という現象があり、その原因を探すと、「老狐」である（巻第二〇第七）とか、「悪霊」である（巻第二一第三六）と、祟りの正体が判明するという枠組みをもっている。[21] これは、『源氏物語』の枠組みとは微妙に違っている。

このような事実に立って愚考するところをまとめれば、次のようである。

（一）『源氏物語』の「物の怪」を明らかにするために、『今昔物語集』の「物の怪」を対照させるとしても、同じ「物の怪」という語であっても、語の意味するところが全く同じかどうかは分からない。実に面倒なことだが、**それぞれのテキストのもつ文脈において意味するところに異なりがないか否かに留意する必要がある。**また、類似の語「霊」「もの」などの語義もまた、『源氏物語』と『今昔物語集』とそれぞれテキストにおける異なりがあると予想できる。

いうまでもなく、「物の怪」に人格性が与えられているところに、『源氏物語』の「物の怪」の特質があることは、すでに明らかであろう。私は、かつて物の怪が和歌を詠むことについて、小考をなしたことはある[22]が、これほど物の怪が饒舌であることは、『源氏物語』の得意とするところであるに違いない。

（二）『源氏物語』において、「もの」「物の怪」「霊」などに、漢語と和語との区別があることは、それぞれの意味するところに異なりがあり、使い分けがあると見做せる。

（三）これらの語を用いる登場人物（光源氏や姫君などと、僧や験者・陰陽師などと）の違いによって、漢語と和語との微妙な使い分けがあることと対応する、と予想できる。

そこで、本稿における**私の提案は、このような議論は「物の怪」や「怨霊」などという分析概念を先験的に設定するのではなくて、テキスト語彙を出発点にして考察することに徹しようということである。**

このような「ひとまずのまとめ」に基いて、特に六条御息所を中心に、以下具体的に物語の表現を分析してみたい。

二　場面ごとにみる表現分析の問題

1　場面Ⅰ（夕顔巻）

夕顔巻の物怪については、すでに指摘されていることであるが、「物の怪」という語が用いられていないという事実が動かせない。

まず光源氏が夕顔を「某《なにがし》院」に連れ出し、ひと夜を過ごす条。

「宵過ぐるほど」に、光源氏が「すこし寝入りたまへるに、御枕上にいとをかしげなる女」が座っており、光源氏に語りかける（新編全集、①一六四頁）[23]。光源氏は、夢にこの女が夕顔を「かき起こさむとす」と見た。光源氏は①「物に襲はるる心地して」目を覚ますと、火は消えていたという。光源氏を襲ったのは「もの」と表現されている。「物の怪」とは表現されていない。そして、暗闇の中で、光源氏が手を叩くと「山彦」が答えた（①一六四・五頁）。この「山彦」も、単に自然現象と見るべきではない。「もの」の範疇に属する霊格とみることができる。光源氏は取り乱して②「荒れたる所は、狐などのやうのものの人おびやかさんとて、け恐ろしう思はするならん」と考える（①一六六頁）。「狐」は「もの」の範疇に属している。夕顔が命を落としたと知った光源氏は、また③「物にけどられぬるなめり」と繰り返している（一六四頁）。つまり、**光源氏は、夕顔の怪死という一連の出来事をすべて「もの」のしわざと理解している**。

さて、光源氏が紙燭を召し寄せて夕顔を見ると、先の「この枕上に夢に見えつる容貌《かたち》したる女」が「面影に見え」て、すぐ「消え失せ」てしまう（①一六七頁）。すると光源氏は、「昔物語などにこそかかることは聞け」と思案する。「鬼」が人を襲い命を奪うことは『伊勢物語』第六段の「鬼一口」[24]のように、「昔物語」の中の出来事である。この事案では、女を襲う霊格は食人鬼である。さらに光源氏は「南殿の鬼のなにがしの大臣をおびやかしける例を思し出で」て（①一六八頁）、引き合いに出している。新編全集は『大鏡』忠平伝を引いている。『大鏡』において、この事案は、天皇の居所に出没する「鬼」は、天皇と対立する霊格として位置付けられている。[25]だからこそ、光源氏は今、目前に起きている出来事を「鬼」のしわざと認識してはいない、と理会できる。

光源氏は瀧口の男に、あくまで④「いとあやしう、物に襲はれたる人」が危篤であるから、惟光を呼ぶように申し付ける。さらに「夜半も過ぎ」ようとするころ、「灯はほのかにまたたき」して、屏風の周りのあちこちの隈に、⑤「物の足音ひしひしと踏みならしつつ背後《うしろ》より寄り来る心地」がしたという（①一六八〜九頁）。ここでも某院に「もの」が襲ったという認識は動かない。光源氏にとって、夕顔の怪死は暗闇の中で起こった出来事であり、まさか鬼のしわざかと引き合いに出すことがあっても、①から⑤の事例にみるように、**光源氏は一貫して**

「もの」のしわざと理解しているのである。

もちろん、視点を変えれば、（表層としての表現としては顕現していないが、）物語の深層に、人を食う鬼を潜在させているということもできる。ともかく、「もの」と「鬼」とは直接的には結びつかない。

ところが、物語は、夕顔巻の場面と「六条わたり」の女の場面を交互に置くことで、夕顔の怪死を六条御息所と絡ませて（読むように仕向けられて）展開されているから、夕顔を襲った霊格がもしや「六条御息所」の物の怪か、あるいは光源氏の心のゆえに六条御息所がかかわっているのか、と読ませる仕掛けを用意しているといえる。

2　場面Ⅱ（葵巻）

次は、葵上の出産にかかわり「物の怪」が活躍する条。

「大殿には、御物の怪めきて、いたうわづらひたまへば」と切り出される場面である（②三一頁）。この場面の読み解きはなかなか困難である。

（1）大殿には、①**御物の怪**めきて、いたうわづらひたまへば、誰も誰も思し嘆くに、御歩きなど便なきころなれば、二条院にも時々ぞ渡りたまふ。さはいへど、やむごとなき方はことに思ひきこえたまへる人の、めづらしきことさへ添ひたまへる御悩みなれば、御修法や何やなど、わが御方にて多く行はせたまふ。

②**物の怪**、**生霊**などいふもの❶多く出で来てさまざまの名のりする中に、人にさらに移らず、ただみづからの御身につと添ひたるさまにて、ことにおどろおどろしうわづらはしきこゆることもなけれど、また片時離るるをりもなきもの❷一つあり。いみじき験者どもにも従はず、執念きけしきおぼろけのもの❸にあらずと見えたり。

（②三一～二頁）

「大殿」左大臣の娘、光源氏の正妻葵上が①「御物の怪めきて」病悩のようす[26]が見えるので、光源氏は、左大臣邸で物怪退散と安産祈願の「御修法」などを行ったという。

まず最初の難問は、①「御物の怪めきて」と状況が説明されているのに、修法の結果、②「物の怪、生霊などいふもの」が姿を現したというのはどういうことか。それでは、「御物の怪めきて」の「御物の怪」を広義のものと捉え、「物の怪・生霊《いきすたま》」の「物の怪」を狭義のものと捉えることはできるかもしれないが、森氏の理解に従えば、まず「御物の怪めきて」という現象があり「御修法」によって、「物の怪」が正体として顕現すると捉えなければならないことになる。「御物の怪めきて」の段階では、葵上のしぐさや様子が異様であることから、不可視の「物の怪」の働きが予想されるといえる。と同時に、**「物の怪」と「生霊」とは、いずれも「もの」として並列されると同時に、区別もされている。**この表現をどのように理解すればよいであろうか。『源氏物語』には生霊をイキリヤウと読む語の例はない。

ちなみに、「物の怪」の表現を、大島本の影印で本文を確認すると、

1▽大殿には**御もの丶」け**めきていたうわつらひ給へはたれも〱おほし」なけくに御ありきなど、…

2▽**もの丶けいきす」たまなといふもの**おほくいてきてさま〱のな」のりする中に人にさらに[27]…

となっている。写真版でしか確認できていないが、大島本では、1▽「御もの丶け」と2▽「もの丶けいきすたま」とひらかなで表記されているから、新編全集の「御物の怪」「物の怪、生霊」という表現は校訂本文だということが分かる。もちろん、大島本がひらかな書きに統一しようとしたかどうかは分からないが、現存の本文では、「もののけ」は古い表現を遺すものかと思われる。ひらかな書きの意識では、「もののけ」はやはり、「もの」

の「け」であって、実体的なものとはいえない。
ちなみに、この箇所における諸本の本文異同は、意味上に大きな違いがないので(28)、異同についての検討は今は措こう。

この場合、「物の怪」と「生霊《いきすだま》」とが対立的な概念であるとすると、「物の怪」はどちらかといえば「もの」の「け」（顕現）であり、「生霊《いきすだま》」は、どちらかというと人格性を帯びた「もの」の顕現ともみえる。「生霊《いきすだま》」とは、**語構成からすると、おそらく「いき＋す＋たま」であろう。あえて生きていることを明示した霊格の表現と考えれば、ひるがえって「物の怪」は死霊であることを基本とすると見ることもできる。**(29)（「いきたすま」に「生霊」と漢字を宛てたとしても、「生霊」を音読みとしてイキリヤウという概念にずらしてしまうには問題がある。『源氏物語』にイキリヤウという語はないのである。

ところが、後の（3）の記事によると、「物の怪」とは、六条御息所という特定の人物を指示する「この生霊《いきすたま》」と、「故左大臣の御霊」を包括する、ゆるやかな概念だと考えられる。生き死にの対立には関係がないともみえる。

いずれにしても、まず葵上の「御物の怪めきて」という現象があり、その原因を探ると、死霊や生霊など多くの霊格が出現して正体を明かした。不可視の存在が、その本質をあらわにすることで、攻撃してくる宗教者に対して、自らの「敗北」を認めることになる。ところが、名告ることもなく、憑坐に移ることもなく、正体も分からないまま、執念きものがあるという。

「物の怪、生霊などといふもの」が「名のり」をすると、それが誰なのか、人格性を帯びていることが分らかになる。そうすると、「物の怪」「生霊」は、もともと人格性を持つものが含まれているということになる。したがって「この御息所、二条の君など」が「恨みの心」も深いであろうと、特定の人物として話題となり噂される中、誰と「さして聞こえあつることもなし」という「もの」だけが残ったと展開しうるのである。

（2）大将の君の御通ひ所ここかしこと思しあつるに、「この御息所、二条の君などばかりこそは、おしなべてのさまには思したらざめれば、恨みの心も深からめ」とささめきて、ものなど問はせたまへど、さして聞こえあつることもなし。③**物の怪**とても、わざと深き御敵《かたき》と聞こゆることもなし。過ぎにける御乳母だつ人、もしは親の御方につけつつ伝はりたるものの、弱目に出で来たるなど、むねむねしからず乱れ現はるる、ただ、つくづくと音のみ泣きたまひて、をりをりは胸をせき上げつついみじうたへがたげにまどふわざをしたまへば、いかにおはすべきにか、とゆゆしう悲しく思しあわてたり。（②三二頁）

この箇所についても、大島本の本文を写真で確認してみよう。

3▽**ものゝ気とても**」わさとふかき御かたきときこゆるも」なしすきにける御めのとたつ人もしは」**おやの御かたにつけつゝつたはりたる**」**もの**ゝよはめにいてきたるなとむね〳〵」しからすそみたれあらはるゝ、たゝ」つく〳〵と…（②二六二頁）

ここでも、大島本の本文では「もの丶気」と表記されている。また次の4▽でも、「御もの丶気」と表記されている。これらは『新編全集』の校訂本文では、「物の怪」と表記が統一されている。しかし表現を整えられたことが、かえって「物の怪」の理解を妨げているかもしれない。**「もの丶気」という表記の方が「もの」の引き起こす「け」と理解しやすい**。それゆえ、「もの丶気」という写本の表記はなかなか捨て難い。

一方、表現の論理からみると、③「物の怪」といっても左大臣家に対する政治的な「わざと深き御敵」もいないという。「物の怪」とはいえ、というのであるから、③の「物の怪」の中に、政治的敗北者の御霊（ゴリヤウ、ゴレウ）なども含まれていてよいことになる。昔の「御乳母だつ人」や、「親の御方につけつつ伝はりたるもの」などが出現するものはあったけれども、たいしたものはいなかったという（②三二頁）。これらは「生霊」ではなくて、死霊と理解できるだろう。すなわち、（1）の条における「物の怪、生霊」と並列した表現は、死霊・生霊という、生き死にの対立を示すものと理解できる。

ふたたび、物の怪が出現する条。

（3）大殿には、④**御物の怪**いたう起こりていみじうわづらひたまふ。この**御生霊**、**故父大臣の御霊**など言ふものありと聞きたまふにつけて、思しつづくれば、身ひとつのうき嘆きよりほかに人をあしかれと思ふ心もなけれど、もの思ひにあくがるなる魂は、さもやあらむと思し知らるることもあり。（②三五～六頁）

この冒頭は④「御物の怪」が出現したというところから始まる。（1）①の「御物の怪めきて」という段階に比べると、④「物の怪」が出現したことは、事態が一段階進んだことを意味する。「物の怪」の出現は、明白なこととされる。それでは「御」は霊格に対する敬意なのか、葵上の身体に憑《つ》くことに対する敬意なのかはよく分からない。ただ、この文脈は、先の条とは少し異なる。「御物の怪」の中に「この御生霊」すなわち六条御息所の霊格と、「故父大臣の御霊」がいたという[30]。

念のため、再び大島本の写真で確認しておこう。

4▽おほ殿には**御ものゝ気**いたうおこりていみしうわつらひ給

5▽**この御いきすたま」こち丶おと丶の御らうなといふもの**ありとき丶給」につけておほしつ丶くれは身ひ
とつのうきな」けき…　（二六七～八頁）

とある。そこで、これまでの事例について、「け」の字母を、（　）で示してみると、

1▽「大殿には**御もの丶け**めきて」（遣）
2▽「**もの丶け**いきすたまなと」（遣）
3▽「**もの丶け**とてもわさと」（気）
4▽「おほ殿には**御もの丶け**いたうおこりて」（気）

ということになる。いうならば大島本においては、「もの、け」の「け」は、「遣」または「気」で表記されていることが分かる。表現ということからいえば、「もの、け（気）」が、より古代的な表記と推測できる。そうすると、「もの、け（遣）」さらに「物のけ」「物の怪」などという表記は、「もの、け」という語が、ひとつの語として独立性をもった、後代の表現とみえる。この限りで写本の本文に「物の怪」という、漢字を伴う表記の表現はない。

ところで、周知のように、この条に関連しては**浅尾広良**氏の優れた考察がある。(31)浅尾氏は、「車争いの一件を根拠と考えれば、六条御息所が取り憑くことには一応の納得がいくが、父大臣の死霊まで出現する必要はどこにあるのか」と問う（三四二頁）。特に「問題なのは、当初、ことばの端にすら上らなかった「故父大臣の御霊」が、六条御息所のもとに〈噂〉となって伝わった時点で、なぜ新たな情報として付け加わらなければならないのかである」という（三四三頁）。そして「「故父大臣」が俎上《そじょう》にのぼるに至って、

それは単に嫉妬という私的な意味を超え、左大臣家と六条御息所との家同士の確執がその背景にあった可能性を示唆してくる」という（三四四頁、傍点・廣田）。さらに浅尾氏は、かつての廃太子事件の可能性を疑問視しながら、「「家筋に祟る怨霊」として「故大臣の御霊」の跳梁《ちょうりょう》を重ねて見ることはたやすい」という（三四四頁）。そして「巻の冒頭で素性が明らかになるとともにすぐ怨霊として語られる六条御息所のあり方は、単なる一個人の苦悩を超えて、かの系譜の背負わされた〈陰〉の姿を鮮明に映し出すと考える」（三四五頁、傍点・廣田）といわれる。

浅尾氏の説かれる論旨は明快である。ただ、「左大臣家と六条御息所との家同士の確執」は六条御息所の「物の怪」のまさしく「背景」である。**六条御息所は本文語彙として「御霊」、ましてや概念語彙である「怨霊」とは表現されていない**ことが分かる[32]。

物語の本文に戻れば、（1）から（3）に至る記事においては、「物の怪」は、まず緩やかな包括的概念として示されている。というよりも、「物の怪」が発動しているという現象を提示している。さらに、物語の叙述は、その正体を見ると、特定の人格を負う「御いきすだま」と「御霊《らう》」がいたというふうに進んでいる。

注意すべきことは、**「御生霊」と「御霊」との両者の違いは、**生き死にの対立であるかどうかの前に、**表現の上では、まず何よりも和語と漢語との違いである**ことを言わなければならない。漢語としての「霊」は、例えば、『今昔物語集』では「リヤウ」と表記される霊格で、祟りなす存在をいう[33]。

ところが、繰り返して言うけれども、『源氏物語』には「祟る」という語は、ない。だから、六条御息所を迂闊に「怨霊」と呼ぶことは避けておこう、と考えるのである。すなわち、「故父大臣の御霊」とは、漢語の文脈の中にあり、政治的な対立の中で無念の死を遂げた者の霊格のことである。とともに、政治家の家に伝わる霊格と見做せる。

つまり、『源氏物語』内部の用例としては、原理的に言えば、

御霊（ごりやう）、霊（りやう、れう）

…災厄が朝廷や国家、政治に及ぶ事案。政治的文脈、僧や陰陽師の用いる語彙。

などという漢語を用いる担い手と文脈と、

ものの気、いきすだま

…災厄が男女間に及ぶ事案。情愛的文脈、女房の用いる語彙。

などという和語を用いる担い手と文脈とが異なる、と区別して考えることができる。

3　場面Ⅲ（葵巻）

葵上の出産にともない、六条御息所の「御物の怪」が出現し、光源氏に語りかける条。

ここでは「物の怪」は、もはや先にみたような現象ではなく、出現した正体そのものに他ならない。とすると、場面Ⅰ、場面Ⅱにおける「物の怪」という語の用いられ方と異なることになる。場面Ⅱのような現象／正体という二重性は見えない。むしろ、場面Ⅱの①が広義であり、②が狭義の事例とみることが穏やかな理解であろう。『紫式部日記』に記されている「物の怪」が、原則として憑坐《よりまし》に駆り移らせて験者が調伏するという形式をとるのと対照的である。

物語の叙述という視点からみると、『源氏物語』の独創性は、「物の怪」を憑依する側から描くことを切り拓い

たことであろう。そうであれば、そのことはどのような意義があるのか。夕顔巻の出来事が、光源氏をめぐる外在的な視点をとるのに対して、葵巻の場面Ⅲでは、出来事の内側—憑依者の側から描く視点で、明らかに視点の転換があるといえる。

さて「にはかに御気色ありてなやみたまへば」光源氏は御祈りを尽くしたが、「例の執念き御物の怪一つさらに動かず」にいるものがいたという（三七～八頁）。ここでは「御物の怪」は、「例の」とあるように、六条御息所その人が想定されている。「物の怪」という現象から、「物の怪」の正体を明らかにするという手続きは省かれている。そうであれば、このような叙述は『源氏物語』独自のものであるといえる。

しかも**場面Ⅲの「物の怪」は憑坐に憑かない事例である**。夕顔巻において、光源氏に語りかける女は、光源氏の「寝入りたまへる」夢の中に出現する。ところが、葵巻では、葵上に憑く女は、物の怪退散の祈禱に追い詰められるが、憑坐に移らないまま、突然、「御物の怪」が語り出す。

（1）「すこしゆるべたまへや。大将に聞こゆべきことあり」（三八頁）

と口を開く。光源氏が（おそらく）葵上本人に向かって「何ごともいとかうな思し入れそ」云々と「慰め」ると、

（2）「いで、あらずや。身の上のいと苦しきを、しばしやすめたまへと聞こえむとてなむ。かく参り来むともさらに思はぬを、もの思ふ人の魂《たましひ》はげにあくがるるものになむありける」（三九～四〇頁）

と「なつかしげに」言い、歌「なげきわび」を詠む。ここに見える「魂《たましひ》」という語が、「物の怪」の形質を担うものであるといえるだろうが、その詳細については今は措こう。[34] その「声、けはひ、その人にあらず変りたまへり」さまであった。光源氏は「いとあやしと思しめぐらすに、ただかの御息所なりけり」と見てとった。光源氏は、目前の葵上の体の中に六条御息所が入り込んでいる、もしくは、葵上が六条御息所と化していると見て

とった。だが、光源氏は知らぬふりで「かくのたまへど誰とこそ知らね。たしかにのたまへ」と言う。

（3）ただそれなる御ありさまに、あさましとは世の常なり。（四〇頁）

ここでも光源氏は、他の人々に気付かれぬようにしながら、「物の怪」の正体を見極めようとしている。あるいは、それが六条御息所とみえるのは、光源氏だけである、とされている。名告りこそしないが、光源氏には、もはや「物の怪」の正体が六条御息所であることは明白であったという。**不可視の存在を光源氏のまなざしの中にだけ可視化される仕掛けが働いている。**この場面Ⅲは、『源氏物語』の物の怪の特質が集約されている。

4　場面Ⅳ（若菜下巻）

紫上が急死した条。

光源氏は、動揺する周囲の女房たちに「さりとも**物の怪**のするにこそあらめ」と述べて、験者たちを集めて加持させた。すると、

（1）とまりたまふべきにもあらぬを見たてまつる心地ども、ただ推しはかるべし。いみじき御心の中を仏も見たてまつりたまふにや、月ごろさらにあらはれ出で来ぬ**物の怪**、小さき童に移りて呼ばひののしるほどに、やうやう生き出でたまふに、うれしくもゆゆしくも思し騒がる。（若菜下巻、④二三四～五頁）

という。ここにいう「物の怪」は、紫上の病悩の現象をいうものではなく、まさに出現した六条御息所の霊格そのものであることを示している。この場合では「物の怪」は憑坐に移っている。この点は、場面Ⅲとは異なる。調伏された「物の怪」は、光源氏に語りかける。

大島本の表記について、ひらかなの字母を示すと、次のようである。

5▽あさましさになにことかはたくひあらむ」さりとも**物の気**のするにこそあらめいと」かくひたふるにな
さはきそとしつめた」（略）

6▽御心の内を仏もみたてまつり給にや」月ころさらにあらはれいてこぬ**もの丶希**」ちいさきわらはにうつ
りてよはひの丶しる

とある。続く「物の怪」の語りは、次のようである。

（2）人はみな去りね。院一ところの御耳に聞こえむ。おのれを、月ごろ、調じわびさせたまふが情なくつらければ、同じくは思し知らせむと思ひつれど、さすがに命もたふまじく身をくだきて思しまどふを見たてまつれば、今こそ、かくいみじき身を受けたれ、いにしへの心の残りてこそかくまでも参り来たるなれば、ものの心苦しさをえ見過ぐさでつひに現はれぬること。さらに知られじと思ひつるものを」とて、髪を振りかけて泣くけはひ、ただ、昔見たまひし**物の怪**のさまと見えたり。（④二三五頁）

大島本の表記は次のようである。

7▽思つる物をとてかみをふりかけてなく」けはひた丶むかし見給し**もの丶遣**の」さまとみえたり

光源氏は、まちがいなくこの「物の怪」は六条御息所である（憑依している）と確信している。それゆえ、光源氏はこれ以上色々と語られてはまずいと考え、憑坐童の手を「ひき据ゑて、さまあしくもせさせたまはず」に自由を奪い、素知らぬ顔で次のように語りかけた。

（3）「まことにその人か。よからぬ狐などいふなるもののたぶれたるが、亡き人の面伏せなること言ひ出づるもあなるを。たしかなる名のりせよ」（④二三五～五頁）

と威嚇する。光源氏は「物の怪」の正体が分からないふりをして、あえて、おまえの正体は狐ではないかと呼びかける。すると、「物の怪」は、歌「わが身こそ」と詠む。すなわち、もはや狐などではなく、正体が女性であり、しかも誰であるかは光源氏の目には明らかであった、ということになる。

興味深いことは、ここから「物の怪」の長々とした語りが始まることである。この点が夕顔巻の霊格と異なる。「物の怪」は、娘である秋好中宮に対する光源氏の厚遇に謝意を述べつつ、光源氏に「なほみづからつらしと思ひきこえし心の執なむとまるものなりける」と告白する。わが恩愛《おんない》の罪は軽くなったが、わが愛執の罪はなお深いという。ゆえに、「今は、この罪軽むばかりのわざをせさせたまへ」と懇願する。また「斎宮におはしまししころほひの御罪軽むべからむ功徳のことを、かならずせさせたまへ」と懇願する。さらに、光源氏は「物の怪に対《むか》ひて物語したまはむもかたはらいたければ」、「物の怪」を「封じこめて」紫上を別の部屋に移したという。

この場面における六条御息所の死霊の出現は、物語の展開からみると、六条御息所の「物の怪」の出現は、紫上に対する災いを与えることによって光源氏に災いを与えようとする悪意を見ることもできる。むしろ、紫上の命を奪うこととともに、悪趣に堕ちているみずからを救い出してくれるよう祈請することが目的だったといえる。その後、光源氏は「物の怪の罪救ふべきわざ、日ごとに法華経一部ずつ供養ぜさせたまふ」のであり、紫上の枕もとで「現はれそめては、をりをり悲しげなることどもを言へど、さらにこの物の怪去りはてず」にいたという。つまり、法華経の功徳ではこの「物の怪」の罪を救い出すことができなかったという。そのことが何を意味するのか。それほどに、六条御息所の罪は重いというべきか、改めて問う必要がある。

いずれにしても、**「物の怪」を、仏教的な文脈において、執のとどまる存在と捉えたところに、『源氏物語』の特質がある。**

5　場面Ⅴ（柏木巻）

柏木の病悩が語られる条。

叶わぬ女三宮への思いゆえに苦悩した柏木に、父致仕大臣たちは「葛城山《かつらぎ》」から呼び寄せた「かしこき行者《おこなひびと》」に「御修法、読経など」をさせた。さらに、「聖だつ験者など」や「心づきなき山伏ども」も含まれていたという（④二九二頁）。葵上や紫上に対する修法に比べて、験者の顔ぶれにおいて、いささか見劣りするという印象がある。

（1）陰陽師なども、多くは、**女の霊《りやう》**とのみ占ひ申しければ、さることもやと思せど、さらに**物の怪**のあらはれ出で来るもなきに、思ほしわづらひて、

大島本の表記は次のようである。

8▽おんやうしなともおほくは**女の」りやう**とのみうらなひ申けれ|・（は―傍書）さる事も」やとおほせとさらに**もの丶希**のあらはれ」いてくるもなきに(35)

柏木は、周囲の人々による見当違いの見立てに困惑する他はなかったという。興味深いことは、陰陽師が柏木の「病悩」の原因を「女の霊」と占ったことである。**漢語である「リヤウ」は仏教説話集『今昔物語集』の文脈では祟りなす（死）霊である。致仕大臣は「まことに物の怪あらはるべう念じたまへ」と依頼する。もしかすると、僧による調伏と陰陽師による調伏とは微妙に異なるのかもしれない。**（1）の場面では、「かしこき行者」「聖だつ験者など」「山伏ども」「陰陽師など」と、柏木の父致仕大臣の頼るべき調伏を誰に依頼するかが葵巻や若菜下巻の事例とは異なっている。

この文脈では特定の「物の怪」が正体だということになる。そのようすを窺っていた柏木は、侍従に次のよう

に語り続ける。

（2）（致仕大臣）「まことにこの**物の怪**あらはるべう念じたまへ」など、こまやかに語らひたまふもいとあはれなり。（柏木）「かれ聞きたまへ。何の罪とも思しよらぬに、占ひよりけむ**女の霊**《りやう》こそ、まことにさる御執の身にそひたるならば、厭はしき身をひきかへ、やむごとなくこそなりぬべけれ。（略）深き過ちもなきに、見あはせたてまつりし夕のほどより、やがてかき乱り、まどひそめにし魂《たましひ》の、身にも還らずなりにしを、かの院の内にあくがれ歩かば、結びとどめたまへよ」など、いと弱げに、殻のやうなるさまして泣きみ笑ひみ語らひたまふ。（略）面痩せたまへらむ御さまの、面影に見たてまつる心地して思ひやられたまへば、げにあくがるらむ魂《たま》や行き通ふらむなど、いとどしき心地も乱るれば、（④二九四〜五頁）

大島本の表記は次のようである。

9▽このわつらひそめ給しありさまなにとも」なくうちたゆみつゝ、おもりたまへること」まことにこの**物の**
希あらはるへうねんし」たまへるなとこまやかにかたらひ給もいと

確かにこの事例でも、「物の怪」は現象であり「女の霊」が正体であるという二重構造になってはいる。さらに「女の霊」なら、その正体は誰かが問われることになるだろうが、この場合柏木の愛執ではなく、女の側の愛執だと「占ひ」がなされたことになったというところが皮肉である。

要するに、この場面Ⅳでは、実態としての「女の霊」も「物の怪」も不在である。**場面Ⅴは、『源氏物語』にとって物の怪は方法的に用いられている事例である。**

ちなみに、**語構成からいえば、「女の霊」という語は、そもそも「霊」というものが男のものであり、それゆえに「女の」と限定した表現が成り立っている、といえるのではないか。また「いきすだま」というのも、死せ**

る「たま（もしくは、たましひ）」に対して「生きている」という意味で「生き」と限定した表現だといえる。

6　場面Ⅵ（柏木巻）

女三宮の出家の折に再び、六条御息所の物の怪が出現する。それではなぜこの機会なのか。「尼になさせたまひてよ」（④三〇五頁）と懇願する女三宮について、「大殿の君」光源氏は、前から女三宮は出家したいと口ぐせのようにいうので、これはきっと「邪気などの人の心たぶろかし」出家に勧めるよう促しているのだ、と朱雀院に奏上するが、朱雀院は一向に聞き入れない。ここで、私が気になるのは、物語自身が物語の骨格を説明していることである。

（朱雀院）「物の怪の教へにても、それに負けぬとて、あしかるべきことならばこそ憚らめ、弱りにたる人の、限りとてものしたまはむことを聞き過ぐさむは、後の悔《くい》心苦しうや」とのたまふ。（④三〇六頁）

この部分の物の怪の表記を、同様に底本で確認すると、

10▽**もの〻希の**」をしへにもそれにまけぬとてあしかるへき

とある。語るに落ちた、ということはこのことで、物語はともかく女三宮の出家を急いでいる。しかも、女三宮が出家してしまったときに、物の怪は「「今は帰りなむ」とてうち笑ふ」のである。この言葉は、藤井貞和氏の指摘のように、「物の怪の語りの類型」であり、「悔しげな敗北感」などはなく「凱歌をあげているのだ」とみえる。すなわち「目的を果たしたので、物語の舞台から辞去する、とよむのがすなおな理解」だといわれる。(36) ただ私は、この勝利感に満ちた言葉もまた、六条御息所の物の怪が役割を終えて、物語の舞台から退場する象徴的なものとみえる。女三宮を出家させるためにこそ、ここで登場させたとみることができる。

さて、ここまで読んでくると、女三宮の「降嫁から出産、そして出家へ」という性急な展開はどのような意味があったのか、振り返ってみたくなる。

女三宮の降嫁
女三宮に対する柏木の犯し
薫の出生
柏木の死
紫上の仮死と蘇生
女三宮の出家
光源氏が薫をわが子として抱くこと

若菜上巻から横笛巻までは、急ぎ足の継起的な事件の連鎖と見えるかもしれないが、実はひとまとまりの一連の出来事に他ならない。

つまり、若菜上巻以降は、朱雀院が光源氏に復讐して行く過程と読める。女三宮の降嫁から出家まで、朱雀院の恩愛の罪が状況を動かして行く。この大きな動きを六条御息所の物の怪が担う。つまり、朱雀院は親子の執着、恩愛の罪に徹するのだが、朱雀院が女三宮をむりやり出家させたとき、光源氏は「などか、いくばくもはべるまじき身をふり棄てて、かうは思しなりにける」と溜息をつく（④三〇七頁）。光源氏は順番に女性たちが目の前からいなくなることによって、男女の執着、愛執の罪を背負うに至る。ここから幻巻は一息の道程である。

思い出せば、六条御息所によって夕顔、葵上、そして女三宮が物語から次々と排除される。六条御息所は、結果的に紫上を際立たせる機能を果たすのである。

ところで、藤井氏は、「六条御息所の死霊に、守護霊としての側面」のあることを指摘する。そして「六条御息所が、守護霊の側面と怨霊の側面とをかねそなえている」と捉えている。さらに「物の怪は本来、仏教の圏外にあるもの」で、「若菜下巻の、物の怪の語りは、仏教の観念からの発想と、仏教の圏外の信仰世界の形象とが混在しているかたちだが、これはまさに混在しているのであって、本来相いれないものであった」とする。[37]

六条御息所が葵上の命を奪ったという点では、光源氏にとって災厄ではあろうが、視点を変えれば、結果的に、光源氏と紫上との関係を焦点化させる役割を帯びることになった事も否定できない。また、晩年の光源氏にとって不本意な婚姻となった女三宮を、出家という形で排除することが、光源氏と紫上との関係を焦点化させる役割を帯びることになったことも否定できない。

さらに、紫上の逝去によって、光源氏がひとり取り残される状況へと収斂させてゆく役割を帯びているのである。

光源氏は、六条御息所の娘を秋好中宮として手に入れる。光源氏は三代にわたって中宮を抱えることによって権勢を不動のものとする。しかも六条院は、六条の古宮を襲っている。六条御息所の意向がどうあれ、結果的に六条御息所は光源氏の権勢を支え続けてゆくのである。六条御息所は、祟り神であるとともに護り神であるという、両義的存在であるということもできる。また、光源氏の物語において六条御息所の役割には、祟り神から護り神へといった転換がある、ともいいうる。

まとめにかえて

ここまで述べてきたことをまとめると、帰納的には次のようなことがいえる。先行する物語を念頭に置いて、『源氏物語』における物の怪の特質を簡潔にいえば、

1 森正人氏が指摘されたように、『今昔物語集』と同様、物の怪は現象であり、その正体を求めるというふうに、物の怪の叙述は二段階になっている（場面Ⅱ、葵巻）。

2 「生霊」と「御霊」とは、和語と漢語との違いがあり、語を用いる担い手と文脈とが異なる。

3 六条御息所の生霊を憑依者の側から描いたことは独創的である（場面Ⅲ、葵巻）。

4 「もののけ」という表現は、その表現において、古代的な生態が保たれている。ところが研究史においては、「物怪」と漢字化され、歴史書の語彙である「物恠」も混同され、さらに怨霊などに包括されて、語義が拡散され、稀釈化されてゆくという道筋を辿ったものかといえる。

5 物の怪を愛執の罪というふうに、仏教の枠組みで捉えたことは独創的である（場面Ⅳ、若菜下巻）。

6 物の怪を方法的に用いたことは独創的である（場面Ⅴ・場面Ⅵ、柏木巻）。

などがあげられるであろう。

夕顔巻に「もののけ」という語は存在しない。ところが葵巻に至ると、場面Ⅰ・Ⅱ・Ⅲへと詠み進めて行くうちに、物語の描き方は光源氏の内面と相まって深化して行く。

いささか場違いなことをいうかもしれないが、かつて高橋亨氏は、『源氏物語』の語り手の特性について「物

の怪的」であると、絶妙の批評をされたことがある。(38)

私は、『源氏物語』を書き進めて行く作者が、場面のクライマックスにおいて登場人物に憑依していると思う。描いているうちに、作者が登場人物になりきってしまうような仕掛けがあるに違いない。おそらくそれは文体の問題である。しかし、そのことを論証することは簡単ではない。ただ、物の怪をめぐる物語の展開は、まちがいなく作者がこの仕掛けを実現しているように思う。

いずれにしても、本稿で問題にしたことは、そのような想像上の領域に及ぶものではない。例えば、**橋本真理子**氏は、『紫式部日記』の「物の怪の調伏場面の詳細な描写も、御産部類記・公卿日記には見られないもの」であり「源氏物語の物の怪を創造(ママ)していたであろう紫式部の覚めた眼」を見てとる。(39) そして「この中宮御産所の騒然たる修法」は「これが正に当時の物の怪のさまであったに違いない」という(九二頁)。なぜなら「中宮御産所の物の怪のさまと、葵巻の葵上の後産のそれとが類似するということは、この物語の物の怪の描出が、当時の時代信仰を背景にした社会現象をいかにリアルに描いてみせたものか」という(九二〜三頁。傍点・廣田)。また、橋本氏は、『紫式部集』四四番歌を用いて、「この巻の新しさ」は「夕顔急死の原因である物の怪を、源氏の御息所に対する源氏の心の鬼によって生じたものとして創造した」ところにあるという(一〇三頁)。だが、果たして『紫式部日記』の物の怪は、そのまま「当時の物怪のさま」であったのか、「社会現象」を「リアルに描いてみせた」ものなのか、いくらも疑いは残る。いずれにしても結局、橋本氏は、

> 夕顔巻における夕顔の死が、六条御息所の生霊によるものか、なにがし院の妖怪の仕業か、あるいは、そのいずれとも定め難く表現された物の怪によるものか、(略)この巻は享受者の側の意識によって多様な読みの可能な物語であると言い得るであろう。(一〇一頁、傍点・廣田)

と言われる。実に魅力的な結論であるが、問題を読者の読みの多様性に委ねる前に、もう少し我慢をして表現の差異にこだわることで、『源氏物語』の物の怪を考えたい。

注

（1）関係する研究論文・研究書の一覧については、主として吉海直人編『源氏物語　研究ハンドブック1』（翰林書房、一九九九年）と、上原作和編『人物で読む源氏物語　六条御息所』（勉誠出版、二〇〇五年）などを参考とした。なお、本稿では引用、紹介しなかったが拝読した論考については〔付記〕に掲げた。まだ他にも、有益な業績はあるに違いないが、私の怠惰と非礼を謝したい。

（2）多屋頼俊『源氏物語の思想』（法蔵館、一九五二年）。

（3）この箇所、本文には表現の異同と解釈の違いとがある。

旧全集では「「いかでかいきすだまにも入りにしがな」とて手がらみをし、入りたまふ」（三谷栄一・稲賀敬二校注・訳『日本古典文学全集　落窪物語』岩波書店、一九七二年）。二三七頁。とある。頭注に「生霊。平安朝の信仰の一つで、他人に取りついて悩ます」という（同頁）。「どうにかして生霊になってでも（大将邸に）侵入してしまいたい」と注する（傍点・廣田）。

一方、新大系は、本文を「いかでか生きずたまにも入りにしがなと手がらみをし入り給ふ」（藤井貞和 稲賀敬二校注『新日本古典文学大系　落窪物語』岩波書店、一九八五年）。一五五頁。とする。いずれにしても、「生きすだま」に「入る」という表現は難解で、新大系は頭注に「どうにかして生霊になってでも（大将邸に）侵入してしまいたい」と訳出している。しかしこれでは「いきすだまにも入り」という文脈が分からない。

なお、参考とすべき事例として、『今昔物語集』第二七巻第二〇に「近江ノ国ニ御スル女房ノ、生霊《いきすだま》ニ入給ヒタルトテ」という表現がある（森正人校注『新大系』第五巻、一九九六年）。一二七頁。生霊になって（人の身体に）入る、の意味と了解できるだろうか。

この文脈の理解については留保するとして、同じ「物の怪」という語であっても、極論すれば『落窪物語』の表現と『源氏物語』の表現とが、同質か否か問われる必要がある。

（4）西郷信綱『詩の発生』（未来社、一九六四年。増補版、一九六四年）。

（5）例えば、門前真一「夕顔の巻の構成とものの けの正体」『源氏物語新見』（教授還暦記念会、一九六五年）。なお、深澤三千男氏は、夕顔巻の物の怪について、妖物説か怨念説かという視点から研究史を辿り直し「上の品の女性」と「中の品の女性」との「恋愛生活」を「並行して推進める源氏の恋愛生活の二重構造」があることを指摘している（「夕顔怪死事件についての一考察」『国語と国文学』一九六三年一〇月。後に『源氏物語の形成』（桜楓社、一九七二年）に所収）。この問題の経緯について概観するには簡便な論考といえる。

（6）藤本勝義「源氏物語の物の怪―生霊をめぐって―」（『源氏物語の〈物の怪〉―文学と記録の狭間―』笠間書院、一九九四年）。

（7）（6）に同じ。

（8）『紫式部集』の本文は、底本を実践女子大学蔵本とする（横井孝・久保田孝夫・廣田收編『紫式部集大成』笠間書院、二〇一四年）。ちなみに、実践女子大学蔵本に対して、陽明文庫蔵本との異同は、（実）―（陽）の形式で示すと、

絵に―思に、**もののけ**―**物の気の**、こほうし―こほし、**ものの気**―**物のけ**、

かことは―かことを

などである。

(9) 宗雪修三「『紫式部集』をよむ―物怪と「こほふし」をめぐって―」(『人文科学論集』第四一号、一九八七年一二月)、森正人「紫式部集の物の気表現」(『中古文学』第六五号、二〇〇〇年六月)。

(10) 高橋亨「王朝文学と憑霊の系譜―ことばのシャーマニズム―」(『国文学』一九八四年一〇月)。

(11) 「物の怪」に関する研究史を辿ってみたときに、私の疑問にぴたりと答えている論考があった。すでに小谷野純一氏は、『紫式部集』の二首の解釈について、「『源氏物語』世界に物の怪を跳梁させているのだが、不用意に連動させてしまってはならない」という。ひとつのテキストにおいて得られる知見を、他のテキストに無自覚に敷衍して考察する危険を警告しておられることは重要である。

小谷野氏は「小法師」を「護法童子」と理解することに疑問を呈しつつ、「結語的に括れば、憑坐に向かう験者の図柄としては、緊縛の行為は異様である」という。(この理解については、今留保しておこう) そして、「構文上の事項からも、そもそも、「心の鬼」という語の見定めを基礎とするには疑問が残る」という。そして「「心の鬼」の箇所の「の」は「主格の「の」としての機能している」という。また「「をとこ」の「心」が「鬼」なのだと、諧謔的に反転させた詠」と理解している。また「「をとこ」の「心」こそが「鬼」であるという諧謔的な反転が式部の趣向であった」という(小谷野純一「『紫式部集』、物の怪憑依の絵に基づく贈答歌の表象をめぐって」『日本文学研究』第三九号、二〇〇〇年二月)。「諧謔的」な反転が認められるかどうかは今措くとして、「心の鬼」の「の」の理解については支持したい。

(12) 南波浩『紫式部集全評釈』笠間書院、一九八三年、二六三頁。学界には「良心の呵責」という理解が流布しているが、南波氏は、このような訳出とともに、この語は「「煩悩」の現象」(二六七頁)であるという。むしろ、この指摘の方が「心の鬼」という語の理解には重要である。

（13）上原作和・廣田收編『紫式部と和歌の世界　一冊で読む紫式部家集』（武蔵野書院、二〇〇一年）。四〇頁。

（14）**田中貴子**氏は、従来「心の鬼」の「体系的な研究」がなかったとして「「心の鬼」という表現の生成と語義の変化の背景を探る」ことを目的とする考察をめざす。なぜなら「解釈の揺れの原因の一つには「心の鬼」の語史的変遷がある」からだという。特に「心の鬼」が「漢語の和語化ではなく、日本の和文の中で生まれた独自の表現の可能性が高い」という。そして「心」の認識について「主に南都の法相宗で説かれていた唯識論との関係を閑却することは出来ない」とする。この「「心」の唯識論的なとらえ方」は、「「心の鬼」生成のプロセスと同様の発想に基づいている」という。そして、『紫式部集』の四四番・四五番歌を「「心の鬼」生成のプロセスを如実に伺わせる資料と覚しい」とみる（田中貴子「「心の鬼」考」『池坊短期大学紀要』第二二号、一九九二年）。

『源氏物語』の物の怪を描くにあたって、紫式部に唯識の理解の働いているとみることは、私も同感であるが、この認識のありかたは、ひとり「物の怪」の問題に限られるものではなく、『源氏物語』の全体にわたる方法の問題だと考える。

さて『源氏物語』における「心の鬼」の用例は次のようである（新編全集）。

1　さるは、いとあさましうめづらかなるまで（皇子の顔が光源氏に）写し取りたまへるさま、違ふべくもあらず、宮（藤壺）の、**御心の鬼**にいと苦しく、人の見たてまつるもあやしかりつるほどのあやまりをまさに人の思ひ咎めじや、さらぬはかなきことをだに疵を求むる世に、いかなる名のつひに漏り出づべきにか、と思しつづくるに、身のみぞいと心憂き。（紅葉賀、①三二六頁）

2 （御息所が）里におはするほどなりければ、忍びて見たまひて、ほのめかしたまへる気色を**心の鬼**にしるく見たまひて、さればよと思すもいといみじ。なほいと限りなき身のうさなりけり、（葵、②五二頁）

3 大将、頭弁の誦しつることを思ふに、**御心の鬼**に、世の中わづらはしうおぼえたまひて、尚侍の君にもおとづれきこえたまはで久しうなりにけり。（賢木、②一二七頁）

4 （光源氏が明石君に、後朝の）御文いと忍びてぞ今日はある。あいなき**御心の鬼**なりや。ここにも、かかることをいかで漏らさじとつつみて、御使ことごとしうももてなさぬを、胸いたく思へり。（明石、②二五八頁）

5 かの（藤壺の）御ためにとりたてて何わざをもしたまはむは、人咎めきこえつべし。内裏（冷泉帝）にも**御心の鬼**に思すところやあらむ、と思しつつむほどに、阿弥陀仏を心にかけて念じたてまつりたまふ。（朝顔、②四九六頁）

6 をりしも冠者の君（夕霧）参りたまへり。もし（雲居雁に）いささかの隙もやと、このごろはしげうほのめきたまふなりけり。内大臣の御車のあれば、**心の鬼**にはしたなくて、やをら隠れて、わが御方に入りゐたまへり。（少女、③五二頁）

7 （光源氏が玉鬘の西の対に）渡りたまふことも、あまりうちしきり、人の見たてまつり咎むべきほどは、**心の鬼**に思しとどめて、さるべきことをし出でて、御文の通はぬをりなし。（常夏、③二三四頁）

8 （紫上の）あまり久しき宵居も例ならず、人や咎めむ、と**心の鬼**に思して入りたまひぬれば、御衾まゐりぬれど、げにかたはらさびしき夜な夜な経にけるも、なほただならぬ心地すれど、かの須磨の御別れのをりなどを思し出づれば、今はとかけ離れたまひても、ただ同じ世の中に聞きたてまつらましかばと、わが身こ

とはまでのさておき、　　　　　　　　　　　　　　　　　（若菜上、④六七〜八頁）

9　宮（女三宮）は、**御心の鬼**に、見えたてまつらむも恥づかしうつつましく思すに、（光源氏が）ものなど聞えたまふ御答へも聞こえたまはねば、日ごろの積りを、さすがにさりげなくてつらしと思しける、と心苦しければ、　　　　　　　　　　　　　　　　（若菜下、④二四六頁）

10　（小侍従は）「いづくにかは置かせたまひてし。人々の参りしに、事あり顔に近くさぶらはじと、さばかりの忌をだに、**心の鬼**に避り侍りしを、入らせたまひしほどは、すこしほど経はべりにしを、隠させたまひつらむとなむ思うたまへし」と聞こゆれば、　　　　　　（若菜下、④二五一頁）

11　（夕霧）「いかなる**御心の鬼**にかは。さらにさやうなる御気色もなく、かく重りたまへるよしをも聞きおどろき嘆きたまふこと、限りなうこそ口惜しがり申したまふめりしか。など、かく思すことあるにては、今まで残いたまひつらむ。　　　　　　　　　　　　　　　（柏木、④三一七頁）

12　宮の若君（薫）は、宮たちの御列《つら》にはあるまじきぞかしと（光源氏の）御心の中に思せど、なかなかその御心ばへを、母宮の、**御心の鬼**にや思ひよせたまふらんと、これも心の癖にいとほしう思さるれば、いとらうたきものに思ひかしづききこえたまふ。　　　　　　　　（横笛、④三六四頁）

13　（中君）「いとさ言ふばかりの幼げさにはあらざめるを。うしろめたげに気色ばみたる御まかげこそわづらはしけれ」とて笑ひたまへるが、（中君の）心恥づかしげなる御まみを見るも、（北方は）**心の鬼**に恥づかしくぞおぼゆる。いかに思すらんと思へば、えもうち出でこえず。　　　　　（東屋、⑤七五頁）

14　ながらへては、誰にも、静やかに、ありしさまをも聞こえてん、ただ今は、悲しささめぬべきこと、ふと人づてに聞こしめさむは、なほいといとほしかるべきことなるべしと、この人ふたり（右近と侍従）ぞ深く

心の鬼添ひたれば、もて隠しける。（蜻蛉、⑥二一四頁）

15　（薫は）わが気色例ならずと、**心の鬼**に嘆き沈みてゐたりけむ（浮舟の）ありさまを聞きたまひしも、思ひ出でられつつ、思ひ出でられつつ、重りかなる方ならで、ただ心やすくらうたき語らひ人にてあらせむと思ひしには、（蜻蛉、⑥二六〇～一頁）

このように、多くの事例が「心の鬼」に照らして云々という文脈をとるが、この中で、4と14とは、「心の鬼」の用法がいささか異なる。

さらに、興味深いことは、「心の鬼」の事例が「物の怪」の事例と必ずしも、交差しないことである。

(15) 小松和彦・三田村雅子・河添房江三氏の対談「〈物の怪〉と〈憑坐〉と〈夢〉」（『源氏物語をいま読み解く③　夢と物の怪の源氏物語』翰林書房、二〇一〇年）。

(16) 藤尾知子「もののけの系譜」（『国語語彙史の研究』第二巻、和泉書院、一九八〇年）。

(17) 藤井由紀子「〈物の怪〉の表現史―『源氏物語』の物の怪論のための―」（『日本古典文学史の課題』和泉書院、二〇〇四年）。

(18) 大野晋「『怨霊』というモノ」（『源氏物語のもののあはれ』角川ソフィア文庫、二〇〇一年）。大野氏は、

モノ〈怨霊〉は取りついた人を病で苦しめる。その症状は外から見える。そこで、その目に見える症状をモノノケといった。モノ〈怨霊〉ノ（助詞）ケ（兆候）という構成である。ケは「顕現」ということもできよう。

という（同書、二三四頁）。また大野氏は『源氏物語』における「モノノケ」の用例について、「モノノケはモノ〈怨霊〉による症状をいう」とする（同書、二三五頁。傍点・原文のママ）。大野氏の「もののけ」の分析はよいとしても、モノを直ちに「怨霊」と言い換えることは難しい。

（19）阿部俊子「源氏物語の「もののけ」（一）」（『国語国文論集』第六号、学習院女子短期大学、一九七七年三月）。

（20）後の（33）に『今昔物語集』における「物ノ怪」の用例を挙げた（旧大系）。

この中で例えば、第二七巻第六では、邸宅に人の姿でたびたび出現する存在について、「祟《タタリ》」を問うと陰陽師は「此レハ物ノ気ナリ」と「占ヒ」した。そしてその正体は、「銅ノ器ノ精」であったという。「物ノ精」が「人ニ成テ現ズル」ものだという（旧大系、五巻四八五頁）。また、第二七巻第一九では、右大臣実資が大宮大路を行く「油瓶ノ踊ツツ行ケレバ」を目撃する。その正体を辿り、「物ノ気ニテ有ケル也ケリ」と判断している（旧大系、五巻五〇二～三頁）。また第二七巻第四〇では、「物ノ気病為ル所」で「物託《モノツキ》ノ女ニ物託テ」自分は「狐」だとして「祟ヲ成シテ」やってきたという（旧大系、五巻五三三頁）。

すでに藤原克己氏は「『史記』『漢書』やわが国史・漢文日記に見える「物怪」の語は必ずしももののけと同じでない」という（「もののけ・怨霊」『国文学』一九八五年九月）。さらに、増尾伸一郎氏は「『源氏物語』をはじめとする仮名作品の語釈では、「物怪《もののさとし》」と「物気《もののけ》」の「両者の混同」が顕著で『源氏物語』の用例と『今昔物語集』とでは「異なる概念」であり、区分の必要を説いている（「〈物怪〉と〈物気〉—東アジアの視点から」小峯和明編『東アジアの今昔物語集』勉誠出版、二〇一二年）。二一一頁。重要な指摘ながら、増尾氏においても「物怪」と「物恠」という表記の異なる語の区別は求められていない。

（21）（20）のとおり、『今昔物語集』における「物ノ怪」は概ね、災厄を陰陽師が物の怪の祟りと占い、処方箋を与えるという枠組みに登場することが多い（『今昔物語集』の用例については、注（33）に掲げる）。

（22）廣田收「源氏物語における和歌の伝承性」（『日本文学』一九八二年五月）。後に『『源氏物語』系譜と構造』（笠間書院、二〇〇七年）に収載。

なお、『源氏物語』における「もののけ」の全用例は次のとおり（新編全集）。

1　九月二十日のほどにぞおこたりはてたまひて、いといたく面痩せたまへれど、なかなかいみじくなまめかしくて、ながめがちに、音《ね》をのみ泣きたまふ。見たてまつり咎むる人もありて、**御物の怪**なめりなどいふもあり。（夕顔、①一八三頁）

2　（供人）「暮れかかりぬれど、おこたらせたまはずなりぬるにこそはあめれ。はや帰らせたまひなん」とあるを、大徳、「**御物の怪**など加はれるさまにおはしましけるを、今宵はなほ静かに加持などまゐりて、出でさせたまへ」と申す。（若紫、①二〇五頁）

3　御乳母子の弁、命婦などぞ、あやしと思へど、かたみに言ひあはすべきにあらねば、なほのがれがたかりける御宿世をぞ、命婦はあさましと思ふ。内裏には**御物の怪**のまぎれにて、とみに気色なうおはしましけるやうにび奏しけむかし。（若紫、①二三三頁）

4　この御事の、十二月も過ぎにしが心もとなきに、この月はさりともと宮人も待ちきこえ、内裏にもさる御心まうけどもある。つれなくてたちぬ。**御物の怪**にやと世人も聞こえ騒ぐを、宮いとわびしう、このことにより身のいたづらになりぬべきことと思し嘆くに、御心地もいと苦しくてなやみたまふ。（紅葉賀、①三二五頁）

5　大殿には、**御物の怪**めきていたうわづらひたまへば、誰も誰も思し嘆くに、御歩きなど便なきころなれば、二条院にも時々ぞ渡りたまふ。（葵、②三一頁）

6　めづらしきことさへ添ひたまへる御悩みなれば、心苦しう思し嘆きて、御修法や何やなど、わが御方にて多く行なはせたまふ。**物の怪**、生霊などいふもの多く出で来てさまざまの名のりする中に、人にさらに映らず、ただみづからの御身につと添ひたるさまにて、ことにおどろおどろしうわづらはしきこゆることもなければど、また片時離るるをりもなきもの一つあり。（葵、②三二頁）

7　「この御息所、二条の君などばかりこそは、おしなべてのさまには思したらざめれば、恨みの心も深からめ」とささめきて、ものなど問はせたまへど、さして聞こえあつることもなし。**物の怪**とても、わざと深き御敵と聞こゆることもなし。過ぎにける御乳母だつ人、もしは親の御方につけつつ、伝はりたるものの、弱目に出で来たるなど、むねむねしからずぞ乱れ現はる。（葵、②三二～三頁）

8　大殿には、**御物の怪**いたう起こりていみじうわづらひたまふ。この御生霊、故父大臣の御霊など言ふものありと聞きたまふにつけて、思しつづくれば、身ひとつのうき嘆きよりほかに人をあしかれと思ふ心もなけれど、もの思ひにあくがるなる魂は、さもやあらむと思し知らるることもあり。（葵、②三六頁）

9　まださるべきほどにもあらずと皆人もたゆみたまへるに、にはかに御気色ありてなやみたまへば、いとどしき御祈禱数を尽くしてせさせたまへれど、例の執念き**御物の怪**一つ動かず、やむごとなき験者ども、めづらかなりともて悩む。（葵、②三八頁）

10　（出産に）うれしと思すこと限りなきに、人に駆り移したまへる**御物の怪**どもねたがりまどふけはひいともの騒がしうて、後のことまたいと心もとなし。言ふ限りなき願ども立てさせたまふけにや、たひらかに事なりはてぬれば、山の座主、何くれやむごとなき僧ども、したり顔に汗おし拭ひつつ急ぎまかでぬ。（葵、②四一頁）

11　所どころの御とぶらひの使など立ちこみたれどえ聞こえつがず揺すりみちて、いみじき御心まどひどもいと恐ろしきまで見えたまふ。**御物の怪**のたびたび取り入れたてまつりしを思して、御枕などもさながら二三日見たてまつりたまへど、やうやう変りたまふことどものあれば、限りと思しはつるほど誰も誰もいといみじ。

（葵、②四六頁）

12　尚侍の君いとわびしう思されて、やをらゐざり出でたまふに、面のいたう赤みたるを、なほなやましう思さるるにやと見たまひて、（右大臣）「など御気色の例ならぬ。**物の怪**などのむつかしきを、修法延べさすべかりけり」とのたまふに、薄二藍なる帯の御衣にまつはれて引き出でられたるを見つけたまひて、

（賢木、②一四五頁）

13　朝廷の御後見をし、世まつりごつべき人を思しめぐらすに、この源氏のかく沈みたまふことといとあたらしうあるまじきことなれば、つひに后の御諫《いさ》めをも背きて、赦《ゆる》されたまふべき定め出で来ぬ。去年より、后も**御物の怪**なやみたまひ、さまざまの物のさとししきり騒がしきを、いみじき御つつしみどもをしたまふしるしにや、よろしうおはしましける御目のなやみさへこのごろ重くならせたまひて、もの心細く思されければ、七月二十余日のほどに、また重ねて京へ帰りたまふべき宣旨くだる。

（明石、②二六二頁）

14　女君（北の方）、人に劣りたまふべきことなし。人の御本性も、さるやむごとなき父親王のいみじうかしづきたてまつりたまへる、おぼえ世に軽からず、御容貌などもいとようおはしけるを、あやしう執念き**御物の怪**にわづらひたまひて、この年ごろ人にも似たまはず、うつし心なきをりをり多くものしたまひて、御仲もあくがれてほど経にけれど、

（真木柱、③三五七頁）

15　（香の灰を）払ひ棄てたまへど、立ち満ちたれば、御衣ども脱ぎたまひつ。うつし心にてかくしたまふぞと思はば、またかへり見すべくもあらずあさましけれど、例の**御物の怪**の、人に疎ませむとする事《わざ》と、御前

なる人々もいとほしう見たてまつる。立ち騒ぎて、御衣ども奉り換へなどすれど、そこらの灰の鬢のわたりにも立ちのぼり、よろづの所に満ちたる心地すれば、きよらに尽くしたまふわたりに、さながら参でたまふべきにもあらず、（真木柱、③三六五～六頁）

16 （北方で）修法などし騒げど、**御物の怪**こちたく起こりてののしるを（鬚黒が）聞きたまへば、あるまじき疵もつき、恥ぢがましきことかならずありなんと恐ろしうて寄りつきたまはず。（真木柱、③三六九頁）

17 年暮れゆくままに、（朱雀院は）御なやみまことに重くなりまさらせたまひて、御簾の外にも出でさせたまはず。**御物の怪**にて、時々なやませたまふこともありつれど、いとかくうちはへをやみなきさまにはおはしまさざりつるを、この度はなほ限りなりと思しめしたり。（若菜上、④二一頁）

18 （明石）女御の君も渡りたまひて、もろともに見たてまつりあつかひたまふ。（紫上）「ただにもおはしまさで、**物の怪**などいと恐ろしきを、早く参りたまひね」と、苦しき御心地にも聞こえたまふ。
（若菜下、④二一五頁）

19 すこしよろしきさまに見えたまふ時、五六日うちまぜつつ、また重りわづらひたまふこと、いつとなくて月日を経たまふは、なほ、いかにおはすべきにか、よかるまじき御心地にやと思し嘆く。**御物の怪**など言ひて出で来るもなし。なやみたまふさま、そこはかと見えず、ただ日にそへて帰りたまふさまにのみ見ゆれば、
（若菜下、④二一六～七頁）

20 御修法どもの壇こぼち、僧なども、さるべきかぎりこそまかでね、ほろほろと騒ぐを見たまふに、さらば限りにこそはと思しはつるあさましさに、何ごとかはたぐひあらむ。（光源氏）「さりとも**物の怪**のするにこそあらめ。いと、かく、ひたぶるにな騒ぎそ」としづめたまひて、いよいよいみじき願どもを立て添へさせ

たまふ。（若菜下、④二三三〜四頁）

21　いみじき（光源氏の）御心の中を仏も見たてまつりたまふにや、月ごろさらにあらはれ出で来ぬ**物の怪**、小さき童に移りて呼ばひののしるほどに、やうやう生き出でたまふに、うれしくもゆゆしくも思し騒がる。（若菜下、④二三四〜五頁）

22　今こそ、かくいみじき身を受けたれ、いにしへの心の残りてこそかくまでも参り来たるなれば、ものの心苦しさをえ見過ぐさでつひに現はれぬること、さらに知られじと思ひつるものを」とて、髪を振りかけて泣くけはひ、ただ、昔見たまひし**物の怪**と見えたり。あさましくむくつけしと思ししみにしことの変らぬもゆゆしければ、（若菜下、④二三五頁）

23　斎宮におはしまししころほひの御罪軽むべからむ功徳のことを、かならずせさせたまへ。いと悔しきことになむありける」など、言ひつづくれど、**物の怪**に対《むか》ひて物語したまはむもかたはらいたければ、封じこめて、上をば、のた他方に忍びて渡したてまつりたまふ。（若菜下、④二三七頁）

24　（夕霧）「いと重くなりて、月日経たまへるを、この暁より（紫上が）絶え入りたまへりつるを、**物の怪**のしたるになんありける。やうやう生き出でたまふやうに聞きなしはべりて、今なむ皆人心しづむめれど、まだいと頼もしげなしや。（若菜下、④二三九頁）

25・26されど、なほ絶えずなやわたりたまふ。**物の怪**の罪救ふべきわざ、日ごとに法華経一部づつ供養ぜさせたまふ。日ごとに、何くれと尊きわざせさせたまふ。御枕上近くても、不断の御読経、声尊きかぎりして読ませたまふ。現はれそめては、をりをり悲しげなることどもを言へど、さらにこの**物の怪**去りはてず。いとど暑きほどは息も絶えつついよいよのみ弱りたまへば、（若菜下、④二四二頁）

27 陰陽師なども、多くは、女の霊とのみ占ひ申しければ、さることもやと思せど、さらに**物の怪**のあらはれ出で来るもなきに思ほしわづらひて、かかる隈々をも尋ねたまふなりけり。（柏木、④二九三頁）

28 （大臣が）かかる者どもと対ひゐて、このわづらひそめたまひしありさま、何ともなくうちたゆみつつ重りたまへること、（致仕大臣）「まことにこの**物の怪**あらはるべう念じたまへ」など、こまやかに語らひたまふもあはれなり。（柏木、④二九四頁）

29 （光源氏）「日ごろもかくなむのたまへど、邪気《ざけ》などの人の心たぶろかしてねかかる方にすすむるやうもはべなるをとて、聞きも入れはべらぬなり」と聞こえたまふ。（朱雀院）「**物の怪**の教へにても、それに負けぬとて、あしかるべきことならばこそ憚らめ、弱りにたる人の、限りとてものしたまはむことを聞き過ぐさむは、後の悔心苦しうや」とのたまふ。（柏木、④三〇六頁）

30・31 後夜の御加持に、**御物の怪**出で来て、（物の怪）「かうぞあるよ。いとかしこう取り返しつと、一人をば思したりしが、いとねたかりしかば、このわたりにさりげなくてなむ日ごろさぶらひつる。今は帰りなむ」とてうち笑ふ。いとあさましう、さは、この物の怪のここにも離れさりけるにやあらむ、と思すに、いとほしう悔しう思さる。（柏木、④三一〇頁）

32・33 （雲居雁）「いまめかしき御ありさまのほどにあくがれたまうて、夜深き御月めでに、格子も上げられたれば、例の**物の怪**の入り来るなめり」など、いと若くをかしき顔してかこちたまへば、うち笑ひて、（夕霧）「あやしの**物の怪**のしるべなり。まろ格子上げずは、道なくて、げにえ入り来ざらまし。（横笛、④三六一頁）

34・35 いかならむついでに、思ふことをもまほに聞こえ知らせて、人の御けはひを見むと思しわたるに、御息所、**物の怪**にいたうわづらひたまひて、小野といふわたりに山里持たまへるに渡りたまへり。早うより御祈禱の師にて、**物の怪**など払ひ棄てける律師、山籠りして里に出でじと誓ひたるを、麓近くて、請じおろしたまふゆゑなりけり。（夕霧、④三九六頁）

36　寝殿とおぼしき東の放出《はなちで》に修法の壇塗りて、北の廂におはすれば、西面に宮はおはします。**御物の怪**むつかしとて、とどめたてまつりたまひけれど、いかでか離れたてまつらんと慕ひわたりたまへるを、人に移り散るを怖ぢて、すこしの隔てばかりに、あなたには渡したてまつりたまはず、（夕霧、④三九八～九頁）

37　**物の怪**にわづらひたまふ人は、重しと見れど、さはやぎたまふ隙もありてなむものおぼえたまふ。昼、日中の御加持はてて、阿闍梨一人とどまりてなほ陀羅尼読みたまふ。（夕霧、④四一六頁）

38　ひと夜ばかりの宿をかりけむ」とただ書きさして、おしひねり出でしたまひて、臥したまひぬるままに、いといたく苦しがりたまふ。**御物の怪**のたゆめけるにやと人々言ひ騒ぐ。（夕霧、④四二六頁）

39　（御息所）「あはれ何ごとかは人に劣りたまへる。いかなる御宿世にて、やすからずものを深く思すべき契り深かりけむ」などのたまふままに、いみじう苦しうしたまふ。**物の怪**なども、かかる弱目にところ得るものなりければ、にはかに消え入りて、ただ冷えに冷え入りたまふ。（夕霧、④四三七頁）

40　（夕霧が）何に我さへさる言の葉を残しけむ、とさまざま思し出づるに、（一条御息所は）やがて絶え入りたまひぬ。あへなくいみじと言へばおろかなり。昔より**物の怪**には、時々わづらひたまふ。限りと見ゆるをりもあれば、例のごと取り入れたるなめりとて加持まゐり騒げど、いまはのさましるかりけり。
（夕霧、④四三八頁）

41　（小少将）「その夜の御返りさへ見えはべらずなりにしを、今はの限りの御心に、やがて思し入りて、暗うなりにしほどの空のけしきに御心地まどひにけるを、さる弱目に例の**御物の怪**のひき入たてまつるとなむ見たまへし。（夕霧、④四五〇頁）

42　まことに消えゆく露の心地して限りに見えたまへば、御誦経の使ども数も知らずたち騒ぎたり。さきざきもかくて生き出でたまふをりにならひたまひて、**御物の怪**と疑ひたまひて夜一夜さまざまのことをし尽くさせたまへど、かひもなく、明けはつるほどに消えはてたまひぬ。（御法、④五〇六頁）

43　（夕霧）「**御物の怪**などの、これも、人の心乱らんとて、かくのみものははべめるを、さもやおはしますらん。さらば、とてもかくても、御本意のことはよろしきにはべなり。一日一夜忌むことの験《しるし》こそは、むなしからずははべるなれ、まことに言ふかひなくなりはてさせたまひて後の御髪ばかりをやつさせたまひても、（御法、④五〇七～八頁）

44　いにしへより伝はりたりける宝物ども、このをりにこそはと探し出でつつ、いみじく営みたまふに、女御、夏ごろ、**物の怪**にわづらひたまひて、いとはかなく亡せたまひぬ。（宿木、⑤三七四頁）

45　（母君）「日ごろあやしくのみなむ。はかなき物もきこしめさず、なやましげにせさせたまふ」と言へば、あやしきことかな、**物の怪**などにやあらむと、「いかなる心地ぞと思へど、石山とまりたまひにきかし」と言ふも、かたはらいたければ伏し目なり。（浮舟、⑥一六四頁）

46　今参り童などのめやすきを呼びとりつつ、（乳母）「かかる人御覧ぜよ。あやしくてのみ臥させたまへるは、**物の怪**などのさまたげきこえさせんとするにこそ」と嘆く。（浮舟、⑥一八二頁）

47　かの宮、はた、まして、二三日はものもおぼえたまはず、現し心もなきさまにて、いかかる**御物の怪**ならんなど騒ぐに、やうやう涙尽くしたまひて、思し静まるにしもぞ、ありしさまは恋しういみじく思い出でら

れたまひける。（蜻蛉、⑥二一六〜七頁）

48 （僧都）夜一夜加持したまへる暁に人に駆り移して、何やうのものかく人をまどはしたるぞと、ありさまばかり言はせまほしうて、弟子の阿闍梨とりどりに加持したまふ。月ごろ、いささかも現はれざりつる**物の怪**調ぜられて、「おのれは、ここまで参で来て、かく調ぜられたてまつるべき身にもあらず。（手習、⑥二九四頁）

49 （僧）「一品の宮の**御物の怪**になやませたまひける、山の座主御修法仕まつらせたまへど、なほ僧都参りたまはでは験《しるし》なしとて、昨日二たびなん召しはべりし。（手習、⑥三三一〜四頁）

50 あやしく、かかる容貌ありさまを、などて身をいとはしく思ひはじめたまひけん、**物の怪**もさこそ言ふなりしか、と思ひあはするに、さるやうこそあらめ、今でも生きたるべき人かは、あしきものの見つけそめたるに、いと恐ろしく危きことなり、と思して、（手習、⑥三三六頁）

51 **御物の怪**の執念きこと、さまざまに名のるが恐ろしきことなどのたまふついでに、（僧都）「いとあやしう、希有のことをなん見たまへし、この三月に、年老いてはべる母の、願ありて初瀬に詣でてはべりし、帰さの中宿りに、宇治院といひはべる所にまかり宿りしを、（手習、⑥三四五頁）

(23) 阿部秋生他校注・訳『新編日本古典文学全集　源氏物語』第一巻（小学館、一九九九年、一六四頁）。以下、『源氏物語』の引用はこれに拠る。

(24) 『伊勢物語』第六段「鬼はや一口に食ひてけり」（新編全集、底本は学習院大学蔵三条西家旧蔵伝定家本、一九七二年）。一三八頁。

(25) 『大鏡』橘健二校注・訳『日本古典文学全集　大鏡』（小学館、一九七四年）。一一二頁。忠平が「南殿の御帳の

うしろのほど」を通ろうとしたとき、「もののけはひして、（忠平の）御太刀のいしづきをとらへ」たので、忠平が探ると、「毛はむくむくとおひたる手の、爪ながくて刀の刃のやうなるに、鬼なりけり」と忠平は判断したという。最初は正体が分からず、「もの」と表現されているが、図像から「鬼なりけり」というふうに、正体に辿り着いている。

（26）廣田收「『病い』のことば」（糸井通浩・神尾暢子編『王朝のしぐさとことば』清文堂、二〇〇八年四月）。

（27）古代学協会・古代学研究所編『大島本　源氏物語』第二巻（角川書店、一九九六年）。二六〇頁。大島本は、飛鳥井雅康の職語があり、年紀は室町時代、文明一三（一四八一）年である。

（28）この箇所は一件、青表紙本系に「いきすたま―いはすさ|（た）ま横山本」がある（『源氏物語大成』（普及版）第一冊、中央公論社、一九八四年）。二九三頁。

（29）大島本の本文は、「いきすたま」とひらかな書きであるが、逆に「生霊」を「生き霊《リヤウ》」と訓めるか、「生きすだま」と訓めるかの判断は、なかなか難しい。

久保田淳氏は、今村与志雄氏が『遊仙窟』の「窮鬼」について「イキスタマ」と訓むことを批判して「字義からみて帰（き）であり、生霊にあてるのは妥当をかく」と評されたことを紹介する。また『枕草子』「おそろしきもの」の「生霊」をどう訓むかは、「校注者によって分かれる」とする。また、中世以後の訓みに「イキレャウ」「シャウリャウ」の二つがあることを紹介している（「ことばの森⑨　いきずたま・生霊」『日本語学』二〇〇三年一二月）。

とすれば、「生霊」の表記と訓みとは、今のところ未確定とせざるをえない。つまり、「生霊」という漢字表記の概念から考察を始めると、迷路に嵌り込む怖れなしとしない。

（30）場面Ⅱの記事（1）（2）（3）のうち、（3）の記事には、『源氏物語大成』に見えるかぎりで、

御ものゝけ	御ものゝけ（青表紙本系、池田本）
こちゝおとゝ	こちゝそをとゝ（青表紙本系、横山本）
	ちゝおとゝ（河内本系）
	こちゝおとゝ（別本　御物本）
御らう	りやう（青表紙本系、肖柏本）
御いきすたま	いきすたま（河内本系　大島本）

などの異同がある（二九六頁）。底本に比べると、河内本の「ちゝおとゝ」は先祖伝来の死霊というニュアンスは弱くなるであろう。

（31）浅尾広良「葵巻の物の怪の准拠」（上原作和編『人物で読む『源氏物語』葵の上・空蝉』第五巻、勉誠出版、二〇〇五年）。

（32）代表的な索引でみるかぎり、『源氏物語』には「怨霊」という語は認められない。

（33）『今昔物語集』の「物ノ怪」は、思いのほか事例が少ない（旧大系）。なお「物ノ恠」とも表記される。

『今昔物語集』では「物ノ怪」は、単純に仏教的な文脈だけに限られないで登場する。

① 巻第一四第四五では、新羅国に利仁将軍を派遣するにあたり、「様々ノ物恠有ケレバ、占卜」すると、「異国ノ軍」が出来する由を報告した。そこで「調伏ノ法」を行なわせたという（三巻三四二頁）。このかぎりでは「物恠」は凶兆であり、その原因は兵革だった。①の事例が特徴的であるのは、歴史書に事例があり、讖緯思想を背負う歴史書の語彙であって、吉兆凶兆の問題に属する。

② 巻第一九第一では、良峯宗貞は出家して「法師」となった。「病ニ煩人」に「念珠・独鈷」を贈ると「物ノ気現レテ」霊験は掲焉であったという（四巻・五四〜六頁）。病悩の原因を作った「物ノ気」の正体が明らかになっ（て病悩は治癒し）たというべきであろう。

③ 第二〇第七では、染殿后は、「常ニ物ノ気ニ煩ヒ」したので、「様々ノ御祈共」が行われた。金剛山の「聖人」が「加持」をすると「一人ノ侍女」ニ「神託テ走リ叫ブ」と「一ノ老狐」が出現したという（四巻一五五〜六頁）。この場合、「物ノ気」の正体は「老狐」であった。②③は、物の怪が現象であり、何か正体かが問われる事例である。

④ 巻第二七第六では、東三条殿の「南ノ山」に「長三尺許ナル五位」の男が時々出現した。**「陰陽師」に「其ノ祟《タタリ》ヲ」問わせる**と、「此レハ物ノ気也」であり、無害だと答えた。怪異を「祟り」と認識している。そこで「其ノ霊《リヤウ》ハ何《イド》コニ有ゾ。亦何ノ精《タマ》ノ者ニテ有ゾ」と尋ねた。「五位」の出現を「霊《リヤウ》」か「精」かと尋ねている。**陰陽師は「此レハ銅ノ器ノ精《タマ》也」と答えた。**だから「物ノ精《タマ》ハ此ク人ニ成テ現ズル也」という（四巻四八五頁）。『今昔物語集』では「霊」は祟りをなすので「精」とは区別されている。

この仕組みは、②③のような仏教的枠組みとは若干異なる。この事例では、正体の分からない霊異について、**陰陽師に「祟り」を問い糾す**と、心配ない、「物ノ気」だと答えた。ところが「それはどこの霊《リヤウ》か」と聞き返している。なぜ怪異を「祟り」だと捉えられるのか、説明はない。「物ノ気」だと言っているのに、それはどこの「霊」かと聞くのはズレているようにみえる。**怪異を「祟り」とみるのが陰陽道だといえる**かもしれない。説話集『今昔物語集』の論理からすると、「祟り」をなすのは「霊（リヤウ）」ではなく、霊異は「もの」の現象であり、正体は「銅ノ器ノ精《タマ》」だったという。

⑤　巻第二七第一三では、「家ニ物恠ノ有ケレバ、**陰陽師ニ其ノ祟ヲ問フ**」と、厳重に謹慎せよと答えた。そこで「物忌」していたが、弟が尋ねてきて入り込み、兄の首を斬ってしまう。妻は弟が「鬼ノ顔」をしていたことを目撃したという。「物恠」の原因は「鬼」のしわざであったという（四巻四九三〜四頁）。

留意すべきは、ここでも④の事例と同様、「物恠」があったため「祟り」のわけを知ろうとすることである。つまり、祟りをなす原因（霊格）が何かを尋ねるという枠組みとなっている。

⑥　巻第二七第一九では、「大宮」付近で「少サキ油壺」が踊って行くのを目撃する。小野宮大臣は、「此ハ何物ニカ有ラム。此ハ物ノ気ナド」であると感じた。この油壺は某「家ノ門」に入った。大臣が調査を命じると、その家では長く煩っていた「若キ娘」が今日の昼がたに亡くなったと報告した。**大臣は「有ツル油壺ハ然レバコソ物ノ気ニテ有ケル也」と思った。**だから、「此ル物ノ気ハ様々ノ物ノ形ト現ジテ有ル也」という（四巻五〇二〜三頁）。

これによると、「物ノ気」というものは「物」という存在が油壺という姿形をとって顕現したものであるということになる。

⑦　巻第二七第四〇では、今は昔「物ノ気病為ル所」があった。「物託《モノツキ》ノ女ニ物託テ」言うには、「己ハ狐也。祟ヲ成シテ来レルニハ非ズ」、ここには食べ物が散乱しているであろうと（四巻五三三頁）。「物ノ気病」というのであるから、病悩という現象があり、その正体は狐であったということになる。

⑧　巻第三〇第三では、近江守の娘が「物ノ気」に煩い、数日を経た。父母は「祈禱」したが「験《シルシ》」がなかった。そこで浄蔵が「娘ノ病ヲ加持」すると「即チ物ノ気顕ハレテ、病止ニケレ」という（五巻二一八頁）。「物ノ気」の正体が明らかになったと見てよいであろう。

すべての事例ではないが、**物の怪という現象の原因（の多く）は、何の祟りなのかと見顕すところに陰陽道の文脈がある。**言い換えれば、陰陽道を『今昔物語集』は仏教の側からどう容認するのか、捉え直すかが問われる。なお『今昔物語集』の本文は、山田孝雄他校注『日本古典文学大系　今昔物語集』第一～五巻（岩波書店、一九五九～六七年による）。

（34）『源氏物語』における「魂《たましひ》」の語の用例は次のとおり（新編全集）。ただし、「たま」と「たましひ」との区分については、本当は微妙な問題があると予想されるが、その検討については他日を期したい。

1　思ふやうなる住み処にあはぬ御ありさまはとるべき方なしと思ひながら、我ならぬ人はまして見忍びてむや、わがかうて見馴れけるは、故親王のうしろめたしとたぐへおきたまひけむ**魂**のしるべなめり、とぞ思さるゝ。（末摘花、①二九五～六頁）

2　この御生霊、故父大臣の御霊など言ふものありと聞きたまふにつけて、思しつづくれば、身ひとつのうき嘆きよりほかに人をあしかれなど思ふ心もなけれど、もの思ひに**あくがるなる魂**は、さもやあらむと思し知らるることもあり。（葵、②三六頁）

3・4　「いで、あらずや。身の上のいと苦しきを、しばしやすめたまへと聞こえむとてなむ。かく参り来むともさらに思はぬを、**もの思ふ人の魂はげにあくがるる**ものになむありける」となつかしげに言ひて、

なげきわび空に乱るる**わが魂《たま》を結びとどめよ**したがひのつま

とのたまふ声、けはひ、その人にもあらず変りたまへり。（葵、②三九～四〇頁）

5　風荒らかに吹き時雨さとしたるほど、涙もあらそふ心地して、（光源氏）「雨となり雲とやなりにけん、今は知らず」とうち独りごちて頬杖つきたまへる御さま、「女にては、見棄てて亡くならむ**魂かならずとまり**

なむかしと、色めかしき心地にうちまもられつつ、近うついゐたれば、しどけなくうち乱れたまへるさまながら、紐ばかりをさしなほしたまふ。（葵、②五五頁）

6 女君（空蟬）、心憂き宿世ありて、この人（伊予守）にさへ後れて、いかなるさまにはふれまどふべきにかあらんと思ひ嘆きたまふを見るに、命の限りあるものなれば、惜しみとどむべき方もなし。いかでか、この人の御ために残しおく**魂**もがな、わが子どもの心も知らぬを、とうしろめたう悲しきことに言ひ思へど、心にえとどめぬものにて、亡せぬ。（関屋、②三六三～四頁）

7 （帥宮）「何の才も、心より放ちて習ふべきわざならねど、道々に物の師あり、まねびどころあらむは、車の深さ浅さは知らねど、おのづからうつさむに跡ありぬべし。筆とる道と碁打つこととぞ、あやしう**魂**のほど見ゆるを、深き労なく見ゆるおれ者も、さるべきにて描き打つたぐひも出で来れど、家の子の中には、なほ人に抜けぬる人の、何ごとをも好み得けるとぞ見えたる。（絵合、②三八九～九〇頁）

8 （柏木）「これは、さるわきまへ心をもさはべらぬものなれど、その中にも心賢きはおのづから**魂はべ**らむかし」など聞こえて、「まさるどもさぶらふめるを、これはしばし賜りあづからむ」と申したまふ。（若菜下、④一五七～八頁）

9 （女三宮は柏木が）出でなむとするにすこし慰めたまひて、

あけぐれの空にうき身は消えななむ夢なりけりと見てもやむべき

とはかなげにのたまふ声の、若くをかしげなるを、聞きさすやうにて**出でぬる魂**は、まことに**身を離れてとまりぬる**心地す。（若菜下、④二二九頁）

10 （柏木の女三宮への犯しは）深き過ちもなきに、見あはせたてまつりし夕のほどより、やがてかき乱り、

まどひそめにし魂の、身にも還らずなりにしを、かの院の内にあくがれ徒かば、結びとどめたまへよ」など、いと弱げに、殻のやうなるさまして泣きみ語らひたまふ。（柏木、④二九五頁）

11　さるは、憎げもなく、いと心深う（夕霧は）書いたまうて、

　　たましひをつれなき**袖にとどめおきて**わが心からまどはるるかな

外なるものはとか、昔もたぐひありけりと思たまへなすにも、さらに行く方知らずのみなむ」などいと多かめれど、人はえまほにも見ず。（夕霧、④四一五頁）

12　言ふかひなきさまに何心なくて臥したまへる（紫上の）御ありさまの、飽かぬところなしと言はんもさらなりや。なのめにだにあらず、たぐひなきを見たてまつるに、死に入る**魂**のやがて**この御骸《から》にとまらなむ**と思ほゆるも、わりなきことなりや。（御法、④五〇九～一〇頁）

13　（大君が）ここら久しくなやみて、ひきもつくろはぬけはひの、心とけず恥づかしげに、限りなうもてなしさまよふ人にも多うまさりて、こまかに見るままに、**魂**もしづまらむ方なし。（薫）「つひにうち棄てたまひてば、世にしばしもとまるべきにもあらず。（総角、⑤三二六～七頁）

14　まづおどろかされて先立つ涙をつつみたまひて、ものも言はれず。右近、ほど近く臥すとて、（右近）「かくのみものを思ほせば、もの思ふ人の**魂はあくがる**なるものなれば、夢も騒がしきならむかし。いづ方と思しさだまりて、いかにもいかにもおはしまさなむ」とうち嘆く。（浮舟、⑥一九六頁）

15　その御葬送の雑事ども仕うまつりはべるとて、昨日はえ参りはべらざりし」と言ふ。さやうの人の**魂**を、鬼のとりもて来たるにやと思ふにも、かつ見る見る、あるものともおぼえず危く恐ろしと思す。（手習、⑥二八九頁）

16 （浮舟）「げに隔てありと思しなすらむが苦しさに、ものも言はれでなん。あさましかりけんありさまは、めづらかなることと見たまひてけんを、さとうつし心も失せ、魂などいふらんものもあらぬさまになりにけるにやあらん、いかにもいかにも、過ぎにし方のことを、我ながらさらにえ思ひ出でぬに、
（夢浮橋、⑥三八九頁）

この中では、13の事例にいう「魂もしづまらむ方」云々という表現が、古代的な霊魂観の古層を記憶する事例である。また、1・6の事例は、親が子に対して指導的立場に立つ関係を示すものであり、2・3・4などは、恋情の発動をみてとれる。魂は人格性、精神性を帯びるものとみえる。

ひとまず本稿をなす上で、霊格語彙を、次のようにまとめておきたい。

おそらく「ち」「ひ」「ほ」など生命力を示す語彙がもっとも原初的で霊力の古層をなすものであり、この層に対して、「たま」は存在の内部に抱える霊力の呼称といえる。少し時代的には下るが、死後も消滅せず継続して存在する「たましひ」は遊離魂の理解を示すものであろう。

さらに古代天皇制の確立、進行に伴い、壽福をもたらす存在として「かみ」が神格化され、祭祀の対象として意識されてくる。これに対して、祭祀の対象とならない、災厄をもたらす存在が「もの」であることが際立ってくる。さらに、邪悪なものも祭祀されると護り神に転換することはよく知られている。「もののけ」は「もの」の属性を引き継ぐものと見られる。また、「たま」や「たましひ」が明確な図像が希薄であるのに対して、「もののけ」は人の図像を担うものといえる。ただ、このような語彙史の問題は、本稿の守備範囲を越えるので、ここでは簡単な見通しだけを述べるにとどめ、詳細な考察は他日を期したい。

（35）ちなみに、柏木巻は定家自筆本の現存することから、次に該当箇所の本文を挙げる。ただ、だからといって直ちに定家本の傾向とか、大島本の傾向とかを云々しようとするものではない。

（1）おむやうしなともおほ」くは女のりやうとのみうらなひ申けれは」さることもやとおほせとさらにものゝ希のあら」はれいてくるもなきにおもほしわつらひて

（2）まことにみの物の遺あらはるへうねむし」給へなとこまやかにかたらひ給もいとあはれなり」かれきゝたまへなにのつみともおほしよらぬに」うらなひよりけむ女のりやうこそまことにさる」御しうの身にそひたるならは（『原装影印古典籍覆製叢刊　源氏物語　花ちるさと／かしは木』雄松堂書店、一九七九年）

（36）藤井貞和「六条御息所の物の怪」（秋山虔他編『講座　源氏物語の世界』第七集、有斐閣、一九八二年）。四一～二頁。

（37）同書、四五～五一頁。傍点は原文のママ。

（38）高橋亨氏は「女房のまなざしから登場人物の心中へと一体化し、さらにそこから連続的にぬけ出て、全知の視点にまで上昇しうる〈作者〉を、もののけに喩えてよいであろう」という（『源氏物語の対位法』東京大学出版会、一九八二年、二二六頁、傍点は原文のママ）。あるいは「もののけ〈物語の精霊―物語精神〉のような実録者が、〈語り〉の表現構造によって〈書く〉ことが成立した物語文学は、虚構の現実から現実の虚構へと鋭い問いを発する」のだという（同書、同頁）。

（39）橋本真理子「源氏物語における物の怪考―物語の方法―」（『源氏物語とその前後』桜楓社、一九八六年）。九一頁。

〔付記〕

本稿で引用した論考以外に、特に示唆を得たものを以下に挙げて、謝意を示すことにしたい。

・池田亀鑑「古典文芸の近代性―源氏における荒廃・怪奇・死の美を通して―」(『国語と国文学』一九四八年八月)。
・ベルナール・フランク「超自然的判決例集」(梅原成四訳)(『文学』一九五五年四月)。
・折口信夫「もの、け其他」『折口信夫全集』第一四巻(中央公論社、一九五五年)。
・藤原克己「もののけ・御霊」(『国文学　教材と解釈の研究』一九六〇年九月)。
・川崎昇「六条御息所の信仰的背景」(『國學院雜誌』一九六七年九月)。
・山田勝美「「もののけ」原義考」(『(上智大学)国文学論集』一九六八年三月)。
・岩瀬法雲「源氏物語と物の怪―作者の仏教理解―」(『源氏物語と仏教思想』笠間書院、一九七二年)。
・長谷川政春「もののけの主題をめぐって」(『解釈と鑑賞』一九七五年四月)。
・石津はるみ「源氏物語第二部前半の物の怪をめぐって」(『(明治大学)文芸研究』第四二号)。一九七九年。
・阿部俊子「「宿世」と「物のけ」」(『国文学　解釈と鑑賞』一九八〇年五月)。
・篠原昭二「もののけ」(『国文学　教材と解釈の研究』一九八三年一二月)。
・中島あや子「なにがしの院―夕顔巻―」(今井卓爾他編『源氏物語講座』第三巻、勉誠社、一九九二年五月)。
・萩谷朴『枕草子解環』第四巻(同朋舎出版、一九八三年)。
・浅尾広良「六条御息所と先帝―物の怪を視座とした源氏物語の構造―」(『中古文学』一九八五年五月)。
・増田繁夫『枕草子』(和泉書院、一九八七年)。
・桑原博史「『源氏物語』の物怪について―光源氏の精神作用として―」(『論集源氏物語とその前後2』新典

社、一九九一年)。
・浅尾広良「なにがしの院の物の怪攷―結婚の非在―」(『論集源氏物語とその前後4』新典社、一九九三年)。
・藤本勝義「源氏物語とものゝけ」(『国文学　教材と解釈の研究』一九九五年二月)。
・藤井貞和「憑入の文学」(『源氏物語入門』講談社学術文庫、一九九六年)。
・前田敦子「『紫式部集』絵をめぐる歌群と『源氏物語』夕顔の巻」(『国語国文学』第三七号、一九九七年三月)。
・森正人「見えないものを名指す霊鬼の説話」(後藤祥子他編『平安文学の想像力　論集平安文学』第五号、二〇〇〇年)。
・森正人「紫式部集の物の気表現」(『中古文学』二〇〇〇年六月)。
・浅尾広良「葵巻の物の怪攷―「名立つ」六条御息所―」(『大阪女子大国文』第三一号、二〇〇一年三月)。
・森正人「心の鬼の本義」(『文学』二〇〇一年七・八月)。
・森正人「心の鬼の本義(承前)」(『文学』二〇〇一年九・一〇月)。
・原岡文子「六条御息所考―「見る」ことを起点として―」(『源氏物語の人物と表現』翰林書房、二〇〇三年)。
・秋貞淑「生霊を生み出す表現世界―反乱する〈うわさ〉の世界―」(上原作和編『人物で読む源氏物語―六条御息所―』勉誠出版、二〇〇五年六月)。
・小嶋菜温子「六条院と物の怪」(『国文学　解釈と鑑賞』二〇〇六年五月)。
・増尾伸一郎「鬼神を見る者―『今昔物語集』の陰陽師関係説話考―」(服藤早苗他編『ケガレの文化史』森話社、二〇〇八年)。
・針本正行「『源氏物語』「物の気」顕現と「心の鬼」」(『國學院雑誌』二〇〇八年一〇月)。

・湯浅幸代「秋好中宮と仏教―前斎宮の罪と物の怪・六条御息所について―」（日向一雅編『源氏物語と仏教　仏典・故事・儀礼』青簡舎、二〇〇九年）。
・森正人「〈もののけ〉考―源氏物語読解に向けて―」（三田村雅子 河添房江編『源氏物語を今読み解く③　夢と物の怪の源氏物語』翰林書房、二〇一〇年一〇月）。
・土方洋一「『源氏物語』における〈物の怪コード〉の展開―六条院の物の怪・再論―」（同書、二〇一〇年一〇月）。
・増尾伸一郎「〈物怪〉と〈物気〉―東アジアの視点から―」（小峯和明編『東アジアの今昔物語集―翻訳・変成・予言―』勉誠出版、二〇一二年）。

〔付記〕

本稿は、古代文学研究会において研究発表（二〇一七年六月、於同志社大学）した草稿に基づいている。当日、さまざまな御意見を賜ったが、直ちに論の内容に反映させることができなかった。記して謝したい。また、研究発表当日、吉海直人氏から私稿として、物の怪関連の文献目録を賜ったが、それには二五二件の論考がみえる。併せて御好意に感謝申し上げたい。

なお、本稿において『紫式部集』について言及したことを機に、過去の小考に関して二点、諸賢から誤りを御指摘いただいたことを記し、訂正と謝意を表したい。

（1）『紫式部と和歌の世界　一冊で読む紫式部家集　訳注付』（武蔵野書院、二〇一一年）

本書の中の私の担当箇所、『紫式部集』の注釈の中で五二番歌「をりからを」の「注釈」の項目に、「おこ

せたまへり　実践本「おこせたまへりけるに」、「めぐる　実践本　めつる」とある条。

周知のように、この歌は実践本には見えないものである。これは、私が諸本の異同を整理するとき、宮内庁書陵部蔵の乙本、也足本を実践本と混同したために起った誤謬である。したがって、「実践本」とある箇所は「也足本」と訂正していただければ幸である。

ちなみに、この伝本は、竹内美千代氏『紫式部集評釈』（桜楓社、一九六九年）に対照表として翻刻、掲載されている。

（2）「陽明文庫本『紫式部集』解題」横井孝・久保田孝夫・廣田收編『紫式部集大成』（笠間書院、二〇〇八年）

本書の中の私の担当箇所、陽明文庫本『紫式部集』の「書誌」において、書写者を推定した条について、蔵中さやか氏は、陽明文庫蔵『栄雅百首』が、近衛信尹の側近進藤長治のものであることを解明され、同文庫蔵の『紫式部集』だけでなく、同文庫蔵の他の幾つかの私家集の筆跡が、この進藤長治のものであることを指摘しておられる（「陽明文庫蔵栄雅百首に関する考察」『国語国文』二〇一三年一一月）。私の指摘の粗忽さを恥じるばかりである。なお、表紙の題字と本文の筆跡との関係についての詳細は、蔵中氏の御論考を参照していただければ幸である。

第二節　『源氏物語』存在の根拠を問う和歌と人物の系譜

はじめに

若紫は光源氏によって北山から略奪され、二条院に迎えられる。光源氏が手習を若紫に教えるにあたって用意した「紫の紙」には、「武蔵野といへばかこたれぬ」という引歌が記されていた。周知のように、この古歌は『古今和歌六帖』巻五、九八二番歌に、

むらさき

知らねども**武蔵野といへばかこたれぬ**　よしやさこそは紫のゆゑ(1)

とあるものである。この和歌は、光源氏と読者に、なぜ若紫が引き取られてきたかを改めて確認させている。

さて、この紙には光源氏の和歌が書き添えられていた。

ねは見ねどあはれとぞ思ふ　武蔵野の露わけわぶる草のゆかりを

というものである。この和歌には、光源氏の目の前の少女に向かう思いが籠められているが、現行の巻序に従えば、冒頭から物語を読み進めてきた読者には、光源氏の叶えられない藤壺に対する思いを抱きながら、この少女に対するもどかしい心情が表現されている、と読める。

そこで、光源氏は「いで君も書いたまへ」と若紫に促した。光源氏の周りにいる慣れた女房ならば、切り返しの気の利いた技巧を凝らして和歌を返すであろう。しかしそれは幼い少女に期待できないとして、光源氏は返しの和歌をするよう促したとみえる。すると、若紫は、「書きそこなひつ」と隠しながらも、

かこつべき故を知らねばおぼつかな　いかなる草のゆかりなるらむ

と、いと若けれど、生ひ先見えてふくよかに書いたまへり。
（若紫巻、①二五八～九頁）(2)

と書いた歌を見せる。確かに、若紫は光源氏の詠んだ「草のゆかり」という言葉に注目して返している。だが、若紫はなぜ、こんな歌を歌うのだろうか。新編全集は、和歌「ねはみねど」に、

「根」（紫草の紫色の根）に「寝」をかけて、まだ共寝しない、の意とする。「露わけわぶる草」は、逢いたい、の意をこめて、紫草すなわち藤壺をさす。「根」「野」「露」「草」が縁語。注九の引歌（廣田注―『古今和歌六帖』の和歌「知らねども武蔵野といへばかこたれぬ…」）ともひびきあい、紫の上を藤壺の「ゆかり」として、その執着の強さを封じこめた表現。(3)

と注する。また、和歌「かこつべき」について、

前の古歌「武蔵野といへばかこたれぬ」を受けて、その「かこつ」理由が分からぬと切り返した歌。前歌では、恨み言を言う意の「かこつ」が、ここでは、関連づけて言う、の意として用いられていた。
（①二五八頁）

と注を加えている。ここには、和歌の技巧や修辞に関する指摘が尽くされていて、そのことについてはこれ以上加えるべき言葉は何もない。

ところで玉上評釈は、若紫の和歌について「わたしは何のゆかりのものなのか、気がかりだ、わからない。こ

れは、わからないはずである。この歌、返歌としては素直すぎるほど素直である」と評している。[4] 確かにこの和歌は「素直」ではあるが、毒を隠している。晩年の紫上を見通すような問いが隠されている。

　なぜなら、この和歌は若紫自身が意識しているか否かは別として、彼女の存在の根拠にかかわる問いを孕んでいるからである。

　この和歌は上句「かこつべき故を知らねば」が、若紫の置かれた立場にかかわる説明的な部分であり、和歌の主旨は下句にある。すなわち「いかなる草のゆかりなるらむ」とは、「私はいったい誰のゆかりなのか」、私は誰の身代わりなのか、という問いは、こと改めていうと、なぜ私はここにいるのか。光源氏あなたにとって私は何なのか、という詰問《きつもん》を隠している。これは、読者からすると紫君の抱えて当然と予想される問いでもある。

　ただ、光源氏に向かって問い詰めるには、この段階では若紫は幼すぎる。この問いが登場人物の人生の重みをもって問うには、若紫はまだ幼すぎたといわなければならない。自分の置かれてある状況を、しかと捉えるなどということは、この少女が、若菜巻を経験し、身も心も疲れきった御法巻を迎えるまで待たなければならない。

　繰り返すまでもなく、この場合、若紫の問いは、贈答歌の中に置かれている。

　和歌という儀礼的なしわざからいえば、この問いを問う若紫の和歌に、光源氏は再び和歌でもって答えることもできたはずである。だが、何事もなかったかのようにこの和歌に対する光源氏の反応はなく放置されて、この場では、両者の間における葛藤が語られることはない。この段階でそのような緊張を回避し抑制したのは、物語の進行状況のゆえであるというより他はない。

　私が若紫のこの問いにこだわるのは、それが「ゆかり」とは何かという、この物語の本質に触れる問いだからである。ただこの問いに直接答えることができたのは、物語を読み進めてゆくと、晩年の紫上を媒介として、光源氏の生涯を引き継ぐ次世代の人物の登場を待ち、長い時を隔てて宇治十帖の人物たちにおいて物語自身が答えを示してゆこうとしているとみるからである。

一　「私は誰なのか」――薫の和歌「おぼつかな」の解釈――

すでに触れたことであるが、紫上の背負った課題を受け継いで登場するのが宇治大君である。紫上と宇治大君とは、血の系図におけるつながりではなくて、益田勝実氏の言葉を借りれば、「生き方」を承け継ぐ系譜と捉えてよいからである。(5)

そう考えると、『源氏物語』には、「自らの存在について問う人たち」という系譜のあることに気づかされる。そのような問いを問うことができたのは、私はひそかに紫式部その人の人生における重い問いかけが籠められていると考える。いうならば「私は誰なのか」という問いは、具体的に誰かによって答えられることのない、どこまでも「答えのない問い」である。若くして母や姉といった近親者を、また結婚して間もなく夫を喪った、深い心の傷を受けた紫式部特有の悲哀から発する苦悩を示すものである。

そのような論の展開の行く方は今措くとして、宇治に登場する人物の中で、若紫の問いを引き継ぐのは、まず何よりも薫と宇治大君である。一方、薫は大君の主張を黙って聞いてくれる、いわば「聞き役」である。あるいは、大君の存在と思想を際立たせてくれる「引き立て役」だといえる。

周知のように、匂宮巻、紅梅巻、竹河巻の三帖については、その成立が紫式部その人の作になるものかどうか、という問題は、今なお論考として提出されることがある。私は、成立過程や作者が異なるのではないかという疑念の当否については留保して、『源氏物語』の現在形を所与のものとして受け入れるしかないと考える立場から、以下、自分の考えを述べたい。

すなわち、物語が光源氏の一生を語り終えた後に、（なぜ、後の物語が必要であったかという議論も今は措こう）新たな物語が切り開かれてくるには、設定の仕切り直しが必要があることはまちがいない。現行の巻序に従うならば、「新しい物語」は、ひとり橋姫巻だけでなく、すでに竹河三帖から用意されているとみたい。

なぜならこの物語の中では、大君の相手のできる男は、薫くらいしかいなかった。いや、唯一、大君の苦悩を受け止める可能性のある男として薫が用意された、というべきである。

なぜかというと、薫の造型において、次の和歌が決定的な意味をもつからである。匂宮巻が、橋姫巻の成立以降か以前かは措くとして、橋姫巻以降の薫の設定にとって、次の和歌は実に重い。

匂宮巻において、「二品のわか君」薫は、「冷泉院の帝」に「わざとがましき御あつかひ草」と評されるまでに寵愛されていた。一方、母女三宮は「御行ひ」を続け「尊き御いとなみ」をしている。薫は、

幼心地にほの聞きたまひしことの、をりをりいぶかしうおぼつかなう思ひわたれど、問ふべき人もなし。宮には、事のけしきにても知りけりと思されん、かたはらいたき筋なれば、世とともの心にかけて、「いかなりけることにかは。何の契りにて、かう安からぬ思ひそひたる身にしもなり出でけん。善巧《ぜんげう》太子のわが身に問ひけん悟りをも得てしがな」とぞ独りごたれたまひける。

おぼつかな　誰に問はまし　いかにしてはじめもはても知らぬわが身ぞ

答ふべき人もなし。

事にふれて、わが身につつがある心地するも、ただならずもの嘆かしくのみ思ひめぐらしつつ、宮もかく盛りの御容貌をやつしたまひて、何ばかりの御道心にてか、おもむき給ひけん、かく、思はずなりけることの乱れに、かならずうしと思しなるふしありけん、人もまさに漏り出でじやは。なほ、つつむべき事の聞こえにより、我には気色を知らする人のなきなめり、と思ふ。（匂宮巻、⑤二三～四頁）

と隠していたという。

この箇所は、和歌を導く直前の故事について、古注以来必ずといってよいほど注目されてきたところである。また本文そのものが、青表紙本は「善巧太子」、河内本は「瞿夷《くい》太子」の故事を引くというふうに、固有名詞に大きな異同のあることもすでに指摘されてきたところである。

1　「ぜんげうたいし」善巧太子も、羅睺羅《らごら》のことだ、という、が、明らかでない。／よみ続けてこの歌に至ると、自分の出生の秘密を知りたく思っているの意ととれる。が、この歌だけを見ると、人間というものはどこから来てどこへ行くのか分からない。という仏教的思惟を三十一文字に読んだだけだともいえる。（略）仏教的思惟だけなら、答える僧もいるはずである。しかし、一般論でなく、一人の問題だから、「いらふべき人もなし」なのだ（『源氏物語評釈』(7)）。

2　古注以来、河内本の「瞿夷太子」の本文によって羅睺羅のことと解するのが通行の説になっているが、なお不審である（『新大系』(8)）。

3　物語本文の太子が「わが身に問ひけん」箇所は、右の経典の末尾に、羅睺羅が、母の耶輸陀羅から父親が誰かを知らされずに、父の釈尊の足元に立ち、頭を撫でてもらったという箇所をさすかとも考えられるが、なお不安は残るか（『新編全集』(9)）

この異同については、いずれの注釈も、いずれの表現を採るべきか、判断を留保している。ただ、この中で『評釈』の指摘はなかなか鋭い。

すなわち「私は誰か」という問いは、まさに宗教的な問いである。そもそもこの和歌は具体的な詠歌の場を持っていない。答える者がそこに誰もいないというよりも、この問いが薫固有のものであることにおいて、独詠歌として置かれる以外にはないのである。独詠歌といえばそうなのだが、これは分類の次元の問題ではなく、登場人物自身によって、自らの存在根拠を問うた問いであることをいわなければならない。この問いに答えることのできる者がいない、ということにおいて薫は孤独である。その相手として大君は用意されていない。人物の次元でいえば、薫が宇治に赴いて出会う存在が大君と弁御許《おもと》とに分割して設定されているところに、物語の行く方に新たな展開が望めないことはすでに明らかであろう。

そう考えれば、故事に関するかねてよりの議論は、あまり意味をなさなくなってくる。

すなわち、この問題は青表紙本の「善巧太子」か、河内本の「瞿夷太子」か、という本文の是非と絡んで議論されてきたといえるが、故事の内容からいずれが妥当かを判断することもできるにはできるであろう。とはいうものの、古注以来、近代注釈までを辿ってみても、あれかこれかというふうな考え方にこだわるかぎり、この問題は決着がつきそうにない[10]。それぞれの本文が、それぞれの固有名詞を必然的なものとして選んだとみるより他はない。

いずれの故事によるとしても、また竹河三帖の本文に疑義があるとしても、現行本文において、本質的な問題は、薫の人物造型に、このような問いが与えられていることの意味は重いということである。

二　「私は誰なのか」という問いと「あれが私だ」という答えと

このような問いは、『源氏物語』の和歌だけでなく、『紫式部日記』や『紫式部集』の和歌にも認められる。それが紫式部の詠歌の特質でもある。もしかすると、紫式部が抱え続けた問いなのかもしれない。

例えば、『紫式部日記』において敦成親王誕生後、土御門殿においては天皇の行幸を待つ条。「行幸ちかくなりぬとて、殿のうちをいよいよつくろひみがかせ給ふ」とき、朝霧の中にかいま見えた、繕い立て整えられている庭は「げに老もしぞきぬべき心地」するほどの素晴らしさであったという。ここから、日記の中の紫式部の心の中の延々と続く、思考の反芻が記される。

なぞや、まして、思ふことの少しもなのめなる身ならましかば、すきずきしくももてなし若やぎて、常なき世をもすぐしてまし、めでたきこと、おもしろきことを見聞くにつけても、ただ思ひかけたりし心のひくかたのみ強くて、ものうく、思はずに、なげかしきことのみまさるぞ、いと苦しき。いかで、いまはなほもの忘れしなむ、思ふかひもなし、罪も深かなりなど、明けたてばうちながめて、水鳥どもの思ふことなげに遊びあへるを見る。

水鳥を水のうへとやよそに見む　われも浮きたる世をすぐしつつ

かれも、さこそ心をやりて遊ぶと見ゆれど、身はいとくるしかなりと、思ひよそへらる。(11)

ここには、堂々巡りの苦しみが見てとれる。

自分には悩みがある、もしもこんな拙い身のほどでなかったら、もっと華やかな生き方ができたはずなのに、中宮の御前の華やかさを見るにつけても、いっそう「思ひかけたりし心」が強く(12)、思わず知らず嘆くことばかりがまさるのだ。いっそすべてを忘れてしまおう、悩んだところで何のかいもない、罪も深いにちがいない、夜通し悩み続けるけれども、夜が明ければ明けたで、何をするともなくぼんやりとするばかりだ。

それに比べれば、あの水鳥は何の悩みもないように見える。うらやましい。いや、もしかすると、水鳥も他人の身の上ではないのかもしれない。私だって、水鳥と同じように「浮きたる世」を過ごしているのだから、と。

秋山虔氏は、『紫式部日記』のこの条について、紫式部の「精神の軌跡」を丹念にたどり直し、「ここに、わが深刻な内面性を対象化することによって自己をそこから脱出させるための媒材として、池の面にあそぶ水鳥が歌に射止められるという段取り」を見てとる。そのとき「水鳥はもはや素朴実在的な、そして作者の眼がそこに吸着するに終わる」ものではなく、「ひとつのイメージとして定着している」という。(13) すなわち、

ある対象なりある環境なりに触発されることによって積極的にそれに取りついてゆき、そのことがほかならぬ自律的に展開する文章表現の場の組成に切りかえられ、そこに現実世界から疎外された自己の内面世界の姿をあかしたててゆくという精神活動が読みとれるということである。(14)

といわれる。

全く指摘のとおりであるが、挙げ足取りになることを恐れつつ言えば、「池の面にあそぶ水鳥が歌に射止められる」のは、「内面性を対象化することによって自己をそこから脱出させるための媒材として」というふうに、水鳥という景物《けいぶつ》の発見を、原因と目的とでもって整理してよいだろうか。むしろ、水鳥を「媒材」とすることで和歌に「内面性を対象化」できたということであろう。この難解な文体を論理で追いかけて行こうとすると、論理では押さえられないことを確認することに帰着してしまう。「水鳥、あれが私だ」と、水鳥に目を留め景物とすることで詠じられる和歌が混沌とした苦悩を明確な形で捉え直すというふうにみてよいだろう。

この「水鳥」については、萩谷朴氏が『拾遺和歌集』巻第四、二二七番、題知らず、読み人しらずの和歌「水鳥の下安からぬ思ひにはあたりの水もこほらざりけり(15)」を引いて、「水鳥の姿は、表《うわ》べとは違った内心の悩み・あせり・苦しみなどを譬喩するのによく用いられる素材」だという(16)。水鳥は何の悩みもなく遊んでいるように見える。しかしそう見えて、水鳥の身は苦しいに違いないと人ごとではなく水鳥にわが身が「思ひよそへらる」のである。

この和歌「水鳥を」は、倒置法をとっているから、上句が主旨を表している。つまり、「あの水鳥は私だ」と歌う。風景の中に、自己を投影し同一化できる対象を発見するのである。

すなわち、紫式部が風景の中に水鳥を発見したというよりも、内面の苦悩を抱える紫式部が、自分と同じものを水鳥に投影して、同じだと言挙《ことあ》げしたことである。この水鳥の表象が、『拾遺和歌集』の事例を襲うというよりも、水に浮かぶものとして、次のような「舟」の表象と同じものと見てよいであろう。

すでに私は、橋姫巻において薫が柴舟に自分をみたことに注目し続けてきた。

宿直人がしつらひたる西面におはしてながめたまふ。「網代は人騒がしげなり。されど氷魚も寄らぬにやあらん、すさましげなるけしきなり」と、御供の人々見知りて言ふ。**あやしき舟どもに柴刈り積み、おのおの何となき世の営みどもに行きかふさまどもの、はかなき水の上に浮かびたる、誰も思へば同じごとなる世の常なさなり。我は浮かばず、玉のうてなに静けき身と思ふべきかはと思ひ続けらる。**硯召して、あなたに聞こえたまふ。

「橋姫の心を汲みて高瀬さす棹のしづくに袖ぞ濡れぬる　（薫）

ながめたまふらんかし」とて、宿直人に持たせたまへり。寒げにいららぎたる顔して持てまゐる。御返り、

紙の香などおぼろげならむは恥づかしげなるを、ときをこそかかるをりはとて、

「さしかへる宇治の川長《かわをさ》朝夕のしづくや袖をくたしはつらん　（大君）

身さへ浮きて」と、いとをかしげに書きたまへり。

（橋姫巻、⑤一四九〜五〇頁）

ここで薫は、「あの危うい舟が私だ」と思う。私は、薫が「自らの拠り所のないことを嘆く薫の、内面を表現する光景であることにおいて、これはひとつの風景と呼んでよい」と述べたことがある(17)

玉上評釈は「水に浮かぶ柴舟の心細さを、今の身の不確かな身の上そのものとして、まざまざと実感する薫」だと認めながら、その「薫は柴舟を見て、「はかなき水の上に浮かびたる、誰も、思へば同じごとなる世の常なさなり」と思い、「棹のしづくに」と詠んだという(18)。（傍点・廣田）

そうではない。薫は、自らの心象をそのまま和歌に詠むこともないし、大君に詠み伝えることもない。薫の思いと、大君への贈歌とは別のものとして描かれている。そのように設定されているのである。薫の心象と、大君への働きかけとは、直接つながってはいない。

薫の贈歌は、橋姫であるあなたの気持ちを汲んで、私は舟の棹の雫《しずく》に涙している、というものである。薫は大君を橋姫になぞらえている。薫の和歌には薫の苦悩はどこにも表現されていない。したがって、薫の内面を知らない大君は、自分を「河長」と喩えて返すことになっている。だから、ここには、薫の心象と詠歌との間に断絶がある。このようにして、薫の孤独が造型されるのである。

さらにいえば、この表象としての柴舟が、ひとりの登場人物の女性として立ち上がり造型されるのが、浮舟である。逆に言えば、宇治川に浮かぶ舟は、宇治十帖の物語全体を根本的に支えているのである。

三　「舟」の表象――「私は舟である」――

このように見てくると、ただちに想起される和歌が『紫式部集』第二二番歌である。古本系の陽明文庫本によると、

ゆふだちしぬべしとて、空のくもりてひらめくに

かきくもり夕立波のあらければ　**うきたる舟ぞしづ心なき**(19)

とある。この和歌は、紫式部の越前行の旅詠ではあるが、私個人の考えでは、復路の彼女は都へ帰る安心感、結婚相手として宣孝が都で待っているという説もあるほど、期待感に満たされていると見るので、ここで命を落とすのか、これからどうなるのか予想もつかない往路のものである方がふさわしいと考える。ただ、今その検討の詳細は措こう。

忘れ難いことは、高橋亨氏が、この和歌に「〈女〉の存在感覚」をみてとっていることである。(20)家集の詞書に、夕立ちしそうだと誰かが声を上げた、たちまち空が曇り雷が閃く。ところが和歌は、急に曇り空となり琵琶湖の波が荒々しいので、自分の乗っている舟はおだやかではない。それは私の心と同じだ、と。風景を詠むことが、自らの乗る舟の危うさと心の不安を導くことになっている。舟の不安定さに、自らの身や心のありようを重ねている。

もちろん旅の不安の中で詠まれたものであるから、若き日の紫式部にとって、今この瞬間の不安で不安定な感覚を詠んだとみることは間違いではない。ただ、見ている風景の中の舟ではなく、私自身が舟だというのは、個別の風景ではなく、紫式部の描く心象風景の、さらに深層をなすものとみる方がよいかもしれない。

四 「私は誰なのか」から「私はどこへ行くのか」へ——紫上から浮舟へ——

私はかつて、光源氏において藤壺から紫上へと「ゆかり」の交替が認められるのに対して、柏木と女三宮・女二宮の関係を媒介として、薫と浮舟の間には他者の発見があるまでに至っていることを論じたことがある。そのとき、紫上の最期の場面に注目し、

風すごく吹き出でたる夕暮に、前栽見たまふとて、脇息《けふそく》によりゐたまへるを、院渡りて見たてまつりたまひて「今日は、いとよく起きゐたまふめるは。この御前にては、こよなく御心もはればれしげなめりかし」と聞こえたまふ。かばかりの隙あるをもいとうれしと思ひきこえたまへる御気色を見たまふも心苦しく、つひにいかに思し騒がんと思ふに、あはれなれば、

おくと見るほどぞともなきともすれば風にみだるる萩のうは露　（紫上）

げにぞ、折れかへりとまるべうもあらぬ、よそへられたるをりさへ忍びがたきを、見出したまひても、

ややもせば消えをあらそふ露の世におくれ先だつほど経ずもがな　（光源氏）

とて、御涙を払ひあへたまはず。宮、

秋風にしばしもとまらぬつゆの世をたれか草葉のうへとのみ見ん　（明石中宮）

と聞こえかはしたまふ御容貌どもあらまほしく、見るかひあるにつけても、かくて千年を過ぐすわざもがなと思さるれど、心にかなはぬことなれば、かけとどめん方なきぞ悲しかりける。（④・五〇四～五頁）

ここに三首置かれた和歌は、従来の一般的な分類によれば、唱和歌ということになろう。だが、三者の間にはいささかすれ違いがある。すなわち、光源氏は「おくれ先だつほど経ずもがな」と詠む。要するに、私を置いて先に死ぬ

な、私を置いて死なないでくれ、と光源氏は紫上にすがっている。

ここで連想されるのが、桐壺更衣の辞世歌を導いた帝の言葉である（桐壺巻）。また、先立つ大君にすがる薫の姿が描かれており（総角巻）、「先立つ女性と、女性にすがる男」という構図が繰り返される。この反復には様々な意味があると考えられるが、この問題については別に論じよう。

一方、明石中宮の和歌「秋風に」は、紫上と光源氏との贈答に対して、この世は無常であると一般化することで、二人を眼下に置き、個別紫上の他界の問題を超えてしまう。

このように、最期に臨んでも理解者のいない紫上の状況は明らかである。紫上の孤独に「投げ出された自己の発見」があると述べ、これは自我の目覚めといった近代的なものではなく「古代人の恐怖」があると述べたことがある。すなわち、

「萩の上露」という生命の脆うさを象徴する歌語よりもまして、この場合脆《あや》うさという点では、「風に乱る」「とまるべうもあらぬ」露の状態が重要ではなかろうか。さらに言えば、そういう状態に「よそへられたる」危機的な状態そのものの恐怖である。往生はどこにも約束されていない。彼女は自分が、つまり萩の枝葉の先から落ちてどうなるのか、どこに行こうとしているのか分からないという恐怖の中にいるのである。(21)

といいうる。

実は、御法巻のこの場面に先立ち、紫上は「まづ我独り行く方知らずなりなむを思しつづくる」（④・四九九頁）さまであったことが記されている。私はかつて、この「行く方知らず」「行く方知られず」という類句表現を検討することで、「仏教による救いを求めつつ、なお仏教によって完全に救われる保証を持たぬという裂け目に、紫上は立ちすくんでいる」のであり、やがて「薫が大君に本質的に関わり合うことのない他者であった」と

ころに至ることを述べたことがある（同、三九頁）。

この「行く方知らず」「行く方知られず」の類句表現は、紫上の自己認識であるとともに、浮舟を徴し付けるキィワードである[22]ことは重要である。つまり、紫上から、薫・大君・浮舟へと、自己の存在根拠を問う問いを抱える人物に系譜があることを見通すことが確かめられるのではないだろうか。

五　宇治大君の和歌と表象――「私は水鳥である」――

宇治大君は自らの存在根拠について和歌に詠むことがない。

むしろ宇治大君は薫に対して「宿世」は「目に見えないから信じられない」と言い放っている（総角巻）。大君は「宿世」というものに対して「疑念」を抱いている、と薫に表明する。こんなに饒舌な姫君は、これまでの物語には登場しなかった。饒舌さを付与された姫君は、『源氏物語』でも、宇治大君くらいであろう[23]。私は、宿世に対する疑いをもつところに、大君の根幹があると考える。

一方、和歌という視点からみると、大君が自らを水鳥と譬えるのは、次の場面である。

宇治に隠棲した八宮は、「春のうららかな日影に、池の水鳥ども」が囀《さえず》っている。八宮は、「常ははかなきこと」とみているように、今は「つがひ離れぬるをうらやましくながめ」ている。八宮が大君・中君と和歌を唱和する場面である。これは、単なる春の季節詠ではない。この唱和は、亡き妻を偲《しの》びつつ、遺された娘たちの不憫さを思うという、緩やかな場をもつ。

うち棄ててつがひさりにし水鳥のかりのこの世にたちおくれけん

心づくしなりや」と目おし拭ひたまふ。

と詠んだのに対して、大君は、

姫君、御硯をやをら引き寄せて、手習のやうに書きまぜたまふを、（八宮）「これに書きたまへ。硯には書きつけざなり」とて紙奉りたまへば、恥らひて書きたまふ。

いかでかく巣立ちけるぞと思ふにも**うき水鳥のちぎりをぞ知る**（大君）

よからねど、そのをりはいとあはれなりけり。（八宮）「若宮も書きたまへ」とあれば、いますこし御幼げに、久しく書き出でたまへり。

泣く泣くもはねうち着する君なくはわれぞ巣守りになるべかりける（中君）

よからねど、そのをりはいとあはれなりけり。生ひ先見えて、まだよくもつづけたまはぬほどなり。

（橋姫巻、⑤一二二〜三頁）

と詠んでいる。父八宮と二人の姫君の状況は、水鳥の親子に譬《たと》えられて詠まれている。この唱和歌が置かれるためには、物語の構成からいうと、春、まず何よりも、池に水鳥が浮かんでいなければならない。結局、この場面の中心にあるのは、景物としての水鳥である。

そのような「嘱目《しょくもく》の景物」(24)である水鳥が、和歌に詠まれる。この唱和の場面では、大君は父八宮の和歌が、母の逝去によって二人の子どもが「この世にたちおくれ」たことを詠むことになる。新編全集は、「水面に浮上する水鳥の姿に、わが運命の悲しみをかたどった歌」という（⑤一二三頁）。

若紫巻の若紫の和歌と同様、この段階では、まだ大君は幼いゆえに、和歌に深い内面を託すことはできない、と語り手は抑制している。姫君が幼いこととともに、この唱和は、亡き母を追悼する心情を共有することが目的であるから、大君ひとりだけが逸脱した内容を詠むことは許されない、という抑制も働いている。

別の条、大君が、自らを鳴く鹿に譬える和歌もある。

八宮の御忌も果て、匂宮は「時雨がちなる夕つ方」姫君たちに手紙を書いた。

「牡鹿鳴く秋の山里いかならむ小萩がつゆのかかる夕暮

ただ今の空のけしきを、思し知らぬ顔ならむも、あまり心づきなくこそあるべけれ。枯れゆく野辺もわきてながめらるるころになむ」などあり。

大君は中君を促して返事を書かせようとしたが、中君は「泣きしをれて」いるばかりだった。しかたなく、代りに大君は、

涙のみ霧りふたがれる山里はまだきにしかぞもろ声になく

と「黒き紙に、夜の墨つぎもたどたどしければ、ひきつくろふところもなく、筆にまかせて、押し包みて」使いの者に差し出した（椎本巻、⑤一九三〜四頁）。「もろ声」に泣くというのは、中君も私大君も二人ともに泣いていることをいう。

この場合は、贈答である。匂宮から中君に贈られてきた和歌に大君が代作することになったものであり、弔問を目的とした匂宮の詠に対して謝意を表し、私たちは悲しみにくれているという、贈答の形式に添った詠みかたをしなければならない。いうならば、ここでは鹿の譬えには、主題的な重みをもたされることがない。

六　「私はどこへ行くのか」——浮舟の自己認識——

浮舟においても、自己の存在根拠を問う和歌はない。しかし、舟が彼女の運命を表象する事例はある。

例えば、浮舟と匂宮は、普段から「いとはかなげなるものと、明け暮れ見出す小さき舟」に乗り、橘の小島に渡る。匂宮は言う。

「かれ見たまへ。いとはかなけれども、千年も経べき緑の深さを」とのたまひて、

年経ともかはらぬものか橘の小嶋のさきに契る心は

女も、めづらしからむ道のやうにおぼえて、

橘の小嶋の色はかはらじを**このうき舟ぞゆくへ知られぬ**

をりから、人のさまに、をかしくのみ、何ごとも思しなす。（浮舟巻、⑥一五〇〜一頁）

玉上評釈は、浮舟の和歌「橘の」を「今日はじめて、その小舟に乗る。宮に抱かれて」と注しつつ「橘の小島の色は変わりますまいけれど、この水の上にただよう舟の私はどこへ行きますことやら」と訳出している。(25)

確かにそれはそのとおりであるが、浮舟という女性が舟に乗っているというのは、この場面の文脈だけにとどまらない。匂宮が、私の気持ちは変わらないと訴えたのに対して、浮舟は匂宮の心の移ろいやすさを疑うというふうに詠まず、自分がどこへ行くか分からないと答えていて、贈答としてはずれがある。この「ゆくへ知られぬ」は、紫上の自己認識に用いられた定型句であるが、この場面では、目前の体験的な感想だけでなく、彼女のこれからの後半生をも暗示するという二重性をもっている。

「ゆくへ知られぬ」が、女性の運命を表象する定型句であることを確認するために、もう一箇所挙げておこう。出家を果たした浮舟に、事情を知らない中将が懸想する条、浮舟は繰り返し「手習」に和歌を書きつけた。折しも中将から御文があった。

「聞こえん方なきは、

岸とほく漕ぎはなるらむあま舟にのりおくれじといそがるるかな」（中将）

例ならず（浮舟は）取りて見たまふ。もののあはれなるをりに、今は、と思ふもあはれなるものから、いかが思さるらん、いとはかなきものの端に、

心こそうき世の岸をはなるれど**行く方も知らぬあまのうき木を**　**（浮舟）**

と、例の、手習にしたまへるを包みて奉る。（浮舟巻、⑥三四一～二頁）

穿《うが》っていえば、行動することを本性として与えられた浮舟には、自らの存在根拠を問うような和歌が与えられなかったのかもしれない。心はすでにこの世の岸を離れ（浄土へ漕ぎ出そうとしているが）私の行く方は分からない。これは救いとしての彼岸に到りうるかどうか分からない。

そうなのだ。浮舟の和歌の「行く方知らず」は、中宇にさすらう恐怖を歌った紫上の和歌「おくと見る」と響き合っているのである。つまり、浮舟は紫上・大君と続く系譜に連なる存在なのである。

まとめにかえて

このように、自らの存在の根拠を、和歌でもって自らに問う登場人物こそ、『源氏物語』の全体を背負う重要な人物たちの系譜をなしている。これはつまり「主人公」という読み方とは異なる。

若紫が光源氏に投げつけた問いは、女は男にとってどんな存在理由があるのか、女の存在根拠は何か、という問いを隠していた。ところが、御法巻の紫上は、もはや光源氏にとって云々などというところに存在根拠を問おうとはしていない。むしろ自己の死後の行く方を問うところに紫上の問いがある。

現行の巻序に従えば、このような紫上の自問を受けて、薫の問いがあることになる。

いうならば薫の問いは自ら問うて自ら答えのないこと、答えのない問いを問うものである。実はここに来たるべき物語の「始まり」があるはずである。もはや「誰かにとって」自分の存在根拠を問うなどというものではないことが明らかになっている。宇治十帖の物語は、恋物語などではありえない。

　薫と大君との関係について言えば、いや、これはこの時代にあっては無理なことだったのかもしれないが、もし薫が出生の秘密を大君に洩らすことができれば、恋人であるというよりも、無二の友人になったはずだ、と私は想像する。そうなってもよい可能性はあったはずなのに、作者は、お互いの胸の中を語り合うような場面を用意しなかった。できなかったのか、したくなかったのか、あるいは、それがこの物語の時代的な限界なのかどうかは分からない。大君は、自らの存在根拠に対する疑いよりは、仏教の説く「宿世」という論理では説明がつかないと薫に言い放つ。因果応報の思想を説く仏教に対する不信、これはこの時代にあって、全く想像もつかない疑問である。

　ところが、次の浮舟は、あの『往生要集』を書いた、時代の最先端の仏教指導者源信をモデルとする横川僧都もまた、根本的に浮舟を救済することはできないことを明らかにしている[26]。

　浮舟もまた滅後をにらんで自らの行く方を問う。ここには薫との間では、救いがたいすれ違いがある。薫の問いは、自ら問うて自ら答えのないことを確かめるものであったからである。いや、善知識たりうる可能性はなきにしもあらずだが、薫は大君に対してそうしたように、まして浮舟に対して、自らの問いを浮舟に示してみせることなどはありえない。

　このような問題は、『紫式部集』や『紫式部日記』に「優れた和歌がない」などという批評とは違うものである。若紫から薫へ、そして紫上から宇治大君を経て、浮舟へと続く系譜には、男にとって私は何者なのかという問いから、誰かにとってではなく、他ならぬ私はどこへ行くのかという問いの転換があり、これこそ『源氏物語』の全体を支える原理的な問いだったのではないだろうか。(27)

注

(1) 宮内庁書陵部編『図書寮叢刊　古今和歌六帖』上巻、本文編(養徳社、一九六七年)。二六五〜六頁。
(2) 阿部秋生他校注・訳『新編日本古典文学全集　源氏物語』①若紫巻(小学館、一九九四年)。二五八〜九頁。以下、引用する本文はこれに拠る。
(3) 同書、二五八頁。
(4) 玉上琢彌『源氏物語評釈』第二巻(角川書店、一九六五年)。一五五頁。
(5) 益田勝実『火山列島の思想』(筑摩書房、一九六八年)。なお、紫上の最晩年の思惟を引き受けて大君の造型は始まっていることを述べたことがある(廣田收「文学史としての源氏物語」『文学史としての源氏物語』武蔵野書院、二〇一四年)。
(6) この箇所をめぐっては、高木宗監氏に詳細な考察がある(「第四二帖匂宮「瞿夷太子」(善巧太子)の解明」『源氏物語と仏教』桜楓社、一九九一年)が、最近では河野貴美子氏の紹介が簡潔で分かりやすい(「「善巧太子」あるいは「瞿夷太子」」『源氏物語の鑑賞と基礎知識　匂宮巻』学燈社、二〇〇四年)。ただ、いずれの本文を採るかの判断は留保されている。
(7) 玉上琢彌『源氏物語評釈』第一四巻(角川書店、一九六七年)。二一八頁。

（8）柳井滋他校注『新日本古典文学大系　源氏物語』第四巻（岩波書店、一九九六年）。二一六頁。

（9）阿部秋生他校注・訳『新編日本古典文学全集　源氏物語』第五巻（小学館、一九九七年）。五一三頁。詳細な補注がある。

（10）古注では、本文系統の違いから、「瞿夷太子」については『河海抄』『原中最秘抄』『花鳥余情』など、「善巧太子」については『細流抄』『山下水』『孟津抄』『岷江入楚』などが、それぞれ注を加えている。

（11）池田亀鑑・秋山虔編『紫式部日記』（岩波文庫、一九六四年）。三〇頁。

（12）「思ひかけたりし心」については、すでに石川徹氏が、出家の望みとされてきた通説に対して、「現実の俗世界での人間的な欲望」だとする（「紫式部日記管見―「思ひかけたりし心」をめぐって―」『源氏物語とその周辺―古代文学論叢　第二輯―』武蔵野書院、一九七一年）。

（13）「紫式部の志向と文体（二）」『源氏物語の世界』（東京大学出版会、一九六四年）。三一四～五頁。初出、一九六〇年。傍点・廣田。

（14）同書、三一五頁。

（15）小町谷照彦校注『新日本古典文学大系　拾遺和歌集』（岩波書店、一九六四年）。六五頁。新大系の注には「水鳥のせわしない動作を、思慕の情の表現とみたもの」という。ただ、この和歌は『拾遺和歌集』の「冬」の部立に納められているから、季節詠とすれば、直ちに『紫式部日記』の和歌「水鳥を」における「水鳥」の用法と同じだというのは早計であろう。

（16）萩谷朴『紫式部日記全注釈』上巻（角川書店、一九六九年）。三六二頁。

（17）廣田收「結章」（『文学史としての源氏物語』武蔵野書院、二〇一四年）。二八〇頁。

(18) 玉上琢彌『源氏物語評釈』第一〇巻（角川書店、一九六七年）。一一四～六頁。

(19)『紫式部集』の本文は、「陽明文庫本『紫式部集』解題」（横井孝 久保田孝夫 廣田收編『紫式部集大成』笠間書院、二〇〇八年）の翻刻による。

(20) 高橋亨「存在感覚の思想」『源氏物語の対位法』（東京大学出版会、一九八二年、二一六頁。）。ちなみに私は、言われるところの「存在感覚」は紫式部にとってもっと根源的なものであろうと考え、『紫式部集』第二二番歌の伝える、感覚的な意識・無意識を、この物語の深層に置いてみたいと考えるものである。

(21) 廣田收「『源氏物語』における「ゆかり」から他者の発見へ」（『『源氏物語』系譜と構造』笠間書院、二〇〇七年）。三六～八頁。初出、一九七七年。

(22)(17) に同じ、三〇七頁。そこで私は「この「ゆくへも知らず」という表現は、須磨に赴く光源氏は、亡くなるときの紫上と、入水する浮舟というふうに繰り返し出てくる」と論じている。

(23)(17) に同じ。繰り返される類句表現の意味するところについては、なお検討を要するであろう。

(24) 土橋寛氏は、「儀礼的な歌の場は、儀礼の目的を歌うもの」であり「儀礼の目的を達成することにある」という。そのとき「儀礼の場にある景物をほめる」ことになるので「環境に即した景物」を「即境的景物」と呼ぶと定義される（『古代歌謡論』三一書房、一九六〇年、四〇頁）。また、この「即境的景物の範囲がやや広げられた」ものが「嘱目の景物」であるという（同書、四四頁）。さらに古代歌謡では、単なる「嘱目の景物」だけではなく「場所＋景物という一定の形式」にしたがって「即境的景物」を提示するという（同書、三六八頁）。つまり、和歌の問題といえば、詠歌の場に見える景物を取り上げるときに、採られる景物を「嘱目の景物」と呼ぶと理解することができる。

（25）玉上琢彌『源氏物語評釈』第一二巻（角川書店、一九六八年）。一〇八頁。

（26）（17）に同じ、三二六頁。

（27）『紫式部集』五五番歌・五六番歌にみえる「身」と「心」の相克は、宇治十帖全体を支える原理であることを論じたことがある（廣田收「『紫式部集』「数ならぬ心」考」『紫式部集』歌の場と表現』笠間書院、二〇一二年）。

結章　『源氏物語』「物語」考

はじめに

随分と前から、何度も読み返した論考であるが、今もって忘れ難いもののひとつに藤井貞和氏の「物語のために―わが物語学序説―」がある。これは、その後展開されて行く藤井氏の王権論や神話学、文化人類学、民俗学などを踏まえた文学史的な知見と仮説とが、この時点ではあたかも坩堝《るつぼ》のように渦巻いていたといえる。藤井氏による新たな学の始まりを予感させる熱を帯びていたことが思い出される。その書の一節に、『源氏物語』の本文、

この君、五十日のほどになりたまひて、いと白ううつくしう、程よりはおよずけて、**物語**などし給ふ。(1)

(柏木、四巻三六頁)

これを引いて、藤井氏は、

ここではまさに赤子のたわ言が「物語」である。これは泣き声でなく、母音や破裂音からなる、もちろん意味不明の前言語的な声を挙げはじめたということなのであった。これがなぜ物語なのか。しかしながらこの極端な用例こそ「物語」の原初的な語義を最も露骨にあらわしているのではないか。赤子の声、それは筋道の立っていない、わけのわからない言語である。おとなの「物語」もまた、とりとめのない、主題のたわ言を際限も無く語ってゆくものではなかったか。(2)

と述べている。「おとなの『物語』もまた、とりとめもない主題のたわ言」だという。当たり前のことながら、生後五十日の赤ン坊が「物語」を話せるわけがない。ここは赤ン坊の喃語《なんご》を、大人の立場から「何を御話ししているの」とか「まあ上手に御話しして」とかと褒める文脈とみえる。この用法は、実態としての喃語を、あたかも「物語」のごときだと見做した表現といえるだろう。

この箇所について近代注の中で、幾つか代表的なものを挙げてみよう。[3]
・何かを言ったりなどなさる。「語る」は「ああ」とか「おお」などを発声するのである。（山岸徳平『旧大系』）
・ものを言ったりなさる。／ただし、生まれて五十日の子が、しゃべり出すことはない。これは、マア、とか、ママとか、音声らしきものを発するを言うのだ。（玉上琢彌『評釈』）
・もう片言をいっておられる。（今泉忠義『学術文庫』）
・何やら声をあげたりなさる。（石田穣二・清水好子『集成』）
・何やらものを言ったりなさる。／声を出したりするさま。「嬰児のうちゑみなどする也」（細流抄）（阿部秋生他『新編全集』）
・おしゃべり。乳児が意味不明ながら分節的な声を練習することを言う。現代方言にも「かたるようになる」などという。（柳井滋他『新大系』）

柏木巻の事例は、「片言」を話すまでには至らない。旧大系や新大系の理解では、表現の仕掛け性が出ない。また、『新大系』では、比喩的表現が実体化されてしまう。

すなわち柏木巻の事例は「物語」がそのまま喃語なのではなく、喃語を「物語」と見立て、褒《ほ》めそやしたというふうに、この表現には仕組みがあると読むべきであろう。結局、赤ン坊の「物語」は喃語のことをいうのだと確定される、としてもである。

ところが、ここには、もうひとつ難しい問題がある。旧大系は「物、かたりなどし給ふ」と校訂している。[4] すなわち、これは「物語」というひとつの語ではなくて、「もの＋語り」と分割する考えが成り立つのかどうか、という疑問である。齢の程からみれば（大人っぽく）何か話しておられる、というふうに、「もの＋語り」と読めるのであれば、「物語」と語の違いを考える必要が生じてくるのだが、決め手がない。

その後、藤井氏は「ものがたりという日本語の在来の意味」を「ものがたりは談話、とりとめない雑談、語らい」だとまとめられている。さらに藤井氏は、「どうしてそれが物語（『源氏物語』などの物語文学）を意味するまでに〝成長〟するのであろうか」と問われる。(5) さらに、藤井氏は、『萬葉集』巻七、一二八七番歌、

青角髪《みみづら》依網《よさみ》の原に、人も相はぬかも。石走《いは》る淡海県の物語為《せ》む

を挙げ、この「物語」について「うたの内容から、気晴らしをする話談のことらしい」と述べている。(6) 有名な事例であるが、「物語」の内容は不明とする注釈が多い。代表的な見解を挙げておこう。(7)

・この時代にあつては淡海県の話は一般性を持つてゐたものである。（略）作中の男はもとより仮想のものであるから、依網の原も同じく仮想のもので、ただ近江の国へ旅をして帰つて来た男の、とおり路といふことを暗示し得れば足りるとしたのであらう。（窪田空穂『評釈』）

・全釈に「近江の国は志賀の都の壊滅と共に、悲惨な状態となり、世人はこれに同情の涙を濺いだ。近畿地方の人たちは近江から来た人の物語に、耳を傾けて聴いたのではあるまいか。（略）」とある。吉備津采女の死を悲しんだ作（二・二一七）などこそ近江県の物語であつたと見るべきものだと私は考へる。（澤瀉久孝『注釈』）

・「物語」は県の伝承説話か。（青木生子他『集成』）

・近江に関するどんな内容の物語をさすのか不明。（小島憲之他『旧全集』）

・依網の原と近江県との関係も明らかでないが、或は淀川を交通路として、両地の間に近い交渉があつたので

あらうか。それなら、会ふ人を近江から来た者として、其の地の物語をしようといふことも多少分る。

（土屋文明『私注』）

・「県」は、大化改新以後は多く郡となつた地域の、土地の旧称。近江の国（地方）の昔の物語りであろうが、その内容は不明。／前半で「人」に対して来合わせないか、と希望するかたちで呼びかけ、後半でその理由を「物語りせむ」と述べる形式（略）この施頭歌の謡い手にとっては、現場の「依網の原」と物語りの対象となる「近江県」とは、重要な土地だったのであろう。もっとも地名さえ入れかえれば、どこでも、どこの物語りもできる。対詠的・集団的な性質の歌である。

（渡瀬昌忠『全注』）

・「近江の県の物語」とは、いかなる内容の物語か不明。

（佐竹明広『新大系』）

・近江の国に旅をして来た人が、帰国の道すがらもう故郷に程近い依網の原にさしかかった頃、近江の旅の話をしたいと思い、誰かに逢いたいという歌。近江で受けた感動の深さが思いやられる。壬申の乱にまつわる話あるいは近江大津の宮の繁栄と滅亡にかかわる話か、と推測される。

（阿蘇瑞枝『全歌講義』）

・「近江県の物語」は、未詳。近江県の盛衰にまつわる物語か。固有の内容をもつ伝誦がすでに「…の物語」と呼ばれていたことに注意。

（多田一臣『全解』）

従来の注釈では、歴史的な事件にかかわる物語と見るか、一般的な物語とみるか、在地の伝説とみるか、認定に幅がある。だがそのことよりも、興味深いことはおそらく「近江県の物語」は文献のことではなく、口承の伝承（それが伝説の形態をもつのか、どうかといった議論は措くとして）をいうと推測されることである。いずれにしても、文脈の中で「物語」の意味するところが何かを考えることはなかなか難しい。

何を底本とするかによって用例数に揺れはあるかもしれないが、『源氏物語』における「物語」という語は一九九例、およそ二百例に及ぶ[8]。その中には、藤井氏の注目された「原初的」な事例から、ひとつの統一性や完結性をもって生成した「作品」を示す事例まで、「物語」の語は実に幅広く用いられている。

ちなみに「物語す」と「物語」とでは、前者は言語行為をいうのに対して、後者は対象化されたテキストをいう、といった差を予想されるかもしれないが[9]、文脈上何を意味するかは実際上そう截然《せつぜん》と区分できるものではない。むしろ両者の区別が曖昧であるところに、「物語」の生態がある。

それでは「物語」の語義の曖昧性や多様性は、何を意味するのか。そのとき、藤井氏が長きにわたって、「物語」について口承と書承と双方にわたる考察を続けて来られたことに、むしろ学ぶべきことがある。すなわち、私に言えば「物語」は、音声言語による口頭的もしくは口承的な生態をもつ事例から、文字言語による文献としての事例まで、実に幅広く多様な事例がみとめられる。ここにいう口承とは、書承と対立する概念で、音声言語によってテキストが伝承されることをいう。一方、口頭とは、文字言語ではなくて音声言語を用いることをいうもので、例えば文献を読み上げることも含まれる。

いずれにしても、「物語」という語は、それらを緩やかに包括している。それは、まさに古代物語としての『源氏物語』の性格をも示すのではないか。以上のような問題意識に基いて、『源氏物語』の内在的な「物語」の用例を検討してみたい。

一　「物語」の語の分類案

『源氏物語』に内在する「物語」の語の用例を、逐一検討して行くと、おのずと「物語」という語が、ひとつの作品として流布し社会的に認知されている事例から、寝物語あるいは情交そのものを意味する事例まで、何段階か層をなしており、かつ混在するという事実に行き着く。語義が多様性をもつという現象を、語義は層をなすものとして在ると捉え直してはどうか、ということが本稿の提案である。

というのも、実態的な「作品」をいう事例が「高度」なものだということではない。それは「物語」がひとつのテキストとして対象化されている事例だというべきであろう。

そうすると、文字のテキストとして形をなさないような「物語」の事例には、民俗学や口承文芸研究にいう伝説や世間話、噂話[10]などに該当する事例も含まれているといえる。言い換えれば、文字言語による「物語」と、音声言語による「物語」とが併存しているということなのである。

稚拙な試みであるが、「物語」が何を意味しているかという視点から、用例数はむしろひとつの目安として御覧いただきたいが、今仮に次のように分類案を示したい。

Ⅰ　作品としての物語、読み聞かせする物語　…一九例

Ⅱ（a）儀式・行事、故事先例に関する言談／政治向きの言談／教育、諸道の言談　…六例

（b）霊験、説法　…一〇例

（c）遺言　…二例

Ⅲ（a）座談、夜伽話　…四例

（b）諸国の伝説／体験談、見聞談　…九例

Ⅳ　世間話、とりとめもない話　…一四〇例

Ⅴ　情交、寝物語　…八例

まず、Ⅰの中には、例えば、すでに考察の重ねられてきたところであるが、「かぐや姫の物語」（蓬生、二巻一四一頁）、「くまの、物語」（蛍、二巻四三四頁）、「在五が物語」（総角、四巻四四三頁）など、名をもつ物語が存在する。今、それらの検討は措こう。

そうすると、Ⅰのように、世に流布し「作品」として認知されている「物語」を最も表層とし、ⅡⅢなどテキストとしては緩やかな統一性や完結性をもつ「物語」を中間層と捉え、基層には、ⅣやⅤなど未分化なものとして寝物語・情交といった事例を置くことができる。ただ、この中間層の「物語」には、構成的な話型を備えた「物語」から、断片的な情報まで、大きな差が含まれている。

また、この分類の中で、「Ⅱ（b）霊験、説法」「Ⅲ（a）座談、夜伽話」「Ⅲ（b）諸国の伝説」などの事例の中に、その実態がどのようなものかは不明だが、口承であるとしても一定の話型を備えたテキストも含まれているであろう。ちなみに、ここにいう話型は、テキストを支える枠組みをいうものと規定しておきたい。

それでは、分類の私案に即して、各項の典型的もしくは代表的な事例を示してみたい。

Ⅰ　作品としての物語、読み聞かせする物語

玉上琢彌氏は、いわゆる『源氏物語』音読論でつとに有名であるが、この仮説をめぐっては、かつて様々な論議の存したことも周知のとおりである。[11] 玉上氏が望まれたことは、『源氏物語』を近代小説としてではなく、古代物語として読むことであったと拝察する。そうであれば、「物語」の用例を見直すことで、内部徴証から玉上氏の仮説を再検討できるのではないだろうか。例えば、玉上氏の論文「女のために女が書いた女の世界の物語」は、氏がそれまで書かれた論考の命題を総括的かつ簡潔に纏《まと》められたものといえる。その冒頭に、玉上氏は、

物語文学とは、絵を見る姫君のために、女房が読みあげて聞かすものであった、と、わたくしは思う。

（傍点・廣田）

と書き、玉上氏は、この命題の出典を論文「物語音読論序説」と明記しておられる[12]。玉上氏は、早くから「権門の姫君のために」「きらびやかな冊子絵をととのえ、これを見つつ女房にものがたらせる」ものであったという[13]。すなわち「生活の指導書」であり、「僅少の権門の姫君」が「物語の真の享受者であった」といわれる[14]。私はむしろ「僅少の権門の姫君」とか「上流の子女」とか、漠然というべきではなく、『源氏物語』はまず中宮のために書かれたものと考える[15]。ただ、今その検討は措こう（本書、第一章）。そうすると、次のような用例は、玉上氏の仮説に対してどのような意味をもつであろうか。

2 （左馬頭は）童に侍りし時、女房などの物語読みしを聞きて、「いとあはれに悲しく 心深き事かな」と涙をさへなむ、おとし侍りし。 （帚木、一巻六五～六頁）

2は、雨夜の品定めで、左馬頭自らが「童に侍りし時」に「女房などの物語読みしを聞きて」という経験を語る条である。興味深いことは、「読み聞かせ」が、幼い男性を対象として左馬頭の階層にも行われたことである。この事例だけでも、玉上氏の主張する「女の女による女のための物語」という命題は、ことさらに一面だけが強調されている感がいなめないと思えてくる。もうひとつ確実な「読み聞かせ」の事例がある。

105 対（紫上）には、例のおはしまさぬ夜は、よひ居し給ひて、人々に物語など読ませて聞き給ふ。かく世のたとひに言ひ集めたる昔語りどもにも、あだなる男、色好み、二心ある人にかゝづらひたる女、かやうなることをいひ集めたるにも、つひによるかたありてこそあめれ。 （若菜下、三巻三六二頁）

この事例は、紫上に対する女房の「読み聞かせ」である。この事例は、すでに玉上氏自身が何度も用例を確認されているはずだが、「物語」の「読み聞かせ」は、玉上氏のまとめ以上にもっと広汎な習俗であったというべきであろう。この条、「物語」と「昔語り」とのかかわりについては、改めて考えてみたい。

難しいのは、次のような事例である。

1　御前の壺前栽のいとおもしろき盛りなるを、（帝は）御覧ずるやうにて、忍びやかに心にくき限りの女房、四五人さぶらはせ給ひて、**御物語**せさせ給ふなりけり。このごろ明け暮れ御覧ずる長恨歌の御絵、亭子院の書かせ給ひて、伊勢・貫之に詠ませ給へる、やまとことの葉をも、唐土《もろこし》の歌をも、たゞそのすぢをぞ枕ごとにせさせ給ふ。　（桐壺、一巻三九頁）

この1の事例は、天皇が「やまとことの葉をも、唐土の歌をも」「枕ごと」にしていたという。この「枕ごと」を、新編全集は「明け暮れの話題[16]」と訳出する。「御物語」の内容は、文脈の中で、その後に説明される。すなわち「長恨歌の御絵」であり、「亭子院」の御筆で「伊勢・貫之」に詠ませた和歌や、漢詩などであるという。夜の宿直に近侍する数人の「心にくき女房」と帝が「御物語」をするという場が予想される。おそらく女房が語って申し上げ、天皇から表現や故実について問われ、また女房が答えるという形態をとるものとみられる。この事例のⅢ（a）にわたることも考えられる。

Ⅱ（a）儀式・行事、故事先例に関する言談／政治向きの言談／教育、諸道に関する言談

次に、口伝・教命ともいうべき「儀式・行事、故事先例に関する言談」をさす事例は、次のようなものであろう。

177・178　宮（匂宮）は内裏の**御物語**など、こまやかに聞えさせ給へば、今ひと所は立ち出で給ふ。（薫）「見つけられたてまつらじ。しばし御果てをも過ぐさず、心あさしと見えたてまつらじ」と思へば、かくれぬ。東

の渡殿にあきあひたる戸口に、人々あまた居て物語などしのびやかにする所におはして、（薫）「なにがしをぞ女房は、むつましと思すべきや。（蜻蛉、五巻三一八頁）

177の事例、匂宮が薫に「内裏《うち》の御物語」をする。新編全集は「宮中あたりの話題」と注する（第六巻二六六頁）が、「こまやかに」とあるから、これは世間話のようなものではなく、有職故実に及ぶものかと考えられる。ただ、177の用例について、『大成』は底本大島本「御物かたり—御かたり肖」（青）という異同を示している。(17)

なお（a）の下位分類は、明確に区分しにくいものばかりであるが、また明確に語らないところに、女房に仮託した語り手による『源氏物語』の表現の特質はかかわっている。

Ⅱ（b）霊験、説法

11 そらだきもの心にくゝ薫りいで、名香の香など匂ひみちたるに、君（光源氏）の御追風いと殊なれば、うちの人々も心づかひすべかめり。僧都、世の常なき御物語、後の世の事など、聞え知らせ給ふ。わが罪のほど恐ろしう、あぢきなき事に心をしめて、これを思ひなやむべきなめり。まして後の世のいみじかるべきこと、おぼし続けて、（若紫、一巻一八八頁）

僧都が「世の常なき御物語、後の世の事など」を説くのであるから、これは明らかに無常を説く法話、極楽往生を勧める法話とみえる。なお、『大成』は、底本大島本「世のつねなき御ものかたり—世中の御物語きこえ河」と異同を示す（一六〇頁）。河内本では「物語」が一般化されてしまう。

ちなみに、140「定めなき世の物語」（総角、四巻三八六〜七頁）、143には「常なき世の御物語」（総角、四巻三九二頁）、192「はかなき世の物語」（手習、五巻四〇二頁）など同様の表現が多々見られる。

Ⅱ（c）遺言

次の事例は、法的手続きのような形式を伴った文書というものではなくて、口約束といえば軽くなるが、あえて言い残すことであるから、「遺言」と捉えておきたい。

89　六条院よりも御とぶらひ、しば〳〵あり。身づからもまゐり給ふべきよし、聞し召して、院（朱雀）はいといたくよろこび聞えさせ給ふ。中納言の君（夕霧）、まゐり給へるを、御簾のうちに召し入れて、**御物語**こまやかなり。（朱雀院）「故院の上の、今はのきざみに、あまたの御遺言ありし中に、この院の御こと、いまのうち（冷泉）の御ことなん、とりわきての給ひおきしを、おほやけとなりて事限りありければ、

（若菜上、三巻二一四頁）

今はの際に、柏木が夕霧を御簾の中に呼び入れて、こみ入った話をする。その中身は以下に示される「故院の上の今はのきざみに、あまたの御遺言ありし中に、この院の御こと、いまのうちの御ことなん、とりわきての給ひおきし」ことであり、それは、故院の遺言のことである。『大成』は底本大島本「御物かたり―おほんものかたり御横池三」（青）と注する（一〇二八頁）。

Ⅲ（a）座談、夜伽話

次は「座談、夜伽話」であることが、特に28は、比較的明確な事例といえよう。

27・28　いにしへの人も、まことに犯しあるにてしも、かゝる事に当らざりけり。なほさるべきにて、人の御門にもかゝる類おほく侍りけり。されど、いひ出づるふしありてこそ、さることも侍りけれ。とざまかうざ

まに思ひ給へよらむかたなく」など、おほくの**御物語**きこえ給ふ。三位中将も参りあひ給ひて、御酒などまゐり給ふに、夜更けぬればとまり給ひて、人〴〵御前に侍はせて**御物語**などせさせたまふ。

（須磨、二巻一五頁）

27は、謀叛や逆罪などの先例を述べているので、Ⅱ（a）の内容である。28は、「御酒」が入って打ち解けた場となり、光源氏が、三位中将とともに、近侍する人々や三位中将に面白い話を求めるものである。文字によるテキストではないが、音声言語によるひとつのまとまりのある文芸として捉えることはできるだろう。なお、27は『大成』が底本大島本「御ものかたり―御物語など御」（別）、28は『大成』底本大島本「ものかたり―御物かたり横」（青）、「ものかたり―御ものかたり別」（別）と注している（三九九頁）。

162　琴・笛の道は遠う、弓をなむいとよく引きける。直〴〵しきあたりとも言はず、勢《いきほひ》に引かされて、よき若人ども集ひ、装束・有様はえならず整へつゝ、腰折れたる歌合・**物語**・庚申をし、まばゆく見苦しう遊びがちに好めるを、この懸想の君達、「労〴〵じくこそあるべけれ」「かたちなむいみじかなる」など、をかしき方に言ひなして、心を尽くしあへる中に、

（東屋、五巻一三二～三頁）

「よき若人ども集ひ」「腰折れたる歌合・**物語**・庚申」をする中で、物語とは座談や夜伽話とみられる。あるいは、眠気を払うような面白い話であろう。なお、『大成』は、底本大島本「物かたりかうしんをし―物語合かうしんなとし七大―ものかたりあはせかうしんなと尾前―□（焼失）鳳」（河）、「物かたり―ものかたりあはせ御保池」（別）と注している（一七九四頁）。「物語合」では、物語を語ることよりも制作することもありうる。

「諸国の伝説や体験談、見聞談」の場合は、見聞した伝説と体験談との区分が難しい。

7　されど、人も賤しからぬすぢに、かたちなどねびたれど清げらて、たゞならず気色よしづきてなどぞありける。国の**物語**など申すに「湯桁《ゆげた》はいくつ」と問はまほしくおぼせど、あいなくまばゆくて、御心の中に思ひ出づる事もさま〴〵なり。（夕顔、一巻一三〇～一頁）

「国の物語」とは、国司が下向した折に見聞した、伊予国の「伝説」などかとみられる。

同様の表現として、「山道の**物語**」（若紫、一巻二〇一頁）は都への土産話であろう。また、「山里の御物語」（松風、二巻二一〇頁）は、明石の里の物語であろう。

次に「体験談」の明確な事例は、次の4であろう。

3・4（光源氏）「いづかたにつけても、人わろくはしたなかりける**御物語**かな」とて、うち笑ひおはさうず。中将（頭中将）、「なにがしはしれ者の**物語**をせん」とて、「いと忍びて見そめたりし人の、さても見つべかりしけひはなりしかば、ながらふべき物としも、思ひ給へざりしかど、馴れ行くまゝにあはれとおぼえしかば、（帚木、一巻七八頁）

4について、新編全集は「しれ者」を「女（夕顔）をさす」と注する（第一巻八一頁）が自嘲的な物言いで頭中将が自らのことをいうともとれる。いずれにしても、頭中将自身の体験談である。「いと忍びて」以下の内容は、物語としてひとつのまとまりがある。単なるおしゃべりではなく、世間話といったものとみえる。話そのものに独立性があり、面白さや珍しさを備えている。なお『大成』は、底本大島本「しれもの、物かたり―しれものかたり陽」（別）と注する（五五頁）。

Ⅳ　世間話、とりとめもない話

『源氏物語』における「物語」の用例としては、このⅣの項目に含まれるものが最も多い。その中で、例えば、人の身の上話がある。

9　見たてまつりとがむる人もありて、「御ものゝ、けなめり」などいふもあり。右近を召し出でゝ、のどやかなる夕暮に**物語**などし給ひて、「猶、いとなん怪しき。などてその人と知られじ」とは隠い給へりしぞ。まことに海士の子なりとも、さばかり思ふを知らで、へだて給ひしかばなむ、つらかりし」との給へば、（夕顔、一巻一六四〜五頁）

光源氏は夕顔の素性などを話しているから、人の身の上話、話題とする人の噂話といえる。あるいは、夕顔の経歴や人物関係など、特定の人物に関する情報とでもいうべきものかもしれない。なお『大成』は、底本大島本「物語─御物かたり」（別─陽）と注する（一三七頁）。

同様の事例は、「世の中の御物語」（葵、一巻三四四頁）、「古き御物語」（賢木、一巻三七八頁）、「昔・今の御物語」（賢木、一巻三九五頁）などである。

41　年頃に（花散里邸は）いよ〳〵荒れまさり、すごげにておはす。女御の君（麗景殿）に、**御物語**きこえ給ひて、西の妻戸に夜更かして、たち寄り給へり。月おぼろにさし入りて、いとゞ艶なる御ふるまひも、尽きもせずみえ給ふ。（澪標、一一五頁）

光源氏にとって花散里はともかく、麗景殿女御には特にこれといって語るべき必要のある話題ではないといえる。ここではあたりさわりのない話といってよい。

このように、文脈から語義を確定するといっても、女房を語り手とする『源氏物語』特有の文体から「物語」

の一々が、どのような語義をもつのかを確定することは難しい。また、特定できない事例が多いというほうが適切かもしれない。

V　情交、寝物語

明確にテキストの形態を持つ1の事例の対極にある事例は、Vであろう。すなわち、この事例には、言葉によるテキストとして形をなさない。というよりも、直接的に「情交」を意味するか、せいぜい「寝物語」を意味する事例である。

30　あはれ添へたる月かげのなまめかしう、しめやかなるに、うちふるまひ給へるにほひ、似る物なくて、（光源氏が）いと忍びやかにいり給へば、すこしゐざり出でゝ、やがて月を見ておはす。又、こゝ（花散里）に**御物語**の程に、明け方ちかくなりにけり。（須磨、二巻二一頁）

光源氏が訪問すると「すこしゐざり出で」た花散里が「月を見ておはす」ゆえに、光源氏はそのまま花散里のもとに留まり、夜を明かしたという。睦言や契りを交わす言葉もあろうが、この「御物語」はまさに情交そのものをいう。『大成』は底本大島本「御物かたりのほとに―御物語に河」と異同を示す（四〇五頁）。

108　（光源氏と女三宮）昼の御座にうちふし給ひて**御物語**などきこえ給ふほどに、暮れにけり。すこし大殿籠り入りにけるに、ひぐらしのはなやかに鳴くにおどろき給ひて、（若菜下、三巻三九一頁）

光源氏は女三宮のもとに訪れ、「昼の御座にうちふし」て「物語」を交わすうちに「暮れ」てしまったという。この事例も、明らかに情交を意味する。

この寝物語にも、来世を契るようなくどき言葉から、行為そのものまで層をなすことがあろう。

二　他の物語における「物語」の事例

ちなみに、院政期の仏教説話集『今昔物語集』における「物語」六二例について忽卒の間に調べたところ、用例の多寡や偏りはあるものの、『源氏物語』の場合の分類案を修正するには至らなかった。ただし、「物語」の内実と場とは、『今昔物語集』の方がもっと具体的である。また鎌倉初期の世俗説話集『宇治拾遺物語』の「物語」二五例も調べてみたが、事例は少ないながら、やはり同様の結果を得た。[18] それぞれの用例と具体的な検討については、別稿に譲りたい。

興味深いことは、『今昔物語集』では「物語ス」と「物語ヲス」「物語ナドス」とが併存すること、「物語」と「語ル」「語《カタラ》フ」「物云フ」などとの差異が明確でない事例が併存することが多く認められる。あるいは『今昔』巻第三〇第一四には「此ノ語《モノガタ》リ奥恋《ユカシ》ク」と訓読されている条がある。旧大系は「語」に付された「モノガタリ」について「よみは名義抄・字類抄による」（五巻二四三頁）と注する。これは「語り」と「物語」との境界的事例といえる。一方、『源氏物語』の本文異同の中にも、「語る」と「物語」の揺れは存在する。そうであれば、本稿の冒頭に取り上げた「物語」と「物＋かたり」との区別は、ますます曖昧なものに見えてくる。

ということは、『源氏物語』における「物語」という語の示す曖昧性、多様性は、『源氏物語』自身が用いる「物語」に固有の属性があるということではなく、平安時代から鎌倉時代における「物語」のありかたに由来するものでもあるといえる。

まとめにかえて

私の立場は、『源氏物語』を古代の物語として読むことにある。

例えば『源氏物語』蛍巻の物語論や絵合巻の物語論など、『源氏物語』が「物語」について言及した箇所は「紫式部の考える物語論」であるにとどまるのではないか。紫式部の考える意識的な知見の範囲だけで『源氏物語』を論じてよいのか。古代物語の生態と紫式部の意識する『源氏物語』のありかたとの間に、齟齬《そご》はあるのかないのか。どうすれば、『源氏物語』の本性は明らかになるのか。

そこで、考えついたことは、『源氏物語』自身が「物語」という語を、どのように用いていると、ということである。おそらく『源氏物語』の中の「物語」という語は、紫式部の意識を超えた、「物語」そのものの古代的なありかたを示しているのではないか。もちろん、「物語」の語義を分類することが最終目的ではない。分類することが難しい境界的事例の多い曖昧さ ambiguity にこそ「物語」の特質はかかわっている。

そのようにみることで、「作品としての物語」を頂点とする「物語」は、未分化な「物語」を母胎として生成しているさまが浮かび上がってくるであろう。『源氏物語』がそのような重層性を抱え込んでいることこそ、『源氏物語』そのものが物語史そのものに他ならないことである。

およそ『源氏物語』の研究というとき、どうしても中国古典に代表される文献を対照させて大和言葉による表現の質を問う、といった視点をとりやすい。だが、『源氏物語』の中の「物語」という語を見ると、「物語」の内実は口承か書承かという区分そのものがもはや意味をなさないことが明らかになる。もう少し言えば、「物語」を文献の問題としてだけ限定的に分析する、従来の研究方法そのものが問い直されることになるであろう。

注

（1）山岸徳平校注『日本古典文学大系　源氏物語』第四巻、岩波書店、一九六二年。（　）内は、巻名と頁数を示す。以下、同様。「物語」の用例に付した番号は、用例の通し番号である。なお、本文の表記を私に改めたところがある。藤井氏がどのような本文に拠っていたかは不明（引用の表記は、藤井氏の論文のまま）であるが、『源氏物語大成』の示す諸本の範囲内で本文に大きな異同はない。

ちなみに、本稿は『源氏物語』の本文として三条西実隆本を底本とする旧大系を用いている。また『大成』を参照しているが、そのことをもって考察の信用度について疑いをもたれる向きもあろうが、本稿はささやかな問題提起にすぎない。意のあるところを受け取っていただければ幸である。

（2）藤井貞和『源氏物語の始原と現在』（三一書房、一九七二年）。一六頁。同様の事例は、112（薫が）「いと何心もなう**物語**して笑ひ給へる」（柏木、四巻三九頁）もある。ちなみに、藤井氏の掲げられた喃語の事例は、私の分類ではⅣに属すると考えられる。

（3）注釈書の略称は次のとおり。『旧大系』（山岸徳平校注『日本古典文学大系』岩波書店、一九六二年）二七頁／『評釈』（玉上琢彌『源氏物語評釈』角川書店、第八巻、一九六七年）一〇七頁／『学術文庫』（今泉忠義校注・訳『講談社学術文庫』講談社、第一三巻、一九七八年）四七頁／『集成』（石田穣二・清水好子校注『新潮日本古典集成』第五巻、新潮社、一九八〇年）二九六頁／阿部秋生他校注『新編日本古典文学全集』小学館、一九九六年）三二〇頁／。『新大系』（柳井滋他校注『新日本古典文学大系』岩波書店、一九九六年）二七頁。なお、旧大系には「補注」が付いているが、これは喃語とは何かについて詳細な説明であるので、本稿の論旨から略した。

（4）（1）に同じ。

（5）藤井貞和「ものがたりとふること」『物語理論講義』（東京大学出版会、二〇〇四年）。三頁、四頁。

（6）同論文、五頁。

（7）注釈書の略称は次のとおり。『評釈』（窪田空穂『萬葉集評釈』第五巻、東京堂出版、一九五九年）一八三頁／『注釈』（澤瀉久孝『萬葉集注釈』第七巻、中央公論社、一九六〇年）二四八〜九頁／『集成』（青木生子他校注『新潮日本古典集成』新潮社、第二巻、一九六三年）二四三頁／『旧全集』（小島憲之他校注・訳『日本古典文学全集』第二巻、小学館、一九七二年）二五二頁／『私注』（土屋文明『萬葉集私注』第四巻、筑摩書房、一九七六年）一四二頁／『全注』（渡瀬昌忠校注『萬葉集全注』第七巻、有斐閣、一九八五年）二六三頁／『新大系』（佐竹明広他校注『新日本古典文学大系』岩波書店、二〇〇〇年）一六三頁／『全歌講義』（阿蘇瑞枝『萬葉集全歌講義』笠間書院、二〇〇八年）二七一頁／『全解』（多田一臣校注『萬葉集全解』筑摩書房、二〇〇九年）一一三頁。

（8）上田英代他編『源氏物語語彙用例総索引』第五巻、自立語篇（勉誠社、一九九四年、底本は旧大系）によれば、「物語」の用例は一九九例を数える。なお「昔物語」「古物語」「物語絵」などは省く。

なお、本稿は『国語と国文学』誌上に掲載をしていただいたが、「物語」の用例数に誤植を見逃してしまった。「二一九例」とあるところ、正しくは「一九九例」である。記して謝意を表したい。

（9）このうち「物語す」は二〇例を認めるが、中にはひとつの語というよりも「物語＋す」という印象を受ける場合もあり、語構成の判断は難しい。

（10）民間説話の定義については、福田晃「総説・民間説話」福田晃編『民間説話―日本の伝承世界―』（世界思想社、一九八九年）八頁を参照。また、藤井貞和氏は「神話紀から昔話紀への画期」を探る（『日本文学源流史』青土社、二〇一六年）。五四頁。この構想は実に興味深いが、今回は検討を留保しておきたい。

なお、有職故実、故事先例などに関する口伝・教命は、宮廷説話のひとつと見做せよう。また、池上洵一氏のように公家日記の記事の背後に「口承説話」を見てとろうとする考えもある。ただし、伝達をもって役割を終える情報や、経過の報告といった事柄などは、テキストと呼ばないこととする。

(11) 廣田收「『源氏物語』は誰のために書かれたか―中宮学に向けて―」（同志社大学人文学会編『人文学』第一九六号、二〇一五年一一月）。本書、第一章。

(12) 玉上琢彌「女のために女が書いた女の世界の物語」（『解釈と鑑賞』一九六一年五月）。

(13) 玉上琢彌「物語音読論序説」（『国語国文』一九五〇年一二月）。後に、『源氏物語評釈』別巻一（角川書店、一九九六年）一五〇頁に所収。

(14) 同書、一五三頁。清水婦久子氏が「最初の読者は彰子と一条天皇、そして研子であった」とされる論考（「源氏物語の読者たち―成立に関わって―」『むらさき』第五〇輯、紫式部学会、二〇一三年一二月）は、重要である。傍点、廣田。

(15) (11)に同じ。

(16) 阿部秋生他校注・訳『新編日本古典文学全集　源氏物語』第一巻（小学館、一九九四年）。三三頁。

(17) 池田亀鑑『源氏物語大成』第三巻（中央公論社、一九五六年）。一九七七頁。以下、『大成』と略し、引用はこれに拠る。

(18) 本文は山田孝雄他校注『日本古典文学大系　今昔物語集』全五巻（岩波書店、一九五九～六三年）、渡部綱也・西尾光一校注『日本古典文学大系　宇治拾遺物語』（岩波書店、一九六〇年）による。なお『今昔』の「昔物語」「空物語」などの用例は省いている。

付論　『今昔物語集』「物語」考

はじめに

かつて一九六九年から七一年のころ、大学はストや封鎖などで長く授業は行われず、あってもとぎれとぎれの状態であったが、奈良女子大学の本田義憲先生の「日本文学史」を受講する僥倖《ぎょうこう》に恵まれたことは、今もって忘れがたい。講義の内容は、私のような未熟な国文学徒には余りにも衝撃的なものであり、日本神話から『竹取物語』『今昔物語集』までを対象として、レヴィ・ストロース『未開社会の思惟』、リルケ『流刑の神々』、フレイザー『金枝篇』、折口信夫『古代研究』などを繰り返し用いる、比較神話学的な手法によって、構造的な分析を加えるものであった。冒頭の講義では、講義の意図について次のように説明されている。

> レヴィ・ストロースのような構造主義で『古事記』を読んでいけないかどうか。語られている神話の扱いと同じように。史学風な観点で果たして文学的なものが満たされるかどうか。そのとき、日本のスティル（style 文体）は、どう浮かび上がってくるのか。中国文学との比較文学の方向だけではなく、媒介として朝鮮の位置も考慮しておかねばならないだろう。それでこそ、比較のリアリティを獲得できる。
>
> （講義ノート、一九七一年四月二二日）[1]

また『今昔物語集』の説話を例として取り上げ、「今昔の基になったものは、天竺、震旦、本朝の三国にわたる何ものかであろう」と想定された上で、説話を「筆録化された話」「耳で聞いて書いた話」「創作」という、幾つかの過程を経たものと捉えるべきであるという。すなわち「(旧)大系本の誤謬は実に出典論に集中している」と言われる。なぜなら「出典論は天文学的に見当を付けて絞ってゆく必要があるだろう。自己の視界のみで決定することは無責任である」と断じられて、旧大系の出典の認定を批判された（講義ノート、同日）。さらに、

　いわゆる日本固有の文化、日本の基礎文明を考える場合、例えば朝鮮の例を充分考慮しないと論じがたい。特に、古代文学研究のひとつの展開における大きな要素は、朝鮮におけるフォクロアの動きであろう。

（講義ノート、一九七一年五月一三日）

と述べられ、『三国遺事』の降臨神話を媒介させて『古事記』を読み解こうとされた。

　このような視点がそのまま、『古事記』研究の現在にとって、どのような評価が与えられるのかについては措こう。

　それでも、もし言えと言われるのであれば、今の段階でなら『古事記』の本質は、天つ神々から引き継ぐ皇統譜にあるというであろう。古代天皇制の確立に関与した神学の書を、普遍的な構造に還元してよいのか、という疑問をぶつけるであろう。すなわち、私は、本田氏のこのときの企図を、今なお無批判に受け入れようとしているわけではない。とはいうものの、私は特に、神話というもの、出典というもの、文体というものをどう考えるか、という根本的な問いこそ継承する必要があると考えるものである。

　このころ、益田勝実氏の『火山列島の思想』（筑摩書房、一九六八年）から『秘儀の島』（筑摩書房、一九七六年）

へと続く著作に感銘を受けていた私は、本田氏のこの講義を受ける中で、神話そのものに幾つかの層があるということを確信するとともに、説話といい、物語といい、神話こそこれらの基盤をなすものだという、漠然とした予感を覚えた。ただそのときはまだ、説話とは何か、物語とは何か、という問いを学的に問うなどという企ては、学部生であった私にあるはずもなかった。

その後の本田氏の研究の軌跡を辿ると、例えば一九七九年の論考では、「アニミズム的ないし多霊（多神）教的、基層自然的」な「デモンたち（チ・ヒ・ニ・ミ・ヌ・カ、タマ・モノ等）とカム・カミ」と「古日本の文化接触のシンクレティズム」を経て「「神学以前」から「新しい神学」への過程」において「中央宮廷社会がその王権神学の組織化」がなされた。すなわち「政治宗教史的に天上神界「高天原」神観の成立」は「朝鮮を通じるアルタイ・コスモロジーと中国の天の思想との場的関連の間にありながら、日本が中国（隋・唐）と直接交渉してその論理を再構成する以前」に「アルタイ垂直体系」が基層をなしていたと予想する。[2] いうならば、「王権の自己聖化の現す天上神界「高天原」」と「葦原中国・黄泉国三界垂直体系」のもとに「天上神界の最高神「天神」の子であり、「日神」の後裔である日嗣《ひじり》（霊嗣）の子らが、その神のみこともちとして天降る」（傍点・原文のママ）のだという。そのとき、「さまざまの基層精霊たちもあるいは神と重層され、あるいは淘汰され、あるいは辺境・深層へと流竄《るざん》して異神化すべくもあったであろう」という見通しを示されている（七七頁）。

まるで一度も息継ぎもせず語り続けるようなこの論文は、難解とみえて実に明快である。本田氏はこのとき、古代天皇制が神学をもって成立し、同時に「基層精霊」は神々と「重層」されるか、「淘汰」「流竄して異神化」したのだという仕組みを説いてみせられた。ここに、本田氏によって壮大な古代世界が見通されたといえる。ここに、リルケの強い影響が見られることは明らかであろう。

その後、本田氏は一九九一年に、「説話」という概念に関して丁寧に研究史を辿り直されたのち、次のように述べておられる。

> もとより、立場の如何を問わず、無文字社会的というか、口頭伝承、口がたりの世界の想像力のゆたかさは、いますでに言うまでもない。ただし、話されることば《パロール》と書かれることば《エクリチュール》との間には複雑な問題があり、われわれは、文字表現というものの想像力が、口承の流れを塞き止める、その流れに立ち止まるという意味を持つ、媒体としての緊張関係の場に在り得べきことの確かさを忘れないが、ただし、同時に、『攷証今昔』が、出典論的翻訳論的に素朴であり、文化接触のるつぼの中の、幾重の口承と書承と、伝承と表現との間をたどるべき用意が、ゆたかでなかったことも確かであろう。(3)（傍線・廣田）

本田氏のこの二〇年間は、本田氏の学問の転回なのか、深化なのかは問うまい。日本民俗学の方法の検討をも踏まえた、説話研究に対するこの総括は、四半世紀を経た今なお、色褪《あ》せることなく、なんとも重みがある。言われるところの「幾重の口承と書承と、伝承と表現との間をたどるべき用意」（傍点・廣田）とは、どのようにして果たされるのか。いうまでもなく「口承と書承」との関係は簡単ではない。また、「伝承と表現」との関係も簡単ではない。爾来、私の説話研究、物語研究の課題のすべてがここにある。

ところが、近時の学界は、私のような怠惰な学徒の目にも否みがたいほど、細分化を遂げている。例えば、口承と書承とを抱え込んで設立されたはずの説話文学会は、その後、次第に文献中心の研究に傾いていった事実は疑えない。一方、口承文芸学会や日本昔話学会が口承を中心に据えるがゆえに、乱暴に断じれば、ほとんど文献を顧みなかったことも無念なことである。(4) まことに僭越なもののいいで恐縮であるが、学界の動向そのものが、説話の理解をいよいよ狭《せば》めている懼れなしとしない。大勢を占める声が大きく、評価の基準となってはいけない。

そのような状況でこそ、こと改めて物語や説話とは何かを問う必要があるに違いない。

例えば、文献研究を主とする中古文学会が研究の中心として据えてきた『源氏物語』もまた物語に他ならないと言挙《ことあ》げすることは、必ずしも『源氏物語』を貶《おとし》めるものではない。むしろ、そのことによって寛弘年間の『源氏物語』が、まさに古代の物語であることを明らかにする必要がある。同時に、院政期の説話集『今昔物語集』もまた、なお古代の物語集であることを明らかにする必要がある。そのとき、『源氏物語』と『今昔物語集』とが共有する物語とは何かが明らかになるであろう。

一 「物語」とは何かという問い

「物語」とは何か。国文学の研究において、演繹的にこの問いに直接答えることはなかなか難しい。対象とする本文に即して、具体的に検討することによって帰納的に答えるより他はないであろう。

そこで、私は先に、『源氏物語』における「物語」という語の内在的な事例を逐一検討することにおいて、「物語」の意味する語義の多様性を指摘するとともに、多様な語義を包括する曖昧性こそ「物語」の本性に他ならないことを指摘した。

その折、『源氏物語』における「物語」の全用例、一九九例については、ひとまず、

Ⅰ 作品としての物語、読み聞かせする物語 …… 一九例

Ⅱ（a）儀式・行事、故事先例に関する言談／政治向きの言談／教育、諸道の言談 …… 六例

（b）霊験、説法 …… 一一例

（c）遺言 …… 二例

Ⅲ（a）座談、夜伽話 …… 四例

（b）諸国の伝説／体験談、見聞談 …… 九例

Ⅳ 世間話、とりとめもない話 …… 一四〇例

Ⅴ 情交、寝物語 …… 八例

という分類案を得た。そして、

院政期の仏教説話集『今昔物語集』における「物語」六二例について忽卒の間に調べたところ、用例の多寡や偏りはあるものの、『源氏物語』の場合の分類案を修正するには至らなかった。ただし、「物語」の内実と場とは、『今昔物語集』の方がもっと具体的である。また鎌倉初期の世俗説話集『宇治拾遺物語』の「物語」二五例も調べてみたが、事例は少ないながら、やはり同様の結果を得た。

と述べたことがある。そこで『今昔物語集』における「物語」には、「具体的」にどのような「内実と場」があるのか、改めて本稿で考えてみたい。

また、その折に私は、

興味深いことは、『今昔物語集』では「物語ス」と「物語ヲス」「物語ナドス」とが併存すること、「物語」と「語ル」「語《カタラ》フ」「物云フ」などとの差異が明確でない事例の併存することが多く認められる。あるいは『今昔』巻第三〇第一四には「此ノ語《モノガタ》リ奥恋《ユカシ》ク」と訓読されている条がある。旧大系は「語」に付された「モノガタリ」について「よみは名義抄・字類抄による」（五巻二四三頁）と注する。これは「語り」と「物語」との境界的事例といえる。

とも述べている。すなわち、『源氏物語』における「物語」という語の示す曖昧性、多様性は、『源氏物語』の用いる「物語」固有の属性ではなく、平安時代における「物語」のありかた一般の属性に由来するものであることを述べたものである(5)。

そこで、本稿では『今昔物語集』における「物語」の意味することが何かを検討することで、『源氏物語』における事例と、どのような共通性と相違性が認められるか、ということについても検討してみたい。

二　『今昔物語集』における「物語」の語の特徴的事例

それでは『今昔物語集』における「物語」の全用例、六二例の中から、代表的なものを幾つか挙げて、「物語」とはどのようなことを意味するのか、ということについて述べてみたい。

Ⅰ　作品としての物語、読み聞かせする物語　…　一例

16　寝殿ノ丑寅ノ角ノ戸ノ間ハ、人参テ女房ニ会フ所也。**住吉ノ姫君ノ物語リ書タル障紙被立タル所也。**
(巻第一九第一七)

旧大系は「古本形態の住吉物語を指す」と注する(四・九八頁)(6)。旧全集は「散佚古物語の一。現存の住吉物語の祖的な散佚継子物語」(二・五七三頁)(7)。また新大系は「散逸した古態の住吉物語」と注する(四・一六一頁)(8)。新編全集も同様の指摘をしている(二・五一二頁)(9)。この物語の呼称と、現存の古本系『住吉物語』との関係についての議論は措こう。すでに文献として成書化されていたテキストとみてよい。

この事例は、分類案のⅠに属する。ちなみに、旧大系は出典に関して『古本説話集』と「同原のように思われ

る」と指摘している（四・九七頁）。そこで『古本説話集』を対照させると書名は一致するが、[10]「住吉の姫君の物語の障子」とある。『今昔物語集』には「書タル」とあるから「住吉ノ姫君ノ物語」は、テキストとしての存在を前提とした表現であるといえる。

Ⅱ（a）儀式・行事、故事先例に関する言談／政治向きの言談／教育、諸道の言談 … 四例

29・30　盲《メシヒ》、独言ニ云ク、「哀レ、興有ル夜カナ。若シ、我レニ非ズ□者ヤ世ニ有ラム。今夜心得タラム人ノ来カシ。**物語セム**」ト云ヲ、博雅聞テ、（略）幸ニ今夜汝ニ会ヌ」。盲、此ヲ聞テ喜ブ。其時ニ「博雅ニ喜ビ乍、庵ノ内ニ入テ、互ニ**物語**ナドシテ、博雅、「流泉・啄木ノ手ヲ聞カム」ト云フ、盲、「故宮ハ此ナム弾給ヒシ」トテ、（巻第二四第二三）

新大系は29の事例について「しみじみとした語らい」と注する（四・三三八頁）。しかし、これは一般的な話題ではなかろう。旧大系は、「語り合いたい」（三・三四一頁）と注する。右は、蝉丸と博雅との秘曲伝授に関する、有名な説話である。蝉丸が「心タラム人」の来訪を願い、博雅も「物語」して「流泉・啄木ノ手」と秘曲の伝授に及んでいる。すなわち、29・30の「物語」とは管絃の道に関する話題であると推測できる。

なお「物語」と「物語す」とは、品詞が異なるから機能について別の議論をしなければならないであろうが、前稿と同様、この問題については、あえて峻別せずに議論しておきたい。

ちなみに、旧大系は、出典について「『江談抄』第三（63）に基いて説話を構成したものか」というと同時に「類話」として「『小世継』（47）・和歌童蒙抄」五」を指摘する（四・三一二頁）。

58　少将、更ニ心難得ク歎キ思ケル程ニ、女ハ行キ別レニケレバ、可尋キ方モ无カリケルニ、少将ノ家ニ止事

无キ学生ノ博士ノ来タリケルニ、**物語**ノ次デニ、少将、「『畳ノ裏』ト云フ事ハ何ト云フ事ゾ」ト問ケレバ、博士、「『畳ノ裏』トハ大和ニ有ル城下ト云フ所ヲコソ、古へ旧事《フルコト》ニ申タレ」ト云ケレバ、少将、此ヲ聞テ、心ノ内ニ喜ビ思テ、「然テハ其ニ住ム人ナヽリ」ト心得テ、上ノ空ナレドモ、彼ノ人ニ心移リ畢ニケリ。

（巻第三〇第六）

旧全集は、この用例について、ただ「話」とだけ注する（四・四五一頁）。新大系は「物語ノ次ニ」について「雑談のついでに」と注する（四一五頁）。この注がザフダンと理解しているかどうかは不明だが、ここは、「少将ノ家」に「止事无キ学生ノ博士」たちが訪問してくるところであるから、単なる雑談というよりも、いくらか生真面目な話題を予想してよいだろう。というのも、「**物語**ノ次」に語られた話題は、新編全集が「学問の話」（四・四九九頁）と注するとおりである。「旧事」（五・二三〇頁）[11]とは、諺なのか謎なのかは分からないが、伝承的表現であることは明らかであろう。

Ⅱ（b）霊験、説法　…　三例

9　僧、此ノ事ヲ歎キ悲テ、九月許ニ法輪ニ詣ヌ、疾ク返ラムト為ルニ、寺ノ僧共ノ相知ル有テ**物語**リスル間ニ、日漸ク暮方ニ成ヌレバ、急ギ返ルニ、西ノ京ノ程ニテ日暮ヌ。

（巻第一七第三三）

新大系は「世間話。雑談」と注する（四・六〇頁）。旧全集は「話し込んでいる」と訳出している（三・四二一頁）。ただ、確証はないのだが、「法輪」に参詣して、知り合いの「寺ノ僧共」が物語するというのは、文脈からすると、単なる世間話とか雑談とかというよりも、仏教の教義や儀礼に関する諸事、説教や霊験に関する話題とみる方がよいであろう。

旧大系は、出典について「本語が何に基いて説話を構成したかは未だ詳かでない」が、「説話の長さに伴なって起伏・変化に富み、読者の興趣を最後までそそる点、本冊随一の佳篇」と評する。また「後段は巻四[六]に似る」という（三・五四九頁）。この説話の文体は、生硬な漢文訓読体というよりも、平安時代の物語の文体に近いという印象がある。すなわち、「物語」の語の用法が、平安時代の「物語」の語の用法と同様であることも頷けるであろう。

15　守ノ云ク、「然ラバ只今日也ト云フトモ、疾ク令成メ給ヘ」ト。僧都ノ云ク、「今日ハ出家ノ日ニハ悪ク侍リ。今日許念ジテ明日ノ早旦ニ令出家メ給」ト。（略）守、夜ヲ暁《アカ》ス程ヲダニ心モトナク思テ、明マヽニ湯浴テ疾ク可出家キ由ヲ云ヘル、三人ノ聖人極テ貴ク云テ勧テ令出家シメツ。（略）年来仕ケル親キ郎等五十余人、同時ニ出家シツ。其妻子、共ニ泣キ合ヘル事无限シ。出家ノ功徳極テ貴キ事ト云ヒ乍、此ノ出家ハ、仏殊ニ喜ビ給ラムト思ユ。守、出家シテ後、聖人達弥ヨ貴キ事共ヲ**物語**ノ様ニテ云令聞シムレバ、弥ヨ手ヲ摺テナム居タル。

（巻第一九第四）

新大系は「正式の「説経」に対していう。よりくだけた形でかみくだいて語ったことをいう。たんなる世間話の意とも、特定の型をそなえた独立した話ともとれる。さらに、この場面は、「物語」の用例として貴重」と注する（四・一二二頁）。一方、新編全集は「仏教説話か」と注している（二・四五五頁）。

この事例は、国守の出家と郎等の出家を伝える記事である。「物語」の内容は「聖人達」の語る「弥ヨ貴キ事共」であり、僧都との機縁や出家の所以や経緯である。これを「物語ノ様ニテ」言い聞かせるというのである。「よりくだけた形でかみくだいて語った」ことも、以下に「弥ヨ手ヲ摺テ」云々とあるから、単なる話ではなく、説教と呼んでよいだろう。霊験を説く口承の説話を予想することもできる。

なお、旧大系は、出典について「宝物集巻下や古事談第四（2）に梗概を略記するが、類話というべく彼我の説話量の懸隔は甚しい」という。また「説話構成の直接の憑拠は未詳」という（四・六五頁）。この事例もまた、伝統的な物語の文体によるものと見做せる。

Ⅱ（c）遺言　…　該当例ナシ。

Ⅲ（a）座談、夜伽話　…　六例

25・26・27・28　而ル間、俊平入道許ニシテ、女房共数有テ庚申《カウシン》シケル夜、此入道ハ旄《オヒボ》ラヒテ、片角ニ居タリケルヲ、夜深更マヽニ女房共寝ブタガリテ、中ニ誇タル女房ノ云ク、「入道君、此ル人ハ可咲《ヲカシ》キ**物語**ナド為ル者ゾカシ。人々咲《ワラヒ》ヌベカラム**物語**シ給へ。咲テ目覚サム」ト云ケレバ、入道、「己ハ、口ヅヽニ侍レバ、人ノ咲ヒ給フ許ノ**物語**モ知リ不侍ラ。然ハ有ドモ、咲ハムトダニ有ラバ、咲シ奉ラムカシ」ト云ケレバ、女房ハ、「否不為《エセジ》、只咲ハカサムト有ルハ、猿楽《サルガク》ヲシ給フカ。其レハ**物語**ニモ増ル事ニテコソ有ラメ」ト云テ咲ケレバ、入道、「然モ不侍ラ。只咲カシ奉ラムト思フ事ノ侍ル也」ト云ケレバ、女房、「此ハ何事。然ラバ疾ク咲カシ給、何々ラム」ト責ケレバ、入道、立走テ、物ヲ引提テ持来タリ。（巻第二四第二二）

25の事例について、新大系は「説経師をはじめ僧形の者がおもしろい話をかたったことをさすか。女房は相手が惚けていることを知って言ったのか」といい、「ここではまとまりのある説話をさす」と注する（四・四二六頁）。ちなみに、旧全集は、「庚申の夜は、不寝のつれづれを慰めるために歌合・物語合なども行なわれ、王朝文芸成立の場として注目すべきものがあるが、加えて、本話の記事などを通して、庚申の夜伽《よとぎ》の席が、貴族社会における一つの重要な説話伝承の場となったであろうことが推察される」（三・三三六頁）と評している。新編全集もほぼ同様の注を加えている（三・三〇二～三頁）。「庚申」の場では、眠気を払うような滑稽な話や笑話が中心であろう。しかも、それらは文献ではなくて、口承の説話と予想される。

旧大系は、出典に関して「宇治拾遺物語（一八五）とは同原のように思われる」と指摘している（四・三〇九頁）。『宇治拾遺物語』には、

「入道の君こそ。かゝる人はをかしき物語などもするぞかし。人々笑ひぬべからん物語し給へ。笑ひて目さまさん」といひければ、入道、「おのれは口てづゝにて、人の笑給斗《ばかり》の物語はえし侍らじ。さはあれども、笑はんとだにあらば、笑はかし奉りてんかし」といひければ、（女房）「物語はせじ。たゞ笑はかさんとあるは、猿楽をし給ふか。それは物語よりはまさる事にてこそあらめ」とまだしきに笑ひければ、（入道）「さも侍らず。たゞ笑はかし奉らむと思なり」といひければ、（三七〇頁）[12]

とある。『今昔物語集』には「否不為《エセジ》」とあるところについて、「物語は」と明記している以外、表現はほぼ同一である。

47 今ハ昔、或ル人ノ許ニ、夏ノ比若キ侍《サブラヒ》ノ兵《ツハモノ》立タル二人、南面ノ放出《ハナチイデ》ノ間ニ宿直《トノヰ》シケルニ、此ノ二人本ヨリ心バセ有リ、□也ケル田舎人共ニテ、太刀ナド持テ、不寝デ物語ナドシテ有ケルニ、亦其ノ家ニ所得タリケル長侍ノ諸司ノ允《ゼウ》五位ナドニテ有ケルニヤ、上宿直ニテ出居ニ独リ寝タリケルガ、（巻第二七第一八）

旧全集は「世間話」と注する（四・七一頁）が、「宿直」において「不寝デ」物語するということは、夜伽の物語のことか。ちなみに、旧大系は、出典について「説話構成の直接の典拠は未だ詳かでない」という（四・五〇一頁）。

Ⅲ（b）諸国の伝説／体験談、見聞談　…　九例

39　其□ト云ケル守ノ任ニ、其鉄《クロガネ》取ル者六人有ケルガ、長《ヲサ》也ケル者ノ、己等ガドチ**物語**シケル次ニ、「佐渡ノ国ニコソ金ノ花栄タル所ハ有シカ」ト云ケルヲ、守、自然ラ伝ヘ聞テ、彼長ヲ呼寄テ、物ナド取セテ問ケレバ、

（巻第二六第一五）

旧全集は「仲間同士で話をしている」と注する（三・五九〇頁）。新編全集も同様の注を加えている（三・五四三頁）。この□で囲った部分は、「佐渡国に金の花が咲くところがあった」と伝える伝承である。つまりこの「物語」の語義は、諸国の伝説の義である。

なお、旧大系は、出典に関して「宇治拾遺物語（五四）とは同原にように思われる」としている（四・四五五頁）。『宇治拾遺物語』には、

実房といふ守の任に、鉄取り六十人が長なりけるものの、「佐渡国にこそ、金《こがね》の花咲きたる所はありしか」と人にいひけるを、守、伝へ聞きて、その男を守よびとりて、物とらせなどして、

（一一〇頁）

とある。□以外の部分には、表現上の異同があるが、□の部分は表現が『今昔物語集』と一致している。つまり、伝承としてのまとまりがある。「佐渡国に金の花の咲くところがあった」、これが、伝承としてひとつのまとまりをもつ、最短の伝説である。『宇治拾遺物語』は、伝統的な物語の文体に近く、登場人物が二人しかいないから、動作主を一々明記することを略している。また、物語の内容よりも、内容を聞いた守の行動を強調しているといえる。

45　今ハ昔、近江ノ守、□ノ□ト云ケル人、其ノ国ニ有ケル間、館ニ若キ男共ノ勇タル数居テ、昔シ・今ノ**物**

語ナドシテ、碁・双六ヲ打、万ノ遊ヲシテ物食、酒飲ナドシテ次デニ、「此ノ国ニ安義ノ橋ト云フ橋ハ、古ヘハ人行ケルヲ、何ニ云ヒ伝タルニカ、今ハ『行ク人不過ズ』ト云ヒ出テ、人行ク事无シ」ナド、一人ガ云ケレバ、オソバエタル者ノ口聞キ鑭《キラ》々シク、然ル方ニ思エ有ケルガ者ノ云ク、彼ノ安義ノ橋ノ事、実トモ不思ズヤ有ケム、「己レシモ其ノ橋ハ渡ナムカシ。極ジキ鬼也トモ此ノ御館ニ有ル一ノ鹿毛ニダニ乗タラバ渡ナム」ト。　（巻第二七第一三）

旧全集は「古今の噂話・世間話の類」（四・五〇頁）と注する。新大系は「昔・今のよもやま話」と注する（五・一〇九頁）。新編全集は「今の話、昔の話」と注する（四・四六頁）。

語りの場は、遊興と酒宴の場である。確かに、これもまた諸国の伝説、見聞の義である。物語の内容は、本文の中で□で囲んだように、物語自身によって説明されている。つまり、「安義ノ橋」は通行する人を害して通行させなかったという。これはセイレーンの伝説が有名であり、交通を妨害する神が旅の安全を護る神となる事例は、日本には数多くある。洋の東西を問わず、有名な伝説の話柄である。この事例は、後の50の事例に連なるものである。

ちなみに、旧大系は、出典について「説話構成の直接の典拠は未だ詳かでない」といいつつ、「太平記、剣巻に見える、所謂戻橋説話は、本語の前半と三等を基にして成ったものと思われる」という（四・四九一～二頁）。

49　今ハ昔、仁和寺ノ東ニ高陽川ト云フ川有リ。其ノ川ノ辺《ホトリ》ニ夕暮ニ成レバ、若キ女ノ童ノ見目穢気《キタナゲ》无キ立リケルニ、馬ニ乗テ京ノ方へ過ル人有レバ、其ノ女ノ童、「其ノ馬ノ尻ニ乗テ京へ罷ラム」ト云ケレバ、馬ニ乗タル人、「乗レ」ト云テ乗セタリケルニ、四五町許馬ノ尻ニ乗テ行レルガ、俄ニ馬ヨリ踊リ落テ迯《ニゲ》テ行ケルヲ追ケレバ、狐ニ成テコウ〳〵ト鳴テ走リ去ニケリ。

如此ク為ル事既ニ度々ニ成ヌト聞エケルニ、瀧口ノ本所ニ瀧口共数居テ**物語**シケルニ、彼ノ高陽川ノ女ノ童ノ馬ノ尻ニ乗ル事ヲ云出タリケルニ、一人ノ若キ瀧口ノ、心猛ク思量有ケルガ云ク、「己ハシモ彼ノ女ノ童ヲバ必ズ搦《カラメ》候ナムカシ。（巻第二七第四一）

旧全集は「雑談の花を咲かせている」と訳出する（四・一四一頁）。新編全集も同様である。また、新大系は「四方山話」と注する（五・一六九頁）。ところで、□の内容は、いわゆる世間話のひとつで、いわゆる「化かされ話」の典型である。体験談の形をとる口承文芸といえる。「瀧口ノ本所」とあるから、語りの場は、瀧口の武士の集まる場所であり、ここが説話の集積場所であったことはまちがいない。瀧口の武士たちはこのような話柄を好んで語ったといえる。すなわち「瀧口ども」がたくさん語った中のひとつなのだが、逆に見れば代表といえる。これはいわば世間話の類である。

ちなみに、旧大系は、出典について「説話構成の直接の典拠は未だ詳かでない」という（四・五三五頁）。

50　今ハ昔、源ノ頼光ノ朝臣ノ美濃ノ守ニテ有ケル時ニ、□ノ郡ニ入テ有ケルニ、夜ル侍ニ数ノ兵《ツハモノ》共集リ居テ、万ノ**物語**ナドシケルニ、「其ノ国ニ渡《ワタリ》ト云フ所ニ産《サンセル》女有ケリ。夜ニ成テ其ノ渡為ル人有レバ、産女、児ヲ哭セテ『此レ抱々ケ』ト云ナル」ナド云フ事ヲ云出タリケルニ、一人有テ、「只今其ノ渡ニ行テ渡リナムヤ」ト云ケレバ、平ノ季武ト云者ノ有テ云ク、「己ハハシモ只今也トモ行テ渡リナムカシ」ト云ケレバ、異者共有テ、（略）此ノ産女ト云フハ、「狐ノ、人謀ラムトテ為ル」ト云フ人モ有リ、亦、「女ノ子産ムトテ死タルガ霊《リヤウ》ニ成タル」ト云フ人モ有リトナム語リ伝ヘタルトヤ。（巻第二七第四三）

これも旧大系は、出典について「説話構成の直接の典拠は未だ詳かでない」という（四・五三九頁）。このような指摘は、おそらく旧大系の出典研究が文献に限定されていたこととかかわるであろう。

旧全集は「なんということもない常の話。雑談」と注する（四・一四九頁）。また、新編全集は「あれこれ雑談の花を咲かせていた」と注する（四・一三四頁）。

具体的にいえば、□の部分は、いわゆる産女伝説である。柳田国男氏は「近年の国玉の橋姫が乳呑児を抱いて来て、これを通行人に抱かせようとした話にもまた伝統がある」として、『今昔物語集』のこの事例の他、『和漢三才図絵』『新編鎌倉志』や加藤咄堂『日本宗教風俗志』などの事例を紹介している。(13) すなわち、これも「万ノ物語」の中のひとつとして紹介されている。『今昔物語集』は、この霊格を祟りなす怨霊の意味で、「霊《リヤウ》」と捉えているわけだ。だが逆に言えば、一例としてあるいは、その代表的なものだといえる。

この事例で注目すべきことは、兵の語った産女伝説は、同時代の口承文芸と予想できることである。つまり、院政期における文献文芸と口承文芸との緊張関係を証拠立てる事例と見做せる。

Ⅳ 世間話、とりとめもない話 ： 三一例

3 傅奕《フヤク》、初メ、大史令トシテ、仁均《ニンキン》ト云フ人・薩賾ト云フ人ト共ニ、大史令トシテ有ル間、薩賾、先ニ仁均ニ銭五千ヲ負セタリ。未ダ、其レヲ不償ズシテ、仁均死ス。薩賾、夢ニ仁均ヲ見ル、「**物語**スル事、生タリシ時ノ如シ。薩賾、先キニ負セタル銭ノ事ヲ問テ云ク、『此レ、誰ニカ付タル』ト。仁均ガ云ク、『泥人ニ可付シ』ト。（巻第九第三三）

新大系は、冥報記の「言語」という漢字表記を引用して「話をする」と訳出する（二・二四六頁）。この事例は、「話する、声を出して話す」という一般的な用法とみられる。ちなみに、旧大系は出典として、前田家本冥報記下22（『法苑珠林』第七九）、及び『太平広記』第一一六を指摘する（二・二三八頁）。そこで『法苑珠林』を見ると、

頤先負仁均銭五千未償。而仁均死後、頤夢見仁均、**言語**如平常。頤曰、因先所負銭当付誰。(14)

とある。出典と対照させると、「言語」という漢文表現を『今昔物語集』は和文表現に翻訳する際に、「物語」をもって対照させたといえる。すなわち、ここに当代において日本側で「物語」をどのように捉えられていたかが分かる。

4　三日ヲ過テ、隣ノ王、后ヲ具シテ本国ニ返リナムトスル時ニ、舅ノ王、聟ノ王ニ会テ、**物語**ノ次ニ、舅ノ王、居寄テ忍テ聟ノ王ニ云ク、「君ハ、先年ニ、自ノ蔵ニ入テ、財ヲ取リ給ヒシ人カ。（巻第一〇第三二）

新大系は「雑談のついでに。談話のついでに真相が語られる定型」と注する（二・三六〇頁）。旧大系は、出典について『法苑珠林』巻第三一の「生経巻第二、仏説舅甥経第一二」を「原拠」と指摘する。さらに、「原話」はジャータカの「原作」を「翻案」し「支那の古話の如く見せかけんとした」ものかとみる（二・三三一頁）。

24　亦、此晴明、広沢ノ寛朝《クワンテウ》僧正ト申ケル人ノ御房ニ参テ、物申シ承ハリケル間、若キ君達・僧共有テ、晴明ニ**物語**ナドシテ云ク、「其識神《シキガミ》ヲ仕ヒ給フナルハ、忽ニ人ヲバ殺シ給フラムヤ」ト。晴明、「道ノ大事ヲ此現ニモ問ヒ給フカナ」ト云テ、「安クハ否不殺。少シ力ダニ入テ候ヘバ必ズ殺シテム。（巻第二四第一六）

新大系は「雑談。世間話の類」と注する（四・四一三頁）。新編全集は「色々と話しかけ」と訳出している（三・二八六頁）。この事例は、若い君達や僧どもが、清明は式神を使いこなしているという評判を踏まえて、殺害できるかどうかを尋ねるものである。「物語」の語義は噂話である。

なお、旧大系は、出典について「説話構成の直接の典拠は未だ詳かでないが、本語第三段以降と宇治拾遺物語（一二六・一二七）とは同原と思われる」という（四・二九九頁）。

V　情交、寝物語　…　八例

7　階々ノ儲《マウケ》共有リ、遥ニ去タル所ニ侍有リ。饗《アルジ》共器量《イカメ》シク、馬共ニ草食ハセ、騒グ事无限シ。我ガ有ル所ニハ女一両ナム有ル。此クテ装束ナド解テ臥シヌ。前ノ物ナド器量シク、酒ナド有レドモ、苦サニ悩シクテ不見入ズ。前ナル女房ナド、皆物食ヒ酒ナド飲テ臥ヌメリ。我レ、妻夫《メヲト》ハ苦サニ不被寝デ、**物語**ナドシテ哀ナル契ヲシテ、「此ル旅ノ空ニテ何ナルベキニカ、恠《あや》シク心細ク思ユルカナ」ト云フ程ニ、夜漸ク深ク成ヌ。

（巻第一六第二〇）

旧全集は「寝物語」と注する（三・二六〇頁）。新編全集も同様である（二・二二七頁）。「哀ナル契ヲシテ」とあるから、これは、寝物語とともに情交をなすという文脈の事例である。あるいは、「物語」は、永劫の誓い、三世にわたる契りを約束することであってよい。あるいは、「物語」の内容がどういうものかは、いずれでもよい。他愛もない言葉を交わすうちに、心の隔てが解けて行くということがあってもよい。このような事例は、他にも多くみられる。

なお、旧大系は、出典について「何に基いて説話を構成せしめたかは未だ詳かでないが、その長さといい話の起伏といい、本巻中の圧巻である」という。また「長谷寺霊験記巻下（一六）には類話を載せる」という（三・四六二頁）。

12　夜モ更ヌレバ、僧、和ラ几帳ヲ褰《カカゲ》テ入ルニ、女、何ニモ不云ズシテ臥セバ、僧、喜シク思テ副ヒ臥ヌ。女ノ云ク、「暫ク此様ニテ御セ」トテ、手許ヲ互ニ打懸テ通シテ、**物語**リシ臥タル程ニ、僧、山ヨリ法輪ニ参リ返ケル間ニ、歩ビ極ジテ、打解テ寝入ニケリ、驚テ、「我ハ吉ク寝入ニケリ。思ヒツル事ヲモ不云ザリケリ」ト思テ、驚クマヽニ目悟ヌ。見レバ、薄ノ生タルヲ掻臥セテ、我レ寝タリ。「恠シ」ト思テ、頭ヲ持上テ見廻セバ、何《イツ》クトモ不思ヌ野中ノ人ホノサモ无キニ、只独リ臥タリケリ。心迷ヒ肝騒テ怖シキ事无限シ。起上テ見レバ、衣共モ脱ギ散シテ傍ニ有リ。衣ヲ掻キ抱テ、暫ク立テ吉ク見廻セバ、嵯峨野ノ東渡ノ野中ニ臥タリケル也ケリ。奇異ナル事无限シ。（巻第一七第三三）

旧全集は「話しながら」と注する（三・四三〇頁）。新大系は「いわゆる寝物語」と注する（四・六五頁）。新編全集も「寝物語」と注する（二・三八〇頁）。この場合、僧が女と「物語」して「臥」したことは、情交に至る寝物語の義であろう。

さらに、興味深いことは、□の部分で示されるように、女と交わって寝たという僧の見た夢が、ひとつの物語をなしていることである。すなわち、山道で寝入り目を覚ましたとき薄《すすき》の野原の中であったという、この僧の経験そのものがひとつの物語をなしている。

これは世間話のひとつ、「化かされ話」として、現代も代表的な話柄として知られているものであることは言うを俟《ま》たない。もう少し言えば、大きな物語の中に小さな物語が組み込まれているといえる。しかもその小さな物語の内容が、具体的で説明的に明示されるところに、『今昔物語集』の事例の特徴がある。

なお出典について、旧大系の指摘は、9の事例を参照されたい。

44 而ル間、松ノ木ノ本ニ男一人出来タリ。此ノ過ル女ノ中ニ一人ヲ引《ヒカ》ヘテ、松ノ木ノ木景《コカゲ》ニテ、女ノ手ヲ捕ヘテ**物語**シケリ。今二人ノ女ハ、「今ヤ物云（a）畢《ヲハリ》テ来ル」ト待立テリケルニ、良久ク不見エズ、物云フ（b）音モ不為ザリケレバ、（巻第二七第八）

旧全集は「会話。話。なんということもない普通の話」と注する（四・四一頁）。新大系は「親密に話をした。ここは恋の語らい」と注する（五・一〇二頁）。新編全集は「何やら話しはじめた」と注する（四・三七頁）。

しかしながら、この部分は文脈から情交そのものと見做せる。後の（a）「物云」は情交そのもので、当該の

「物語」とほぼ同義である。

なお、旧大系は、出典について「三代実録巻第五十、仁和三年八月十七日の「今夜亥時或人告行人云…」を原話とするものと思われる（扶桑略記第二十二にも載せる）」という（四・四八六頁）。

46　正親ノ大夫、女ト臥シテ、物語ナド為ル程ニ、共ニ具シタル従者モ无クテ只独ニテ、（巻第二七第一六）

旧全集は「寝物語」と注する（四・六六頁）。新編全集も同様である。また、新大系は「親密な恋の語らい」と注する（五・一一八頁）。この場合は、「臥シテ」とあるから、寝物語と情交そのものが区別しにくい事例である。旧大系は、出典について「説話構成の直接の典拠は未だ詳かでない」という（四・四九八頁）。

59　経方、女ト物語ナドシテ臥タリケル程ド寝入ニケリ。（巻第三一第一〇）

旧大系は、出典について「説話構成の直接の典拠は未だ詳かでない」という（五・二六四頁）。

この46や59の事例のように、明確に出典を特定できない事例は、文献相互の比較ができないということもあるが、考え方を変えて、表現者の立場からみると、『今昔物語集』の説話が出典の制約を受けず「自由に」構成、表現できるゆえに、平安時代以来の「物語」の用法がそのまま用いられている可能性が高いといえる。さらに言えば、Ⅴの事例は、「物語」の最も未分化な様態であるといえるだろう。

まとめにかえて

みてきたように『今昔物語集』における「物語」の語義は、『源氏物語』を対象として制作した分類表をそのまま適用することができる。すなわち、次のような結果を得る。

いうまでもないことであるが、分類にあたって明確に区分することが難しく複数の項目に跨る事例があることも同様である。分類はひとつの目安として御覧いただきたい。

Ⅰ　作品としての物語、読み聞かせする物語　……　一例
Ⅱ（a）儀式・行事、故事先例に関する言談／政治向きの言談／教育、諸道の言談
　……　四例
　（b）霊験、説法　……　三例
　（c）遺言　……　該当例ナシ。
Ⅲ（a）座談、夜伽話　……　六例
　（b）諸国の伝説／体験談、見聞談　……　九例
Ⅳ　世間話、とりとめもない話　……　三一例
Ⅴ　情交、寝物語　……　八例

というものである。『源氏物語』と同じ分類が共有できるということは、「物語」の生態と「物語」の語義が共有されていることだといえる。

付言すれば、ⅠからⅤまでの区分は、私が先験的に「予想」した分類ではなく、一々の事例を検討した結果に基き、おのずから帰納的に生成した分類である。この中で、ⅠとⅤとは語義において対立的な極をなすが、この中で中間層をなすⅡ・Ⅲ・Ⅳは、①話型を備えテキストとしての完結性をもつ伝承と、②出来事よりも事柄を伝え記す言談のような伝承というふうに、大きな偏差が存在する。さらに、①すなわち、話型を備えた伝承にも、叙述の様式からみると、語りから話しまでの偏差が認められる。

周知のように柳田国男氏は、説話という概念を「口で語って耳で聴く叙述に、限ることにしたい」という。さ

らに、昔話を、伝説と区別して、「人をして信ぜしむる必要が無く」「きまじめに之を我々に向つて談る人が稀」なものであるという。すなわち、「形式」と「固有名詞」の有無、「信仰」の有無をもって、昔話と伝説とを区別[15]することはよく知られている。

すなわち、柳田氏は神話を保管する昔話は型をもつが、世間話や噂話は型をもたないというのである。ところが、伝承としてのひとつのまとまりをもつためには、昔話にも伝説にも、語りでも話しでも、いずれのジャンルにおいても強固なものであるか、緩やかなものであるかは問わず、テキストとしての統一性や完結性を支える話型がなければならない。

ただし、ここにいう話型とは、昔話研究におけるtypeのことではない。いかなるテキストであれ、テキストを支える原理的な枠組みを、仮に「話型」と呼んでおきたい。

結局のところ、Ⅱ・Ⅲ・Ⅳの区分は、話型だけでは截然と区分できない。また、内容でも明確に区分することはできない。今のところ、これ以上、この分類案について、厳密な整合性を求めることは、他日を俟《ま》つこととして留保しておきたい。

ちなみに、繰り返すことになるが、『今昔物語集』における「物語」の事例は、『源氏物語』一九九例に比べて、六二例は僅少に過ぎるという憾《うら》みはあるが、『今昔物語集』にはⅡ（c）遺言に分類できる事例は認められなかったにしても、仮説の分類案を変更する必要がなかった。そのことは、「物語」の語義や用法が、『源氏物語』『今昔物語集』双方に共有されていることを意味する。すなわち、「物語」の語義や用法は、作者や編者の意図や目的とかかわりなく、平安期においては異なるテキストを貫いて存在するといえる。

いずれにしても、このⅠからⅤの語義は、ただ単に同次元で並列する関係にあるわけではない。もしこれらが層をなすとすれば、最も表層をなすものは、Ⅰであり、テキストとしての完結性を保つ事例である。一方、Ⅱ・Ⅲ・Ⅳに比べれば、Ⅴはテキストとしては認めがたい、緩やかなものとみられる。また口承か書承かということで言えば、Ⅰは書承が中心となるテキストであり、Ⅱ・Ⅲ・Ⅳは口承のテキストも含まれる。というよりも、書承と口承と両者が緊張関係をもって相互に交渉し合う関係にあったということになろう。ⅡからⅣに至るテキストの間の相違については、なお言及したい問題もあるが、今は措こう。

もちろん、書承とは口承の文芸を書きとめたものをいうのではない。書き写すことによって伝承されるという性質もしくはそのテキストをいう。そこには、書き言葉が紡ぎ出す独特の表現が認められるはずである。また口承は、口頭とは異なる。音声言語がもつ伝承的で、独自の様式的な性質をいう。この問題の詳細についても今は措こう。

かくて、物語の語義そのものが層をなす、というふうに捉え直すことができる。すなわち、個別の事例については、さらに詳細に検討する必要があるが、概念的には、

←表層、意識的な言語表現	中間層	未分化な言語表現、基層→
Ⅰ文芸作品　／	Ⅱ言談 Ⅱ霊験譚 Ⅲ夜伽話 Ⅲ諸国の伝説 Ⅳ世間話・噂話	／　Ⅴ寝物語・情交

と図式化できる(16)。

繰り返せば、文芸作品がすでに成書化された本文であるとすれば、中間層に属する本文の生態は、口承と書承との混在する入会地といえる。それらを文芸作品の母胎と捉えることもできる。丹念にみれば、V寝物語の中にも、三世の契りを約束するような情愛を確認する定型的な物語から、単純に情愛の行為そのものを指すものまで、層をなすのではないかと予想されるが、ここでは寝物語・情交が物語のもっとも基層をなすと見て、全体としてこの重層性そのものが物語文学史であるといえる。あるいは、これらと重層的なものとして組み入れ、構築される文芸作品そのものが文学史だといえる。

注

(1) これはもちろん、今私の手元にある講義ノートのことであるが、同じ講義を受けた同級生のノートと突き合わせたことはない。したがって、本田氏の講義の概要を私に記録しただけのものと了解されたい。

(2) 本田義憲「中央の神々」土橋寛編『講座　日本古代信仰　呪禱と文学』第四巻(学生社、一九七九年)。七五～六頁。

(3) 本田義憲「説話とは何か」本田義憲他編『説話の講座』第一巻(勉誠社、一九九二年)。一四頁。

(4) 具体的な出来事や逸話を記すことは控えておきたいが、私の体験に即して言えば、近時の説話文学会では、口承資料や伝承の採集を資料とする論証を試みようとすることは違和感をもたれるし、逆に、日本昔話学会や口承文芸学会では、文献資料を用いることはもちろん、口承文芸をテキストと捉えることにも違和感をもたれることは、なんとも残念なことである。

　ちなみに、誤解のないように申し添えれば、私は、文献説話と口承文芸は無媒介に結合できるものとは考えていない。私の今までの説話分析は、媒介項をどこに置くかを探すものであると考えている。

（5）廣田收「『源氏物語』「物語」考」（『国語と国文学』二〇一七年六月）。なお、すでに『『宇治拾遺物語』表現の研究』（笠間書院、二〇〇三年）序章の注（57）に、『宇治拾遺物語』における「物語」の全用例を挙げている。『宇治拾遺物語』は、説話を「物語」という本文語彙で呼んでいることは明らかであることを確認したものである。

　なお、（5）の拙論には、「物語」の用例について、五頁に「一一九例」と記しているが、これは誤りで「一九九例」が正しい。訂正して不明を詫びたい。

（6）山田孝雄他校注『日本古典文学大系　今昔物語集』第四巻（岩波書店、一九六二年）。九八頁。以下、「旧大系」という略称を用いる。

（7）馬淵和夫他校注・訳『日本古典文学全集　今昔物語集』第二巻（小学館、一九七二年）。五七三頁。以下、「旧全集」という略称を用いる。

（8）小峯和明校注『新日本古典文学大系　今昔物語集』第四巻（岩波書店、一九九四年）。以下、「新大系」という略称を用いる。

（9）馬淵和夫他校注・訳『新編日本古典文学全集　今昔物語集』第二巻（小学館、二〇〇〇年）。以下、「新編全集」という略称を用いる。

（10）中村義雄 小内一明 校注『新日本古典文学大系　古本説話集』（岩波書店、一九九〇年）。

(11) この箇所の諸本の異同については、新大系に注記がある(注(7)、四一五頁)。

(12) 浅見和彦 三木紀人 校注『新日本古典文学大系　宇治拾遺物語』(岩波書店、一九九〇年)。一一〇頁。以下、同様。

(13) 柳田国男「橋姫」『一目小僧その他』『柳田国男集』第五巻(筑摩書房、一九六二年)。二一八～九頁。初出、一九三四年。

(14) 『法苑珠林』巻第七〇、十悪編邪見部第十三、引証部第二。『新修大正大蔵経』第五三巻事彙部上(大正一切経刊行会、一九六二年(再刊))。八七六頁。

(15) 例えば、説話が生成するというときにも、書き言葉(文字言語)による表現と、同じストーリーであるとしても話し言葉(音声言語)による語りでは、叙述の様式が異なることを言わなければならない。

(16) 「Ⅱ言談」から「Ⅳ世間話・噂話」まで横並びにした群は、今のところ中間層にまとめているが、なお序列化、層序化ができるかもしれない。「物語」の中間層は、単なる積み上げの印象ではなく、作品としての「物語」が噂話の形式をとるというふうに、あるいは作品の「物語」が故実や遺言を組み込むというふうに理解できるであろう。

初出一覧

まえがき　書き下ろし。

第一章

・論文「『源氏物語』は誰のために書かれたか―中宮学に向けて―」（同志社大学人文学会編『人文学』第一九六号、二〇一五年一一月）

・講演「『源氏物語』は誰のために書かれたか―中宮学に向けて―」（日本文化研究会、二〇一五年九月、於同志社大学）

第二章

第一節

・論文「『源氏物語』の方法―『河海抄』「準拠」を手がかりに―」（久下裕利・田坂憲二共編『源氏物語の方法を考える―史実の回路―』武蔵野書院、二〇一五年五月）

第二節

・論考「『源氏物語』の中の『竹取物語』―重層する話型―」（廣田收・勝山貴之共編『源氏物語とシェイクスピア―文学の批評と研究と』新典社、二〇一七年）

第三節

・論考「『源氏物語』の作られ方—場面と歌と人物配置—」
（廣田収 勝山貴之 共編『源氏物語とシェイクスピア—文学の批評と研究と』新典社、二〇一七年）

第三章

第一節

・論文「『源氏物語』における人物造型—若菜巻以降の光源氏像をめぐって—」
（同志社大学人文学会編『人文学』第一九四号、二〇一四年一二月）

・講演「沈黙という自己主張—『源氏物語』光源氏の思想—」
（日本文化研究会 環太平洋神話研究会 神戸神事芸能研究会 合同大会、二〇一四年九月、於神戸女子大学）

第二節

・論文「式部卿宮の姫君の出仕」
（横井孝 久下裕利 共編『知の遺産 宇治十帖の新世界』武蔵野書院、二〇一八年）

第四章

第一節

・論文「『源氏物語』「物の怪」考（一）」「『源氏物語』「物の怪」考（二）」
（同志社大学人文学会編『人文学』第二〇〇号（二〇一七年一一月）・第二〇一号（二〇一八年三月））

・研究発表「『源氏物語』「物の怪」考」
（古代文学研究会、二〇一七年六月、於同志社大学）

第二節

・論文「『源氏物語』登場人物の存在根拠を問う和歌と系譜」（風岡むつみ 櫛井亜依 関河眞克 廣田收 共編『源氏物語の解釈学』新典社、二〇一八年）

・講演「沈黙という自己主張―『源氏物語』光源氏の思想―」（日本文化研究会 環太平洋神話研究会 神戸神事芸能研究会 合同大会、二〇一四年九月、於神戸女子大学）

結章

・論文「『源氏物語』「物語」考」（『国語と国文学』二〇一七年六月）

付論

・論文「『今昔物語集』「物語」考」（同志社大学文化学会編『文化学年報』第六七輯、二〇一八年三月）

あとがき　書き下ろし。

あとがき

恩師南波浩は、私が学生だったころ、ことあるごとに繰り返し同じ話をされた。自分は若いころ、『源氏物語』を研究するためには、まず『伊勢物語』『竹取物語』を知らなければいけないと考えて、『伊勢物語』『竹取物語』の勉強をした（その成果は「朝日古典全書」の注釈に結実している）。それから次に、紫式部の人となりを知るためには、『紫式部日記』と『紫式部集』を調べておかなければいけないと考えて、『紫式部日記』と『紫式部集』の勉強をした、と。それを終えてから『源氏物語』の研究を始めるつもりだ、といつも仰っていた。

私が先生の特講の授業を受け、四年次生の演習から大学院の演習を受講していた時期は、先生が『紫式部集』の諸本の調査をひとまず終えられ（『紫式部集の研究　校異篇・伝本研究篇』笠間書院、一九七二年）、諸本の校異を踏まえて校訂本文を策定して、岩波文庫を刊行された（一九七三年）ころであった。その後、ようやく浩瀚《こうかん》な『紫式部集全評釈』を刊行される（笠間書院、一九八三年、このとき先生七三歳）と、「さぁこれからいよいよ『源氏物語』の研究を始めるぞ」と何度も仰っていたことを思い出す。

そのような先生の御研究の成果を机上に並べ、ずっとその航跡を辿ってゆこうとすると、圧倒的な質・量の御業績に気が遠くなる思いがする。せっかちな私は、『源氏物語』『紫式部日記』『紫式部集』の三書は同時に読まなければいけないのではないか、何よりもまず『源氏物語』ありきではないのか、という思いで先生の御話をいつも聞いていた気がする。

こんなことを書いてよいのか、あまりにも不遜なことかと迷うけれども、おぼろげな記憶を遡ると、そのころ、先生の御考えに対して、生意気にも違和感を覚え続けた点が二つある。

ひとつは、諸本の異同から『紫式部集』の「原形」「作者自筆本」を復原しようとする手続きを繰り返し指導されたことである。御考えに抵抗していた私は、何度か大学院での発表をやり直すよう命じられたことがある。この問題については、過日、整理したことがあるので、もう繰り返さないでおきたい。（「『伊勢物語』と『紫式部集』一代記の様式」の〔付記〕（『講義日本物語文学小史』金壽堂出版、二〇〇九年）と、また具体的な考察については『紫式部集』に関する小著を御覧いただければ幸である）。

もうひとつは、『紫式部集』の注釈を行なうにあたって、同じ作者の語だからということで『源氏物語』や『紫式部日記』の用例を同一視し、それらをもって『紫式部集』の語義を確定してゆくという手続きを繰り返し指導されたことである。さらに、諸本の異同の中から「最善の表現」を選び取ってゆくとして、

（1）『紫式部集』本来の表現に近い用例を優先する。

（2）もし（1）が叶わないときには、古代的な表現の用例を優先する。

というダブル・スタンダードを抱えておられたことである。僭越にも私はずっと、漠然とした思いではあるが、同じ語や同じ表現であっても『源氏物語』『紫式部日記』『紫式部集』三者の用例は、果たして本当に同じだといえるのか、文脈が違えば同じ語でも、意味するところが違うのではないかという疑いを抱き続けていた。

ところで昨年、中古文学会の大会の折、平素より敬愛申し上げてやまない長谷川政春氏から、「この三書の物の怪について、われわれは講義でよく比較して話すけれど、本当のところどう読めばよいのか、つきつめて考えたことがない。だから、君が問題を整理して、この三書の物の怪について違いを論じてほしい」という難しい課

題をいただいた。この間、行き詰まっていた解釈学としての研究の突破口は、長谷川氏から賜った御指導にある。まことに感謝にたえない。

最近では「これが今考えていることだ」などといいつつ、実はずっと昔に抱えた疑問をようやく明らかにしてゆくといった胡乱《うろん》な仕業にすぎなかったのだと思うことが多く、本当に恥かしい。そうなると、虫のよい自己弁護にすぎないであろうが、大掴《つか》みにする構造的な理解から、個別の事例に立ち止まる表現の解釈へと、自分の関心の変化していった過程は、最初からそうなるべくしてこうなったのだとさえ思えてくる。

それから、あえてもう一点を加えるなら、先生は『紫式部集』の注釈において和歌を散文化し、解体しているのではないか、という疑問を抱き続けてきたことである。

とはいえ、私は批判ばかりしてきたわけではない。恩師南波浩がかつて『源氏物語』に至る古代文学史を、生産民の伝承から説き起こされたこと（『物語文学』一九五七年）をどう受け継ぐのか。また、これも別の機会にも触れたことがあるので詳細はここでは繰り返さないが、もうひとりの恩師土橋寛が、かつて民間伝承としての民謡の原理をもって古代歌謡を分析されたこと（『古代歌謡論』一九六〇年）をどう受け継ぐのか。ようやく私は、文芸における「口承と書承」という課題を、ひとつのテキストそのものが重層的に構築された文学史なのだということで答えることができる、と思い到り、この間ずっと倦《う》むことなく、ことあるごとにそのことを言いつのってきた次第である。

ともかく本書の内容や分析方法については、中古文学の研究に携わっておられる諸賢におかれては、いかにも古色蒼然たるものだと唾棄されるかもしれないし、あるいは問題の立て方について随分と違和感を持たれるかもしれないが、いずれの各章節も、仮説の論証をめざしたものというよりも、臆面もなく試行錯誤を続けた、まさしく右往左往の果てのささやかな問題提起として御覧いただければ幸である。

ただ、この十年ほどの間、手術をしても目は随分と悪くなり、馬齢を重ねるとともに再び日常生活にも支障が出る状態となってしまった。言い訳がましくて恐縮であるが、そのこともあって、直さなければならないと思いながら、本書の中で依拠した『源氏物語』の本文を統一することができなかった。本書は、学生時代に馴染《なじ》んだ旧大系本を用いている論考と、最近では当たり前のようになっている新編全集による論考とが併存するという、実に奇怪なさまを呈しているが、根気のいる細かい仕事はミスばかり引き起こし、もはやなんともならなかった。読者各位に心から御詫びを申し上げたい。

末尾になったが、武蔵野書院の前田智彦社長におかれては、私のような、忘れ去られたようになっている研究者に過分の御心遣いを賜り、まことに感謝にたえない。御目にかかるたび、前田社長から督促をいただきながら、生来の怠惰ゆえになかなか約束を果たせなかったことはまことに申しわけないかぎりである。寛大な御心で御見捨てにならずに御待ちいただいたことに心から御礼の詞を申し上げたい。

廣田　收

二〇一八年八月

人名索引

あ

い

う

え

お

か

書名索引

主要語彙索引

さ

し

わ

廣田　收（ひろた・おさむ）

1949年　　大阪府豊中市生まれ。
1973年3月　同志社大学文学部国文学専攻卒業。
1976年3月　同志社大学大学院文学研究科国文学専攻修士課程修了。
専攻／学位　古代・中世の物語・説話の研究／　博士（国文学）
現職　同志社大学文学部教授

単　著　『『宇治拾遺物語』表現の研究』笠間書院、2003年。
『『宇治拾遺物語』「世俗説話」の研究』笠間書院、2004年。
『『源氏物語』系譜と構造』笠間書院、2007年。
『『宇治拾遺物語』の中の昔話』新典社、2009年。
『講義 日本物語文学小史』金壽堂出版、2009年。
『家集の中の「紫式部」』新典社、2012年。
『『紫式部集』歌の場と表現』笠間書院、2012年。
『入門 説話比較の方法論』勉誠出版、2014年。
『文学史としての源氏物語』武蔵野書院、2014年。など。
共編著　久保田孝夫・廣田收・横井孝共編『紫式部集大成』笠間書院、2008年。
上原作和・廣田收共著『新訂版　紫式部と和歌の世界』武蔵野書院、2012年。
久保田孝夫・廣田收・横井孝共編『紫式部集からの挑発』笠間書院、2014年。
廣田收編『日本古典文学の方法』新典社、2015年。
岡山善一郎・廣田收共編『翻訳『韓国口碑文学大系』1』金壽堂出版、2016年。
勝山貴之・廣田收共著『源氏物語とシェイクスピア』新典社、2017年。など。

古代物語としての源氏物語

2018年8月25日 初版第1刷発行

著　　者：廣田　收
発 行 者：前田智彦
装　　幀：武蔵野書院装幀室

発 行 所：武蔵野書院
〒101-0054
東京都千代田区神田錦町3-11 電話 03-3291-4859　FAX 03-3291-4839

印　　刷：㈱三美印刷
製　　本：㈲佐久間紙工製本所

ISBN 978-4-8386-712-9 Printed in Japan